书写真实的奇迹

葡萄牙语文学漫谈

闵雪飞 等著

图书在版编目(CIP)数据

书写真实的奇迹:葡萄牙语文学漫谈/闵雪飞等著.—北京:商务印书馆,2019
ISBN 978-7-100-16497-9

Ⅰ.①书… Ⅱ.①闵… Ⅲ.①葡萄牙语—文学评论 Ⅳ.①I06

中国版本图书馆CIP数据核字(2018)第189103号

权利保留,侵权必究。

书写真实的奇迹
—— 葡萄牙语文学漫谈

闵雪飞 等著

商 务 印 书 馆 出 版
(北京王府井大街36号 邮政编码100710)
商 务 印 书 馆 发 行
北京中科印刷有限公司印刷
ISBN 978-7-100-16497-9

2019年4月第1版　　开本 880×1230 1/32
2019年4月北京第1次印刷　印张 9½
定价:46.00元

前　言

闵雪飞

当谈到葡语文学时，我们所说的并非是一种文学，而是若干文学的聚集体。在葡语文学这个单一概念下，其实集聚了至少三种彼此联系而又形态各异的文学：葡萄牙文学、巴西文学、非洲葡语国家文学。即便不再继续细分，葡语文学也已经是复数的文学。

葡萄牙是欧洲最早的民族国家，其文学拥有800年的历史。纵然其瑰丽壮阔无法与意大利、法国、俄罗斯与西班牙媲美，但在漫长的文学发展中，依然出现了若干对世界文明做出重要贡献的作家，卡蒙斯与佩索阿便是杰出代表。

巴西文学的真正开端要追溯到19世纪初。彼时，巴西刚刚获得独立，如何将葡语从殖民者的语言变成新生民族共同记忆的书写语言，构成了迄今巴西文学的主要线索。

非洲有六个葡语国家，其文学呈现出多元而复杂的面貌。共同点在于将葡萄牙语作为书写语言，凸显口头语与书面语之间的张力，但因为作为官方语言的葡语在各国的使用情况不同，各国文学之间也呈现出相当大的差异。我们很难对非洲葡语国家文学做出笼统而均质的概述，而是要区分国家耐心分析其异同。

作为一位教师，我曾几度教授葡语文学相关课程。每一次我都会遭遇到一个巨大的挑战，这就是：如何带领一群尚处于基础语言学习阶段、能力暂不能阅读原文的学生认识并深入丰富多彩的葡语文学世界。合适的材料并不容易寻找：以中文出版的巴西文学史成书于20年前，亟需更新相关信息；葡萄牙文学史从未有人撰写，只有近30年前翻译出版的一本小书；而非洲葡语文学国内几乎没有任何深入的研究文章，遑论专著写作。同时，由于葡语文学译者不足，葡语国家的主要经典作品与作家未能广泛译入中文，学生乃至专业教师都面临着强大的阅读壁垒。最后，国内葡语文学研究者稀缺，葡语文学研究在数量上与学术含量上均有不足。

因此，很早以前，我就意识到了葡语文学普及性文章的必要性，并着手开始写作。但对于复数的葡萄牙语文学，这并非是一人能承担之事，而当时研究团队尚属草创阶段，并未考虑过最终形成厚重的专著发表，只是希望尽量在能力范围内正本清源。2014年巴西世界杯与2016年里约奥运会的举办，媒体约稿井喷式增加，尽管我个人并不喜欢任何"蹭热点"行为，但我想，这或许可以将个人化的写作推动为集体与系统的行为。这样，几位在国外攻读葡萄牙语文学博士的北京大学葡语专业第一届与第二届毕业生逐渐加入进来，以他们各自研究的作家与作品为原点，撰写并发表了一系列文章。当文章累积到一定数量时，我想，纵然无法形成层次分明的文学史，也应该结集出版，以弥补国内葡语文学研究图书严重匮乏的不利状态。

这本书的主要作者有闵雪飞、樊星、符辰希、王渊、马琳与孙山。本书汇集了这些年来我们在媒体的书评栏目、人文类读书杂志以及少量学术刊物上发表的侧重于普及的文章。文章的写作与发表均是有意识的行为，我们坚持个人写作风格的参差多样，但都秉持深入浅出这个共同的原则。文章介绍的作家都是现代文学以降的文学史上划时代的人物，也基本上是我们各自翻译或研究的目标人物。作家作品以活动时间排序，力图呈现出一条文学发展的基本脉络。

但是，以每个人翻译或研究的对象为原点进行写作固然可以保证文章的信息准确与言之有物，但一定程度也造成了缺失与遗憾。虽然本书力图涵盖每一位具有开创性的文学人物，但却未能单列如吉马良斯·罗萨、色萨里奥·维尔德、埃萨·德·盖洛什这般伟大的作家，因为目前尚无人对他们进行深入而系统的研究，只能在每个地区的文学综述文章中做一粗浅介绍。相比巴西文学，葡萄牙的作家略少，而面对非洲葡语文学这个丰富而广阔的田野，也只能撷取米亚·科托一瓣馨香作为代表。我们已经尽力，然而学无止境，希望未来能有机会弥补这些缺憾。

这本书能获出版，首先要感谢最近几年向我们约稿的众多报纸、杂志与新媒体编辑。尤其要感谢商务印书馆的大力支持。从《阿尔伯特·卡埃罗》开始，商务印书馆便对当时无人看好的葡语文学译介与研究予以倾力支持，对于处于弱势地位的国内葡语文学研究，这无疑是雪中送炭。

谨以这本轻薄的小书纪念北京大学葡萄牙语专业成立十周年，并以此为起点，寄望接下来的十年之期，希望那时，我们这个团队能够奉献出若干厚重的专著。

目 录

引子　一朵绿松上绽开的花　I

第一编　葡萄牙

葡萄牙文学八百年 / 符辰希　5

费尔南多·佩索阿
　伟大的潘神复活了
　　　　——论异名阿尔伯特·卡埃罗 / 闵雪飞　21
　《斜雨》解读：交叉主义与异名写作 / 闵雪飞　41

米格尔·托尔加
　一株恣意生长的欧石楠
　　　　——米格尔·托尔加的生平与创作 / 符辰希　53

若泽·萨拉马戈
　叛逆者萨拉马戈 / 闵雪飞　63
　《失明症漫记》及之后的萨拉马戈写作 / 王渊　70
　大象、渎神、萨拉马戈 / 王渊　76
　"上帝·祖国·家庭"：萨拉马戈小说创作的黑匣子
　　　　——以《死亡间歇》为例 / 符辰希　81

i

安东尼奥·洛博·安图内斯
> 致安东尼奥·洛博·安图内斯
> ——一位不可能的获奖者 / 闵雪飞　97

第二编　巴西

"拉美文学"涵盖了巴西文学吗？ / 闵雪飞　103
文学中的巴西 / 樊星　111
巴西女性文学：历史与现实 / 马琳　120
巴西"45一代"诗人：对现代主义诗歌的
　　继承与开拓 / 樊星　126
"再民主化"与"后现代性"：1979年之后的
　　巴西文学 / 樊星　134
《格兰塔—巴西最佳青年小说家》：文学事件
　　与文学标准 / 闵雪飞　146

马查多·德·阿西斯
> 《沉默先生》：反叛与僭越 / 孙山　153

尤克里德斯·达·库尼亚
> 《腹地》：纸、笔与勇气建立的新巴西 / 闵雪飞　159

格拉西里亚诺·拉莫斯

通俗时代的文学苦修者：

格拉西里亚诺·拉莫斯 / 樊星　165

克拉丽丝·李斯佩克朵

克拉丽丝·李斯佩克朵的隐秘生活 / 闵雪飞　173

关于《星辰时刻》：如何画出一只完美的蛋？/ 闵雪飞　181

偶然是幸福的真义——评短篇小说集

《隐秘的幸福》/ 闵雪飞　191

以我之"恶"，成我之"识"——从《隐秘的幸福》

谈女性成长 / 闵雪飞　197

若热·亚马多

隐形的巴西：论若热·亚马多在中国的译介 / 樊星　207

《奇迹之篷》：书写真实的奇迹 / 樊星　214

《金卡斯的两次死亡》：狂欢化的死亡 / 樊星　221

《沙滩船长》中的简单与浪漫 / 樊星　225

拉克尔·德·格罗什

构建女性解放之路：论拉克尔·德·格罗什的

文学世界 / 马琳　231

鲁本·丰塞卡
    "巴西奇迹"：天堂或地狱 / 符辰希　241

第三编　非洲

非洲葡语文学的发展历程：殖民文学、
    民族文学及超越 / 王渊　253

米亚·科托
    书写与文化身份的找寻——评米亚·科托的小说
        《耶稣撒冷》/ 闵雪飞　259
    "梦游之地"上的记忆书写 / 孙山　264
    母狮的罪与罚，国族的痛与殇
        ——评《母狮的忏悔》/ 马琳　275
    从《梦游之地》到《母狮的忏悔》——米亚·科托书写中的
        传统、女性与团结 / 闵雪飞　282

余韵　拾荒者　290

引　子

一朵绿松上绽开的花

我可以把你称作我的祖国
给你最美的葡萄牙的名字
我可以献给你女王的称号
这爱如佩德罗爱上伊内斯
但没有办法诗句没有河床
容纳下这爱与火这条河流
心跳出胸口，该如何去说？
我的爱漫溢。我寻不见船。
爱你是一首我说不出的诗
却没有爱杯盛放这杯醇酒
没有吉他，没有爱人的歌
没有花没有绿松绽开的花
没有船没有麦子没有苜草
没有词语来说出这首爱歌
爱你是一首我写不出的诗
河流没了河床，我没了心

————［葡］曼努埃尔·阿雷格雷
　　　闵雪飞　译

第一编

葡萄牙

葡萄牙文学八百年

符辰希

作为欧洲第一个独立的民族国家,葡萄牙虽偏居伊比利亚半岛西端,却长时间拥有明确的疆界、单一的人口构成和独特的民族文化。公元8世纪,摩尔人占领伊比利亚大部,基督徒退守北部,顽强抵抗,拉开了七个多世纪"光复运动"的帷幕,而葡萄牙的建政,就是这场历史大戏的产物。公元12世纪,国父阿方索·恩里克(1109-1185)领导的军事抗争两面推进,既驱逐了异教徒摩尔人,也抵挡住了莱昂与卡斯蒂利亚的联合绞杀,为新国家的诞生奠定了基础。从1179年教皇首次正式承认葡萄牙王国至今,除了几次短暂的吞并和入侵,葡萄牙民族八百余年国史连贯,文脉未断,葡萄牙语也成为一门两亿多人使用的世界性语言。

目前公认最早的葡萄牙语文学作品出现于公元11世纪,今葡萄牙北部及西班牙西北部地区的诗人使用加利西亚—葡萄牙语写下了很多抒情诗歌,对于该文学体裁的起源虽说法不一,但很明显,其与中世纪晚期法国南部普罗旺斯地区盛行的吟唱诗歌互相渗透,彼此影响,直至14世纪中叶,谱写者中甚至不乏卡斯蒂利亚的"智者"国王阿方索十世和葡萄牙的"诗人"国王迪尼仕一世。按照主题,这些诗歌大体可分为"情人诗""爱情诗"和"戏谑诗"三类,其中属"情人诗"最为独特:男性诗人进入女性视角,尤其是春心初动的懵懂少女，用口头化的语言表达对情人的思念。"爱情诗"中的歌者则是男性，无论男女主角的阶级地位与社会关系如何，诗中表达的爱情都是中世纪典型的骑士—贵妇模式，诗中吟唱的爱情高贵、纯洁，却遥不可及。"戏谑诗"相比之下则志趣不高，有些在工整、双关的语言之下暗藏讥讽，有些则指名道姓地攻击某人，甚至不惜粗言相向，今人看来，其中不乏言语猥亵、侮辱女性的"问题作品"。

中世纪的散文创作则是在迪尼仕国王治下推广正字法后才发展成熟，本国的语言逐渐脱离加利西亚—葡萄牙语的母体，在非诗歌文本中得到实践与锤炼。文艺复兴之前的葡萄牙散文写作与同时期欧洲其他地区大致风貌相似，内容不外乎记录查理大帝生平、宣扬十字军东征、改写希腊罗马史诗和模仿不列颠的圣杯骑士系列。唯一的亮点当属史家费尔南·洛佩斯，他著写的《堂·佩德罗一世编年史》《堂·费尔南多一世编年史》和《堂·若昂编年史》三部作品，既是记录葡萄牙国族历史的重要文献，也是早期葡萄牙语散文写作的典范。洛佩斯出生的 1385 年，葡萄牙刚刚渡过王朝危机，为了不使国君大位旁落卡斯蒂利亚，佩德罗一世的私生子若昂一世在本国民众的拥护下赢得内战、加冕葡王，开启了全新的阿维什王朝。1434 年，洛佩斯受若昂次子杜阿尔特一世之托，开始为几代先王修撰国史，隐而未言之意，在于为非正常程序即位的若昂一世及阿维什王朝正名。洛佩斯标榜自己的史书以真实、公正为目的，用近似中世纪骑士小说的语言，描写了佩德罗一世与伊内斯·德·卡斯特罗轰轰烈烈的爱情悲剧、其子费尔南多一世的短暂王朝和私生子若昂在平民支持下打赢王位战争、黄袍加身的辉煌事迹。洛佩斯不仅笔法独到，叙事引人入胜，而且在以王室贵族为轴心的传统史家视角之外，首创性地添加了平民的维度：除了血统之外，领袖品格、大众利益也成为了一个国王统治合法性的要素，这在当时可是超越时代的洞见。

航海大发现的壮举既给葡萄牙社会带来了一派辉煌气象,也同时促进了本国文学的繁荣。1516年,曼努埃尔一世国王的朝臣、史官、宫廷诗人加西亚·德·雷森德主持出版了《总歌集》,其中收录了阿方索五世、若昂二世及曼努埃尔一世时期多达286位艺术家的作品,内容涵括了西葡双语的宫廷诗、戏剧、讽喻诗和一些贵族聚会的应景之作,这些创作中不乏精品,因为其中既有欧洲尤其是意大利文艺复兴的影响,也有葡萄牙民族本身历史、文学资源的重铸与再造,而航海贸易带来的全盘剧变也刺激了当时的文学家、思想家对新涌现的社会现象和道德问题做出回应。《总歌集》所定格的这幅"群英像"中,除了诗人萨·德·米兰达和小说家贝尔纳丁·里贝罗这样的杰出作者,更有吉尔·维森特这样一位葡萄牙戏剧史上空前绝后的人物。早期葡萄牙的表演艺术不外乎宗教剧、哑剧和诗文朗诵,要么有戏无文,要么有文无戏,就此意义而言,维森特简直"创造"了葡萄牙戏剧。维森特一生服侍宫廷,侍奉过几代太后、君主,除了数部作品在宗教裁判所的干预下不知所踪之外,流传至今的剧目也有46部之多,囊括了笑剧、喜剧、悲喜剧等众多种类,其中维森特的寓意剧更是独树一帜,它跳出了宫廷娱乐的狭小格局,生动的民间语言与作者的诗才熔于一炉,在大航海的时代背景下,将中世纪晚期社会各个阶层的生活都鲜活、真实又夹带讽刺地呈现在剧中:强撑门面的贵族、水性杨花的妇人、落魄而归的海外淘金客、腐化伪善的神父、无利不贪的公职人员、偷奸耍滑的商人、坑蒙拐骗的医生……维森特的代表作《印度寓意剧》《地狱之船寓意剧》《伊内斯·佩雷拉笑剧》等不仅在16世纪的葡萄牙、西班牙作家中广为称颂、竞相模仿,即便在500年后的今天,也仍是葡语世界必读的经典。

葡萄牙文艺复兴的高原之上,耸然屹立的顶峰当属路易斯·德·卡蒙斯。虽其生平缺少确凿史料佐证，因此传说、逸闻盛行，但今人大抵可知，卡蒙斯生于里斯本的一户清贫家庭，出身或为低阶贵族，曾在葡萄牙位于北非和远东的扩张据点服役多年，一生放浪，亦多坎坷。据说其漂泊轨迹远至中国澳门，回返葡萄牙时遭遇湄公河船舶失事，卡蒙斯在水中一手抱住浮板一手托起诗稿的场景至今仍是人们津津乐道的传说。他的民族史诗《卢济塔尼亚人之歌》是葡萄牙文学史上的一座丰碑，甚至可以说，它参与构成了葡萄牙民族、语言、身份认同的核心，因此有中文版本将其译为《葡国魂》。全诗共分十章，开篇便通过对维吉尔《埃涅阿斯纪》的模仿明确了这部三十年呕心沥血之作的史诗抱负，而诗中冒险、历史与神话三个层面的叙述彼此推动、浑然一体，蔚然有荷马之风。卡蒙斯的史诗不是政治献礼，其结构与思想上的复杂性与艺术上极高的完成度，都非邀功取宠之辈所能企及。15世纪下半叶的大航海，不仅打通了全球历史的脉络，更是拓展了人类心灵的边界，一艘艘航船从伊比利亚半岛出发，驶向的是无垠的未知，征服的是内心的恐惧。在《卢济塔尼亚人之歌》中，达伽马这样的航海家的确在这个维度上被赋予了伟大。海上的艰难险阻在诗中具象化为暴虐的巨怪、嫉妒的酒神，而葡萄牙的水手也借此具备了超越性的一面，犹如不畏对抗命运与神旨的古希腊英雄。诗的末尾，水手们得到的嘉奖不是香料与黄金，而是爱情（岛上的仙女）与真理（"世界机器"）。一方面，卡蒙斯用诗歌的语言与现实的题材，谱写出了人类精神的崇高；另一方面，他在航海冒险与诸神之争的两层叙述之间，巧妙地插入了葡萄牙的民族史，并且通过"雷斯特罗老者"这样的形象和对帝国逝去的慨叹，构建出了历史的丰富性：荣耀的另一面是虚空，崛起的后话是衰落。

除了写出《葡国魂》这部壮阔史诗，卡蒙斯也是文艺复兴时期重要的抒情诗作者。与萨·德·米兰达相仿，卡蒙斯的诗歌既采用了传统的形式，例如首尾韵四行诗，也有对新格律的尝试。就主旨而言，卡蒙斯的抒情诗与史诗有颇多呼应之处，包括求而不得的爱情、田园牧歌的美好、人生光景的无常和对社会现实的批判等等。即便是同一时期的史学家、游记文学作家，在描写海外殖民地的战争、掠夺与腐败方面，都没有谁能像诗人卡蒙斯那样直言不讳、赤裸写实。当然，诗人表达的思想，需要还原到时代思潮的背景下进行考量。随着文艺复兴的到来，新柏拉图主义也顺利融入了当时基督教世界观的大框架下。因此，卡蒙斯的诗歌不是在简单抱怨世事不平、社会不公，而是隐藏着一种形而上学的张力，纯净、秩序的理想与污浊、纷乱的现实让诗人在两极之间徘徊，感到无所适从，而正是这种痛苦成就了诗中的歌者。同理，卡蒙斯的爱情诗虽然继承了中世纪将女性理想化、爱情抽象化的倾向，但是新柏拉图主义的二元思维决定了诗人所面对的根本矛盾是感官之爱与精神之爱的协调问题，爱情这般美好、崇高的理念，如何在不完美的人间实现？不得实现的痛苦又该让人作何理解？这是卡蒙斯诗歌创作的核心所在。

费尔南·门德斯·平托是与卡蒙斯同时期的游记作家，虽然二人在文学史上的地位不可同日而语，但是在500年后的今天，平托的《远游记》大大激发了后现代文艺批评家与后殖民主义理论家的兴趣。该书半写实半虚构地记叙了作者远游中国、日本的见闻，其中关于东方风情的描写，虽是基于平托本人的实际经历，但是通过有意无意的夸张、扭曲，构建出一个奇异的"他者"，以此映照出葡萄牙本国的一些文化问题和社会风气。虽然葡萄牙人至今仍取笑平托多有虚言妄语，然而他在书中将自己塑造为"反面英雄型"主人公，并且在游记题材的幌子下"大胆杜撰"，正是这样的创造性使得《远游记》成为了一部长存于文学与历史学殿堂的奇书。

葡萄牙的16世纪是一个光荣与危机共存的世纪，最终以民族的悲剧收场。1578年，曾经资助了卡蒙斯写作《卢济塔尼亚人之歌》的年轻国王塞巴斯蒂昂战死在北非战场，葡萄牙王位继承再次出现危机。两年后，塞巴斯蒂昂的叔父，即西班牙国王菲利普二世接过葡萄牙大位，两国兼并达六十年之久。这一时期，王宫从里斯本迁至马德里，大批贵族、精英也随之转移，不但葡萄牙在全球的政治与经济势力遭到蚕食，文化上也日渐沦为了边缘。为了取悦更多的读者，大批葡萄牙的知识精英转而使用西班牙语写作，例如堂·弗朗西斯科·曼努埃尔·德·梅洛，虽然后来他又效忠恢复了葡萄牙独立的若昂四世国王，但是德·梅洛早期就是用西葡双语写作、支持马德里朝廷的贵族典型。他的一些"道德文章"与灵光一现的戏剧作品虽得以流传后世，但其封建保守的价值观，尤其是对女性的贬低，多为现代读者所诟病。与此同时，王权日益集中、专断，宗教裁判所的压迫逐渐加强，这些因素共同导致了17世纪文学的平庸。葡萄牙文学的巴洛克时期，在卡蒙斯与西班牙黄金世纪诗人路易斯·德·贡戈拉的影响下亦步亦趋，鲜有创新。自1572年至17世纪中叶，模仿《卢济塔尼亚人之歌》的史诗作品在葡萄牙就出现了三十余部之多；在贡戈拉夸饰主义风格的影响下，效法者们多追求精致修辞，然而终究言之无物。

安东尼奥·维埃拉神父或许是葡萄牙巴洛克文学中唯一值得称道的人物，他留下的700多封书信与200多篇布道词充分展现了其文风的华丽与论证的雄辩，因此，维埃拉曾被誉为"天主教讲道者中的王子"，费尔南多·佩索阿也盛赞其为"葡萄牙语的帝王"。除了语言运用方面的杰出才华，维埃拉也因其在殖民地活动中的人道主义立场为历史所铭记。维埃拉六岁时便随家人移居巴西，虽屡次返回欧洲，但他人生一半的时间都是在巴西度过的，也因此，维埃拉是葡萄牙与巴西文学史所"共享"的一位大家。他在很多篇讲道中为美洲的原住民发声，批判罪恶的奴隶制度，同时呼吁天主教会停止迫害已经皈依天主教的犹太人。因为这些超前于时代的见解，在巴西，他被种植园主排挤、迫害，回到葡萄牙又被宗教裁判指控为异端，后来幸得教皇赦免。维埃拉的文才与道义，使其很多时候被人与墨西哥的索尔·胡安娜修女相提并论，事实上，二人大致活跃于同一时期，也的确互有通信往来。

除此之外，维埃拉神父也是一位民族主义者。他公开支持葡萄牙摆脱西班牙的统治，光荣复国，并且留下了一部《未来之史》，成为葡萄牙"塞巴斯蒂昂归来主义"文学传统的基石作品。这一传统的核心并不是真的盼望那位失踪在战场上的年轻国王肉身回归，而是一种弥赛亚式的等待，等待着葡萄牙的真命天子归来，结束本国本族的屈辱、奴役与身份危机。维埃拉神父在《未来之史》中所畅想的是一个叫作"第五帝国"的乌托邦，他预言继叙利亚、波斯、古希腊、罗马之后，将出现一个葡萄牙所引领的基督教帝国，人类彼此和睦，平息刀兵。后来，佩索阿在诗集《音讯》中继承并发展了这一主题。

对于葡萄牙乃至整个欧洲而言，18世纪都是一个变革的世纪。经济上，工业革命深刻改变了社会结构，国外的新兴事物受到追捧，也倒逼落后、边缘的葡萄牙将资产阶级推上历史舞台的中心；政治上，绝对君权从理论到实践层面都得到空前加强，法国波旁王朝的君主不可一世，葡萄牙大权独揽的彭巴尔伯爵实施开明专制；文化上，启蒙主义的风潮吹遍全欧，以天主教神学教条为基础的政治学说和文艺理论大遭挞伐，新古典主义悄然兴盛。浮夸矫饰的巴洛克风格逐渐消亡不见于葡国文坛，而以"葡萄牙诗社"（又名"里斯本诗社"）为标志的新文艺思潮则高举人本主义与古典主义两面大旗，尝试确立一种高贵而简洁的诗歌理念，其代表人物有古雷亚·加尔桑、尼科劳·托伦蒂诺·德·阿尔梅达、葡萄牙浪漫主义的发起人阿罗纳女侯爵以及诗社中成就最高的诗人杜·博卡热。

19世纪初年，葡萄牙再经剧变，法国军队三次入侵，迫使葡萄牙王室仓皇出逃里约。恢复国土后，以佩德罗二世（巴西的佩德罗一世）为代表的自由立宪派与其弟米格尔所代表的专制保皇派展开了多轮惨烈的拉锯战，一批自由主义知识分子在血与火的启蒙中成长起来，异国流放、浴血奋战、出任使节、奔走政坛，这些经历为19世纪上半叶的浪漫主义运动准备了深刻与厚重。亚历山大·厄尔古拉诺和阿尔梅达·加雷特这样的作家跨过前两个世纪的晦暗与压抑，重新寻找葡萄牙人的身份认同。加雷特堪称葡萄牙浪漫主义早期最伟大的作家，他的政治履历非常耀眼，在文学创作方面也成就甚高。他的长诗《卡蒙斯》、戏剧《吉尔·维森特的一部寓意剧》和《路易斯·德·索萨修士》都是将历史题材主观化演绎的成功作品，这其中既有出于加雷特个人天才的匠心独运，也有其一度漂泊的英法两国浪漫主义文学的影响。值得一提的是，在《路易斯·德·索萨修士》中，加雷特采取古希腊悲剧的模式，表现了苦等塞巴斯蒂昂归来的"旧葡萄牙"和敢爱敢恨敢担当的"新葡萄牙"之间的强烈反差，通过悲剧故事令读者动容、扼腕之余，一种新的民族身份和集体人格呼之欲出。加雷特最重要的小说《故土之行》某种程度上也在述说同样的时代矛盾：所谓的故土之行，只有里斯本到圣塔伦不到100公里的距离，但是这趟象征着自我认知的旅行支撑起了全书独特的多层架构，散漫的游记叙述巧妙串连起作者的哲学探讨、政治评论与小说的核心故事，在自由党人革命的大背景下，一个国家，好似一个家庭一样，同时面临着觉醒的紧张和抉择的痛苦。其语言之新、结构之奇、内容之广，足以使这部小说成为浪漫主义乃至葡萄牙文学中独一无二之大作而无愧。

较加雷特更晚一代的卡梅洛·卡斯特罗·布兰科是葡萄牙浪漫主义后期的标杆人物，与加雷特旗帜鲜明的自由主义立场和赤诚奔放的抒情文风相比，布兰科无论生平还是作品，都一定程度上游离于任何主义或学派之外。布兰科的葡萄牙语用词精准、辞藻丰富，句法编排之中蕴含着极大的张力，作为一代语言大师，他擅长以文字操控感情，可叙事绝不滥情。与同时代的浪漫主义作家相比，布兰科更明白国民生活的实际，所以他不会因为意识形态的需要将"人民"理想化。就本质而言，布兰科的小说属于经典悲剧，而非近代新潮，他笔下的人物很多仍为古典时代的荣誉感和道德观所驱动，爱情、理想、公义，面对这些不可抗拒的价值，他们不惜生命，《毁灭之恋》就是布兰科这类作品的代表。

布兰科在小说叙事中保持克制、甚至有意与读者拉开距离，这种倾向之中其实已经依稀可见文坛风气向现实主义的转变。布翁的后半生已经阅读到了埃萨·德·盖洛什《阿马罗神父的罪恶》这样的小说，并且意识到了现实主义不可逆转的崛起，然而秉性使然，他的调整终归不够彻底，也没有写出更加成功的作品。1865年，大学城科英布拉的一群保守派文人公开批评某些学生青年作家缺乏良好的感知力、品位低下，被点名者中包括诗人安泰罗·德·肯塔尔和特奥非罗·布拉加，后者不仅是近代葡萄牙文学史上重要的散文家、文学史研究者，共和国建立后还短暂出任过葡萄牙总统。这次诘难史称"科英布拉问题"。肯塔尔当即公开还击，并且联合盖洛什、布拉加、拉米略·奥尔蒂冈、历史学家奥利维拉·马尔丁斯等人，通过1871年夏天在里斯本某个赌场内召开的会议，正式提出了"70一代"的文艺路线与政治主张，宣告浪漫主义已经过时，作为对"科英布拉问题"的最终回应。曾经出使世界各地、长年旅居英法的盖洛什，吸收了福楼拜等法国现实主义作家的影响，结合他眼中本国社会的诸多问题，以实证主义的因果视角，在小说创作中深入批判了葡萄牙政治低效、文化落后、宗教僵死、民智未开、道德腐化等问题。他写出了葡萄牙的"《包法利夫人》"——《巴济里奥表兄》，更是呕心沥血完成了绝无仅有的巨著——《马亚一家》。

在盖洛什眼中，葡萄牙的男男女女大多如敢做不敢当的阿马罗神父，或是巴济里奥表兄的"猎物"路易莎一样，人格软弱，见识粗浅，而《马亚一家》中的乱伦情节更是象征了民族性格深处的自恋与病态。埃萨·德·盖洛什与他的"70 一代"同僚相似，一度坚信，强盛的英国、德国，应当是葡萄牙知耻而后勇的效法对象，也正因为这种"落后感"带来的强烈焦虑与悲观，有人将这群知识分子叫作"被生活所胜的一代"。不过，在盖洛什的遗作《城与山》中，我们看到了作者人生末期对于鼓吹"文明"、笃信"进步"的反思：落后的农业国葡萄牙需要涅槃重生，但它的民族自信与文化资源，不在于英国的工厂或法国的城市，也许就在一种健硕、勤劳、豁达的乡村生活之中。

19 世纪末到 20 世纪初，葡萄牙社会外忧内困，古老的全球性帝国支撑乏力，迟缓的历史"母亲"终于还是在不可避免的"阵痛"中诞下了虚弱的共和国。然而，就是在大局动荡又百废待兴的 1910 年代，葡萄牙文学继埃萨·德·盖洛什之后，迎来了以费尔南多·佩索阿为核心的又一高峰。1910 年共和国肇始，一群文坛新秀在北方重镇波尔图创刊文艺杂志《鹰》，并以此为阵地，掀起了一场名为"葡萄牙文艺复兴"的运动。《鹰》延续办刊二十余载，见证了文学界几代人的成长与变迁，其中早期的领军人物特谢拉·德·帕斯夸斯，作为追怀主义的首席诗人，虽然今日知者寥寥，但在 20 世纪 10 年代初曾风靡葡国上下。佩索阿的早期诗歌显然吸收了帕斯夸斯的元素，在其 30 年代出版的神秘民族主义诗集《音讯》中也依然回响着追怀主义的余音。除此之外，19 世纪末的两位天才诗人色萨里奥·维尔德和卡梅洛·庞山耶也深刻影响了佩索阿，前者尽管英年早逝，作品不多，但是维尔德以市井生活入诗的角度启发了一批现代诗人，而后者的象征主义诗歌则为佩索阿提供了语言资源。

1915年里斯本出版的《俄耳甫斯》杂志虽然仅发刊两期便无后话，但它正式宣告了葡萄牙现代主义石破天惊的出场。《俄耳甫斯》在文学史上所标志的，是以佩索阿、马里奥·德·萨-卡内罗、阿尔马达·内格雷罗斯为代表的第一军团与旧传统猝然决裂，将外来的先锋艺术理论付诸实践的一次勇敢尝试。也正因如此，这一时期的现代主义作家与作品，与高歌猛进颂赞机器文明的意大利未来主义有着密切的关联，例如佩索阿创造的主要异名之一阿尔瓦罗·德·冈波斯就是在这一时期发表了《胜利颂歌》《航海颂歌》等夹杂着机器轰鸣与惠特曼式豪壮诗情的作品。甚至可以说，佩索阿创造的异名本身就是现代文艺思潮的产物。异名与笔名不同，笔名只是掩藏真实身份的符号，而异名则是作者人格的分身，例如佩索阿一生至少构建了70余个异名[1]，他们各有自己不同的出身、教育、政见、哲学和文风，每一个异名都像一个独立的演员，而作者本人就是所有分身共同演绎的整台大戏。这种人格的裂变与主体的多元，我们或许只有在晚近的思想史中，才能找到相应的理论基础，例如尼采在《权力意志》中提出，自我的多重性与多重人格之间的互动是人类思想、意识的基础。同样，佩索阿自称为"戏剧诗人"，因为他的诗歌创作是建立在异名世界的格局之上，所有种类的人格与文学出于一身，而自己这场没有情节的戏剧就是其一切创作的终极审美对象，这恰好实践了尼采在《悲剧的诞生》中将审美树立为绝对价值、强调"鬼魂附体"是艺术先决条件的论调。在葡萄牙文学传统中，大概也只有弗拉迪克·门德斯能与之相比。门德斯最早是埃萨·德·盖洛什青年时代虚构的人物，他周游世界，见多识广，也个性独特，头角峥嵘，后来整个"70一代"集体用书信、杂文等作品参与构建、维护了这个共同的"朋友"。与之相较，佩索阿则将创建"他我"的异名游戏推向了极致，其中广为读者熟悉的"作者"有返璞归真的农民诗人阿尔伯特·卡埃罗、轮船工程师阿尔瓦罗·德·冈波斯、医生里卡多·雷耶斯和会计员贝尔纳多·索亚雷斯，他们的文字也大相径庭，有格律严谨的古体诗，也有如江河湍流的无韵诗，还有深邃而充满哲思的散文，除此之外，即便"费尔南多·佩索阿"这个署名也仿佛是数位诗人共用的面具。更加难能可贵的是，佩索阿在各个时期、各种风格的创作中，都达到了极高的水准，无论是诗歌所蕴含的思想性、韵律感，还是对人生和艺术深刻讽刺性的敏感觉悟，都足以使佩索阿比肩西方文学史上任何一位顶尖大师。

然而，佩索阿一生47年多半低调，生前只结集出版过一本英文诗集、一本葡文诗集，但他身后留下的巨大文学遗产，直到20世纪后半叶才逐渐引起国内外学界的重视，其死后留下的一箱遗稿，时至今日仍未完成整理。继短命的《俄耳甫斯》之后，以《在场》杂志为核心的一群年轻知识分子发起了现代主义的第二波，他们名为延续实为修正地接过了《俄耳甫斯》的使命，并且早在20年代便意识到了佩索阿的伟大成就，同尊其为导师和先驱。这批人中包括了最早的佩索阿研究权威若昂·加斯帕尔·西蒙斯，还有20世纪中期漫长的独裁统治下葡萄牙文坛独一无二的巨人米格尔·托尔加。

托尔加的一生几乎覆盖了整个20世纪，见证了葡萄牙社会从君主到共和、从乱世到独裁再到解禁的沧桑巨变。托尔加是他的笔名，本是其家乡山后省的一种欧石楠花。而托尔加漫长的文学生涯，正如这一笔名寓意所暗示的那样，无论在他周遭百家之言如何争辩，各种主义胜负几何，托尔加的写作始终与故乡和土地密切相联。托尔加的本业是耳鼻喉科医生，早年他便因为医治穷人分文不取的古道热肠而为乡人称颂；作为诗人、小说家、剧作家的他，同时也在用笔为故土不断耕耘，为封闭、穷苦的山后省人发声、抗争。其身后留下的皇皇16卷《日记》综合涵盖了托尔加宽泛的创作光谱，其中包括了诗歌、抒情散文、时政评论和文化反思，既富有真情实感，亦不乏真知灼见。此外，他的代表作还有短篇小说集《动物趣事》和《山村故事》等，一个个边境山村的小人物、小故事里，投射的是作者对乡土故人的一腔热爱与悲悯。他的诗集《伊比利亚的诗》虽常被拿来与佩索阿的《音讯》比较，但托尔加的"大地诗歌"里没有佩索阿天马行空的诗学和对超然上帝的神秘感知，他的哲学很具体：人性的卑微与温暖，就是托尔加的全部信仰。因为这份具体，托尔加会为底层民众的遭遇感到义愤，由于对萨拉查政府多有不满，他一生几次被捕；也因为这份具体，托尔加似乎一生都游离于政治主义之外，无论是独裁之下，还是民主之后，葡萄牙放手殖民地、加入欧洲联盟，托尔加始终保持着超然的冷静，他不向独夫之政屈膝献媚，也不为民主革命忘我欢呼，他永远像卡蒙斯笔下"雷斯特罗的老者"，凭着经验主义的理智，指点着历史深处的忧虑。总之，米格尔·托尔加之于20世纪葡萄牙和葡萄牙语文学的重要意义毋庸置疑，1989年他获颁首届"卡蒙斯奖"可谓众望所归，该奖项也自此成为当代葡萄牙语文学的至高荣誉。

1998年，若泽·萨拉马戈获颁诺贝尔文学奖，引来大西洋两岸葡语世界的一致欢呼，虽然早在1960年托尔加就曾被提名，但萨拉马戈还是第一位折桂诺贝尔奖的葡萄牙语作家。萨拉马戈因从事编辑、记者等职业而较早接触文学界，早年曾是颇受欢迎的专栏作家，也出版过几本诗集，但作为小说家的他大器晚成，直到53岁才发表了自己的第一部长篇小说，1982年的《修道院纪事》、1984年的《里卡多·雷耶斯死去的那一年》都大获成功，也成为了萨翁一生的代表作。1995年，萨拉马戈凭借《修道院纪事》斩获第七届卡蒙斯奖，这一年他完成的《失明症漫记》更是助其三年后问鼎诺贝尔奖。萨拉马戈的作品很多从还原历史开始，无论是葡萄牙王朝、教会的陈年故事，还是费尔南多·佩索阿为人津津乐道的异名小传，萨拉马戈通过大胆想象开辟出一条奇异的时空岔道，构建出一个高度仿真却在细节上面目全非的历史版本，妇孺皆知的典故在他绵长而充满转折的语句中不知不觉被颠覆，帝王将相的赞词颂歌、世外贤人的清谈高论成为了戏仿、讽刺的对象，借此树立的是作者基于共产主义、人文主义意识形态而建立的历史观和正义论。当然，以萨拉马戈激进的政治立场仍能为整个葡语世界乃至全球的读者所欣赏，凭借的是他对葡萄牙语的天才妙用、对葡萄牙历史文化的独到思考和一片饥渴慕义的赤子之诚。

安东尼奥·洛博·安图内斯是当代葡萄牙文坛与萨拉马戈对应的另一座高峰。安图内斯本是心理医生，曾在葡萄牙殖民地战争末期作为军医在安哥拉服役，两年多的战地经历直接影响了安图内斯《大象回忆录》《不毛之地》等早期作品。战争的残酷与个体的苦难让作者洞彻了官方爱国主义宣传的空洞与荒谬，由此反思、批判的是贯穿整个葡萄牙历史对于海外殖民的英雄主义叙事。安图内斯的语言风格在后期愈发凝重、简练，但仍保持了心理叙述的深刻与精确，他的许多小说以家庭纽带、人际关系的错位为切入点，以小见大，反映的是葡萄牙社会从独裁时期走入民主时代过程中的阵痛和迷惘。1974年的"康乃馨革命"，不止结束了旷日持久的海外战争，改变了政治的上层建筑，更是在微观上将无数家庭从过去半个世纪的传统价值观上松绑，拥抱自由的同时迎来的也有失落和无措。因此，安图内斯的小说虽然充满了晦涩、厚重的心理描写，但仍成功引起了当代葡萄牙读者的广泛共鸣。

除了萨拉马戈、安图内斯这两个无法回避的名字之外，现代葡萄牙文坛的重量级作家还有维尔吉奥·费雷拉、若热·德·塞纳、索菲亚·德·梅洛·布莱那·安德雷森、爱德华多·洛伦索、莉迪亚·若热、阿尔·贝托、曼努埃尔·阿莱格雷等等，他们群星闪耀，才情各异，历史终究将留下谁的名字，还有待时光的淘洗、世代的拣选。

　　回望八百年沧海桑田，葡萄牙虽偏居欧洲一隅，人口稀少，但却因缘际会地成为了真正全球历史的开幕主角，葡萄牙语也发展为如今四洲八国逾两亿人使用的语言。15-16世纪大航海时代的辉煌根源于葡萄牙民族对人类精神边界的勇敢开拓，其开放的胸襟、高远的眼界、虔诚的情怀在文学领域也有所反映，绽放出灿烂的花朵，与此同时，航海者的形象也凝聚成葡萄牙民族气质与身份认同的核心。当荣耀逝去，帝国衰落，残垣废墟中一个民族变得忧郁而怀旧，整体而论它的文学也是抒情多于哲思，诗歌强于叙事。葡萄牙社会与文化之后400年的流变都难以绕开这一历史的迷局，贫穷、落后、狭小的土地承载着世界性帝国的梦想，怀恋过去即是盼望未来。在脱非入欧的新时代里，诚如萨拉马戈在小说《石筏》中所创造的伟大意象，葡萄牙作为伊比利亚半岛的一部分，将在欧、非、美三块大陆之间找到属于自己的全新定位与独特身份，葡萄牙文学需要新的出发，新的表达。

注释

　　〔1〕72个异名说法由葡萄牙学者特蕾莎·丽塔·洛佩斯提出，但也有学者认为佩索阿共创造了127个异名。具体可见下文《伟大的潘神复活了——论异名阿尔伯特·卡埃罗》中注释。

费尔南多·佩索阿
(*Fernando Pessoa, 1888–1935*)

伟大的潘神复活了
——论异名阿尔伯特·卡埃罗

闵雪飞

天才、出版与成名

葡萄牙诗人费尔南多·佩索阿的一生可以在两个地理名词——里斯本与德班——中得到完整的解释。里斯本是葡萄牙的首都,他在这里出生,度过童年,成年后回到这里,在这里死亡。在南非的德班,他完成了智识与情感教育。幼年丧父寡母再嫁的生活不幸给了佩索阿接受维多利亚式教育的机缘。对英美文学的熟悉与认同使他殊异于深受法国文化影响的同时代葡萄牙诗人。佩索阿与他同年的艾略特几乎同时提出了有几分相似但各有侧重的"非人格化"诗学观念。关于这种文学史上屡见不鲜的"巧合",我们或许可以从佩索阿的教育背景中得到解释。然而,佩索阿的阅读十分驳杂,在他所推崇的文学先师中,不仅有英美一脉的弥尔顿、爱伦·坡与伟大的惠特曼,也有葡萄牙文学的安东尼奥·诺布雷[1]、庇山耶[2]与色萨里奥·维尔德[3]。他的人生与文学打下了两种语言文化相遇、冲突与融合的深刻烙印。一个天才的痛苦可能在于才能太多,他有很多种可能成为很多种人,然而命运最喜欢捉弄上帝挑选的人,总是适时地关闭他最想进入的一扇门。佩索阿曾想过去英国上大学，并用英语创作，但落选留英奖学金的事实终于促使他下定决心渡过大西洋，永远地留在自己的祖国。回到里斯本之后，佩索阿并不曾放弃成为英语诗人的梦想，然而出版受阻的现实或许让他意识到那自书中得来的标准而华丽的英语既是他的优势又是他的劣势。之后，他终于放弃了英语书写，决定性地选择了卡蒙斯的语言，并为它奉献了不亚于先贤的精神瑰宝。

在中国，由于佩索阿的诗作甚少翻译出版，《惶然录》（亦译《不安之书》）压倒性地流行，人们习惯于把该书署名者贝尔纳多·索阿雷斯（Bernardo Soares）与真正的创造者费尔南多·佩索阿混淆起来，这样，在中国的文学视野中，佩索阿成了卡夫卡一般的人物：视书写为一种命运，生前籍籍无名、郁郁寡欢，死后极尽哀荣，且有"被背叛的遗嘱"增光添彩。这样的人物的确更具有悲剧般的美感，但并不完全符合事实。作为所谓的"近异名者（quase-heterónimo）"或"半异名者（Semi-heterónimo）"，贝尔纳多·索阿雷斯的人生确实与佩索阿有相同之处：佩索阿依靠娴熟的英语找到了一份翻译英文书信的差事，恰如贝尔纳多·索阿雷斯是一位会计助理，两个人都做着和文学无关的琐屑工作；佩索阿自己也喜欢身穿黑大衣，头戴礼帽，在里斯本的大街上闲逛。然而，这个沉闷寡欢的异名仅仅是佩索阿的一个侧面，就真实的生命个体而论，佩索阿的文学生涯是辉煌而炽热的，即便生前发表不多，也不能遮挡他在葡萄牙文坛上活跃而激进的身影。他不是以诗歌而是以文学评论完成了文学"处女秀"。作为20世纪最具思想洞察力的知识分子，佩索阿主动放弃了对政治、经济等常规领域的批评，而是直接攻占了他心目中最高级的阵地——智识。1912年，佩索阿在文学杂志《鹰》上接连发表三篇檄文般的文论：《从社会学角度思考的葡萄牙新诗》（第4期，4月）、《重申》（第5期，5月）、《心理学层面的葡萄牙新诗》（第9期，9月；第11期，11月；第12期，12月），文章在葡萄牙文坛引起了轩然大波。在与"追怀主义"[4]决裂之后，佩索阿继续以活跃的姿态参与葡萄牙现代主义文学运动，写诗、发文章、办杂志、开办印刷厂。在生命的后期，他已经成为葡萄牙新一代诗人——以若泽·雷吉奥[5]为首的"在场[6]一代"——的精神导师。正是经由这些50-60年代成为文坛中坚力量的"门徒"的努力，佩索阿的经典化才得以实现。假设佩索阿可以活到惠特曼的寿数，未尝没有可能亲证自己的加冕。从文学这个角度来说，纵然没有为大众熟知的名气，他也不是一个郁郁寡欢的失意人。卡夫卡在葡萄牙诗坛的投影是色萨里奥·维尔德，由于自然主义风格不见容于当时夸饰伤感的诗坛，这位五金店主为诗人的"名分"奋斗终生，但始终没有获得承认；异名阿尔伯特·卡埃罗与半异名贝尔纳多·索阿雷斯的创造部分地参照了色萨里奥·维尔德的生平。今天，色萨里奥·维尔德已经是毫无争议的大诗人，而在佩索阿所处的时代，秉持这种观点的人并不多，但是佩索阿以极大的敏锐赞许色萨里奥·维尔德是葡萄牙第一个现代主义诗人，在组诗《守羊人》的第三首中，我们可以发现他对维尔德的称许与超越的自信。

佩索阿生前只出版了一部作品《音讯》，其他作品不曾结集付梓，只在少数杂志上发表，以手稿形式存留于世。几十年来，佩索阿研究者们索隐钩沉，整理出版了大部分作品，也许有一天，我们能够看到佩索阿全集的出版。

然而，对于伟大的佩索阿，对于这位曾写过"成为诗人不是我的野心／而是我独处的方式"的诗人，发出任何怜惜其生前未获得应有荣誉的哀叹，都是一厢情愿，因为他早已在散文《成名是一种庸俗》中，明确地表达过自己对名声的不屑："有时，我一想起那些名人，就会为他们的名声感到悲哀。成名是一种庸俗。所以，成名会伤害娇贵的心灵。（……）一位不为人所知的天才可以尽情享受无名与天才两相对照而带来的微喜，而且，当他想到只要他愿意便可成名，便可以用他最好的尺度，亦即他自己来衡量他的价值。然而，一旦他为世人所知，回到籍籍无名将不再是能掌控的事。成名无可弥补。就像时间，没有人能回头或者反悔"。

或许，从阿尔伯特·卡埃罗的这首诗中，我们可以更清楚地看到诗人对出版的看法：

　　如果我年少夭亡，
　　不曾出版一本书，
　　不曾看到我的诗句印成铅字。
　　如果你们因为我的缘故而忧伤，
　　我恳求你们不要忧伤。
　　如果这样发生，这样便理所应当。

　　即便我的诗句从来不能付梓，
　　如果它们是美丽的，它们便拥有美丽。
　　但是它们不能因为美丽而等待刊印，
　　因为根须深埋在土地下，
　　而花儿盛放在空气中与目光前。
　　必须用力才会如此。没有什么可以阻止。

不需要为应该是而没有是的一切感到担忧或难过。这是"导师"卡埃罗教给"门徒"与读者的一切。从某种意义上来说，正是生前的无名成就了作为诗人的名声，正如主要异名亦即"门徒"之一里卡多·雷耶斯在怀念卡埃罗时所说："我们相信阿尔伯特·卡埃罗是20世纪最伟大的诗人之一。他落寞地生活，无名地死去。在神秘主义者看来，这是导师的特征。"如卡埃罗一般的无名与落寞，是诗人佩索阿的殷切期望，唯有如此，他才能真切地体认到自己的天才,并在现实中以肉身的形式成全导师的形象。

导师、异名与异教

1935年1月13日,已成为青年诗人精神导师的佩索阿在寄给卡萨伊斯·蒙特罗[7]的信中,陈述了"异名"产生的过程。他说他想捉弄一下萨-卡内罗[8],因此决定创造一位性格复杂的田园诗人,就在他觉得难度太大准备放弃的一刻,难以置信的事发生了:

> 那是1914年3月8日——我走近一张高台,拿过一张纸,开始写,我是站着写的,只要有可能,我总这样写。在一种我无法定义的狂喜状态里,我一下子写出三十多首诗,那一天是我生命里胜利的日子,我再也没这样过。我起了个题目:《守羊人》,接下来,某个人在我体内出现了,后来,他有了个名字:阿尔伯特·卡埃罗。请原谅我说出这么荒唐的话:在我的体内诞生了我的导师……阿尔伯特·卡埃罗就此显形,随后,出于本能与潜意识,我为他找到了一些门徒,就这样,我创造了一个不存在的团伙。

这一段"福至心灵"般的描述既是事实,又非事实。根据佩索阿研究者对手稿字迹的分析,那三十多首诗不可能是一下子写出来的,因此,异名于"狂喜"中产生只是佩索阿将书写神秘化的伎俩。实际上,"异名"的产生具有心理上的因素,佩索阿六岁时便在孤独寂寞之中创造了最早的异名:夏瓦列·德帕[9],通过这些自我的碎片,他与外部世界联系、沟通。同时,异名也是一种长期发展深化的诗学思索。浪漫主义以降,无论是葡萄牙国内还是国外,均呈现出"复数书写"的趋势,比如罗伯特·布朗宁的"戏剧诗"、叶芝的"面具"、安东尼奥·马查多的"伪歌者"等。而在哲学层面，丹麦哲学家克尔凯郭尔著名的三组署名，以及他在作品中对于"他者"的探讨，对佩索阿的"异名"书写系统也产生过深远的影响。葡语中的 heterónimo 源出希腊语，意为"另一个人"。佩索阿用这个词与笔名 pseudónimo 区分：笔名完全取代了作家的本名，但并没有改变文学个性；而异名则不同，是作家自创的文学上的"我之非我"（ser minhamente alheias），具有与正名（ortónimo）佩索阿迥异的风格、语言与题材。根据研究者特蕾莎·丽塔·洛佩斯统计，佩索阿一生共创造了 72 个不同的异名。[10] 这 72 个异名承担着不同的职责，活跃程度不尽相同，最主要的异名有三个：阿尔伯特·卡埃罗（Alberto Caeiro）、阿尔瓦罗·德·冈波斯（Álvaro de Campos）与里卡多·雷耶斯（Ricardo Reis），他们与正名的费尔南多·佩索阿共同构成了一个书写的"家族"。

依照佩索阿的设计，这些异名拥有完整的传记与独立的风格，彼此关联，相互影响。阿尔伯特·卡埃罗是所有异名的核心与母体。他关注自然，蔑视任何一种哲学思索，自称是一位反形而上学者；阿尔瓦罗·德·冈波斯在苏格兰接受教育，曾前往东方闯荡，是未来主义的典型代表，"一位内心装着希腊诗人的瓦尔特·惠特曼"；里卡多·雷耶斯是医生、保皇党人、异教徒，1919 年因为政治原因离开葡萄牙，流亡巴西。他曾在耶稣会学校接受教育。"他人的教育使得他成为拉丁学者。自我教育使他成为半希腊学者"；佩索阿同时区分了"佩索阿本我"（Pessoa ele-mesmo）与"佩索阿正名"（Pessoa-ortónimo），前者是以肉身存在的诗人自己，是异名的创造者与包纳所有异名的容器；而后者与"异名"并无差异，是异名系统不可或缺的组成部分。"佩索阿本我"创造出导师卡埃罗，这一事件对"正名"造成了影响，就在那一天，"佩索阿正名"写下了交叉主义组诗《斜雨》，标志着"从卡埃罗到佩索阿正名的回归"。

异名不仅仅是一种极具冲击力的诗学，更是一种"孕育着众多诗学的诗学"，每一个"异名"与"正名"，都具有独特性，是彻底而新奇的创造。佩索阿希望通过异名与正名之间的继承、近似、紧张、矛盾与对抗，系统地阐发现代主义的诗学思考。然而，异名并非仅仅是一种文学现象，更蕴藏了佩索阿在哲学与宗教上的雄心——在文学上实现"异教"的重建。

在《不安之书》中，佩索阿借用半异名贝尔纳多·索阿雷斯之口，对他生活的时代及其精神做出了精准的描述：

> 当我所归属的那一代出生时，世界已经不再为拥有心与魂的人提供援助。前几代人摧毁性的工作令这个我们为之降生的世界不再具有将我们安放于宗教秩序之中的安全感，也不再拥有把我们归并于伦理秩序中的支撑，同时失去了平静，令我们在政治秩序中无法找到路途。我们于彻底的形而上学焦虑、绝对的道德苦恼与完全的政治不安中降生……但我们父辈的批判主义失败了，如果说它把成为基督徒的不可能性传承给我们，但却并没有让我们继承拥有这种不可能性的满足感；如果说它传承给我们对已建立的道德模式的不信任，但并没有把面对道德模式与人道生存规则的无动于衷传承给我们；如果说它将政治问题变得不确定，却没有在面对如何解决这个问题时让我们的灵魂变得无动于衷。我们的父辈心花怒放地摧毁，因为他们生活的时代对于过去依然有坚固的反射。正是他们摧毁的一切给予社会以力量，让他们尽情摧毁而且没有感觉到大厦的倾覆。我们继承了摧毁及其结果。

佩索阿认为，在这样一个矛盾的社会里，一神论成为了文明的病征与堕落的象征，世界亟需摆脱基督教一神论的控制，建立一种如同希腊罗马时代奥林匹斯的众神一般的多神信仰，亦即异教（paganismo）。但异教的重建并非意味着简单的向古代回归。经历了两千多年的基督教统治后，人类再也不能轻易地返回众神居住的世界。佩索阿（尤其是异名里卡多·雷耶斯与安东尼奥·莫拉[11]）强调，单一神祇的基督宗教造成了西方人思想意识的绝对理性化，因此，对于现代西方人来说，已经没有可能返回奥林匹斯山下。因此，为了重新建立神与人之间的关系，首先要返回一种使多神的存在成为可能的本质。在佩索阿的"异教"或"异教主义"里，这个本质是由阿尔伯特·卡埃罗形塑的，正如里卡多·雷耶斯在《序言》中所指："卡埃罗的作品代表着异教的完整重建。"

《阿尔伯特·卡埃罗》的第一部分为组诗《守羊人》，这是一部具有奠基性质的作品。组诗共有49首，但实际上可以看成是一首诗，或者一句话：世界是部分，而非整体。以基督一神论为信仰基础的理性精神要求现代人把"自然"作为整体来认识，而不是石头、河流与树木无休无止的相加。而佩索阿认为这种理性阻碍人们正确认识自然。因此，为了重建异教，或者建立新异教，首先要通过消灭绝对理性与拒绝形而上学重现异教的本质。在佩索阿-卡埃罗的诗歌中，不相信任何业已存在的哲学与形而上学的他建构了一种新的面对世界的方式，这种方式首先强调"观看"的重要性：

> 我相信世界就像相信一朵雏菊，
> 因为我看到了它。但我不去思考它，
> 因为思考是不理解……
> 创造世界不是为了让我们思考它，
> （思考是眼睛害了病）
> 而是让我们注视它，然后认同。

佩索阿放弃了观看与理解的二元对立,将观看与理解同一起来。必须先有这种观看与理解的同一与同时性,之后才能理解真正的自然、世界与宇宙。在单纯的观看与感受中,自然并非以观念性的浑然天成的整体形象出现,而是部分相加构成的直接集体:

> 我看到没有自然,
> 自然并不存在,
> 有山峦、山谷和平原,
> 有树木、花朵和青草,
> 有河流与石头,
> 但这一切并不属于一个全部,
> 真实的真正的整体
> 是我们观念的疾病。
>
> 自然是部分,而不是整体。
> 这也许就是他们所说的那个神秘。

承认自然是部分而并非是整体是异教的本质。按照雷耶斯与莫拉的说法,"自然是部分而不是整体"标志着卡埃罗诗中"绝对客观性"的诞生,从此,一种多神宗教的建立成为可能。在"谋杀"了单一的神祇上帝之后,便可以在自然的每一样事物中体认出神的栖身:

> 但如果上帝是树,是花,
> 是山脉,是月亮,是太阳,
> 我为何要称它为上帝?
> 我会称它为花、树、山脉、太阳与月亮;

> 因为，如果为了让我看到，他变身为
> 太阳、月亮、花、树与山脉，
> 如果他出现在我面前，就像树，就像山脉，
> 就像太阳、月亮与花朵，
> 这是因为他希望我认识他，
> 就像认识树、山、花朵、月亮与太阳。

所以，佩索阿-卡埃罗观念中的自然是无数属神之灵所构成的集体栖居之地。佩索阿最重要的作品，包括异名本身，都与呈现、解释这个"复数精神"相关。卡埃罗为其他异名及正名提供了信仰基础，从而催生了一种文学上的多极异教。这个异教的组成结构一如阿尔瓦罗·德·冈波斯在《回忆我的导师阿尔伯特·卡埃罗》中的陈述：

> 我的导师卡埃罗并非异教徒：他是异教本身。里卡多·雷耶斯是异教徒，安东尼奥·莫拉也是异教徒，至于费尔南多·佩索阿，倘若不是内心如一团乱麻，也会是异教徒。然而，里卡多·雷耶斯是性格上的异教徒，安东尼奥·莫拉是智慧上的异教徒，我是反叛上的异教徒，亦即脾气上的。卡埃罗身上没有对异教的解释；有的只是同质。

卡埃罗与异教同质，他以《守羊人》宣告了异教的完整重建，从此，"伟大的潘神复活了"，这位希腊罗马神话中半人半兽的牧神以新的形象成为了一种全新宗教的图腾。

卡埃罗、守羊人与伟大的潘神

关于"导师"阿尔伯特·卡埃罗，佩索阿在《守羊人》手稿中

有一句批注:"(卡埃罗是)一位神秘主义的唯物主义者"。卡埃罗及其作品正是在"神秘主义"与"唯物主义"的冲突与矛盾中得到了完美的定义。悖论是卡埃罗最大的特征,无论是人生还是文学。以"导师"身份存世的卡埃罗言说世界的方式是老人式的,而佩索阿设计中的卡埃罗非常年轻,甚至比佩索阿自己还年轻,仅仅26岁就离开了人世。卡埃罗在诗中始终呼吁简朴与自然,然而这简朴与自然之下潜藏的是复杂、机巧与阐释的多种可能。卡埃罗只读过四年书,没有接受过高深的教育,只会使用浅显的文字表达,与文采斐然的雷耶斯形成了鲜明的反差,但是,这种浅近的语言却是深思熟虑的结果。卡埃罗在诗作中强调"观看",反对一切哲学、宗教与形而上学,不过,他却于反对之中发展了自己的哲学和形而上学,于对观念的否定之中把自身建构成一种原初的观念,使其他异名与正名成为这种观念的演绎,并最终获得了一种作为哲学或宗教的"异教"系统。

  整部诗集也呈现出悖论式的结构。卡埃罗的诗共分三个部分:《守羊人》《恋爱中的牧羊人》与《未结之诗》。三分式结构显然经过精心设计。《守羊人》与《未结之诗》篇幅较长,内蕴相似,《恋爱中的牧羊人》篇幅短小,所表达的内容与其他两部分截然相反,作者凸显结构与内容的对照的意图显而易见。在《守羊人》与《未结之诗》的内部,矛盾更是比比皆是,诗中存在着两位不同的卡埃罗——"生病"的卡埃罗与"健康"的卡埃罗,佩索阿自己也进入了诗歌,与守羊人展开张力十足的对话。墨西哥诗人奥克塔维奥·帕斯在《费尔南多·佩索阿:不识自我之人》的开篇中这样说:诗人没有传记。他的作品便是他的传记。这的确是对佩索阿-卡埃罗一生的真实描述。整部诗集是卡埃罗作为"唯一的自然诗人"的人生传记。在《守羊人》的第一首诗中,卡埃罗把自己限定为诗人,一位"守羊人",他有了一个身份,可以存活于世,自由地观看、倾听；在《未结之诗》的最后一首诗中，在那首被他自己命名为《最后的诗》[12] 中，卡埃罗走向了死亡，他的死一如活一般平凡，他只是向太阳挥手作别，仿佛平日那般向它问好。正如里卡多·雷耶斯在序言中所说，他的一生"无法讲述，因为实在没什么可说的。他的诗便是他的生活。没有轶事，也没有值得大书特书之事"。《恋爱中的牧羊人》是佩索阿不多的书写爱情的诗，组诗的内蕴与其他两部分相悖，因为恋爱中的牧羊人"生了病"，并非正常状态下的守羊人。这组诗的写作日期与佩索阿同奥菲莉娅·格罗什[13] 相爱日期接近，有些人认为是佩索阿为纪念那段感情而作，但雷耶斯似乎更有道理，那不过一段"短暂而荒唐的插曲，（……）与其说是件轶事，不如说是一场忘却"。或者，如某些刻薄的佩索阿研究者所言，与其说佩索阿因为谈了那场恋爱而写下这组诗，不如说他是为了写下这组诗而尝试了恋爱。

《守羊人》不但是卡埃罗最重要的作品，也是佩索阿全部作品的分水岭。这组诗里同样充满了各种悖论。当看到题目《守羊人》时，我们会认为阿尔伯特·卡埃罗是一位真正的牧羊人，正如费尔南多·佩索阿书信中说的"一位田园诗人"，然而在组诗的开端，我们便看到了卡埃罗对这重身份的否认："我从来没有看守过羊群"。守羊人只是比喻，他看守的并非真实的羊群，而是思想："我注视着我的羊群，看到了我的思想，/或者，我注视着我的思想，看到了我的羊群"，因此，尽管《守羊人》的题目会让我们联想到西方具有悠久传统的牧人诗，但开篇这个巨大的悖论已经把诗人限定为思想的牧者，而在第七首中，卡埃罗更用"不去阅读维吉尔"直接否定了这份遗产。然而，我们可以在接下来的阅读中发现维吉尔《牧歌》及《农事诗》草蛇灰线的影响，组诗的内部张力正体现于此。

定义了自己之后，卡埃罗转而定义目光，这是他从色萨里奥·维尔德那里学到的客观，也是新信仰的核心："我的目光清澈，宛如一株向日葵"。目光的喻体只能是向日葵，而不能是其他的花朵，表面的自然与简单恰是深思熟虑与精心设计的体现，唯有向日葵才能如同诗人在接下诗行中的描述："往左看看，再往右看看，有时还向后看"。角度的变换带来了持续的新奇。卡埃罗声称"我相信世界就像相信一朵雏菊"，告诉所有人他看待世界的方法，接着用"思考是眼睛害了病"表明了反形而上学的态度。在卡埃罗看来，所有的哲学与形而上学都是病苦，"健康"是像守羊人那样用澄澈的目光观看，如向日葵一般好奇，否定所有形而上学与哲学。

当诗人写下"就像一个孩子，甫一出生，／便察觉到了他真的出生……／面对世界永恒的新奇，／我感到我每一刻都是新生"时，他便把自己与西方文明史上最知名的一个孩子——圣婴基督——连接起来。在否认了"守羊人"词义层面上对希腊罗马牧人诗的继承，暗示无法返回希腊与罗马之后，卡埃罗又用《守羊人》第8首，这首堪称葡萄牙乃至西方文学史上最伟大的"弑神之作"，表达了与横亘西方文明长达两千年的基督教的决裂。迈出这一步需要极大的勇气，只有"与异教同质"的卡埃罗才能实现，对于佩索阿自己，这一首诗也仿佛是难以接受的：

> 我于坐立不安与极大的反感中写下了《守羊人》第八首，那里有幼稚的渎神与绝对的反唯灵论。我本人既不渎神也不是反唯灵论者。然而卡埃罗是。

面对两千年来西方宗教想象的核心人物耶稣基督，卡埃罗创造了一种全新的关系，为耶稣赋予了新的意义。这首诗可以部分地看作西方悠久的反教会与弑神传统的结果，亦即贝尔纳多·索阿雷斯所言"父辈的批判主义"。在这首诗中，神圣家庭俨然普通资产阶级家庭的化身，生活沉闷且无聊。圣子的"无原罪降生"本是他无上地位的保障，但在卡埃罗的笔下，这是他比不上普通人类的原因。卡埃罗如同父辈一般"心花怒放地摧毁"了基督教的基本价值，然而卡埃罗又超越了父辈，因为他不但摧毁，而且建构——他创造出一个不同以往的耶稣基督形象，那是一个永恒的孩子，用一种时时刻刻都焕然一新的目光观看着这个世界：

> 今天，他在我的村落与我生活。
> 他是个喜欢笑的孩子，漂亮且自然。
> 右胳膊擦擦鼻子，
> 水坑里打打水漂，
> 摘花，爱花，忘在脑后。

这是一种新的"道成肉身"。以这样的耶稣基督为核心，卡埃罗所创建的宗教拥有了全新的三位一体——诗人、孩子与存在的一切：

> 新生的孩子与我同住，
> 他一只手伸向我，
> 另一只手伸向全部的存在，
> 这样，我们三人沿着路走，
> 跳着，唱着，笑着，
> 分享着共同的秘密，
> 那是彻底地知晓，
> 世间没有奥秘的存在，
> 一切都是值得的。

对于自己在这种新的神学体系中的价值与地位，卡埃罗拥有极大的自信："上帝也这样想，他会把我变成一种新的圣徒"。佩索阿在 1915 年"杀掉"了自己的导师，成全了卡埃罗的封圣。然而卡埃罗又不仅仅是圣徒，他是救世主。关于他的死亡，病中的卡埃罗早有预感，他淡然地告诉众人这是众神的接引：

> 请在我的坟墓上刻下：
> 没有十字架，阿尔伯特·卡埃罗
> 在这里安息，
> 他去寻访众神……
> 有或没有众神是你们的事。
> 而我却听凭他们把我接走。

里卡多·雷耶斯为他挚爱的导师写了另一首悼亡诗。在这首诗中，他呼应着导师关于"接引"的说法：导师过早的离开，只是因为众神的喜悦，导师的死亡，是为了实现救赎：

> 你年轻夭亡，因为众神爱你，
> 希望你如此。
>
> 你年轻夭亡，因为你已归去，
> 哦！你这无意识的神祇！你已归去，
> 那里，在克罗诺斯之后，
> 你的伙伴苦候着救世主。

克罗诺斯之后巨大的真空对应着《不安之书》中描述的那个混乱的、无序的、找不到路途的现代。在这个无法拯救的当下，卡埃罗是唯一的救世主。导师死去了，他用死亡释放了其他异名，他自己也因死亡而封神成圣。与其他的圣徒相比，他属于一种"人类不相信的普世宗教"，是全然的异类，一如两千年之前的潘神，这个与众神殊异的半人半羊的怪物，如卡埃罗一般守护着牧野。潘神是神，然而并非不朽，普鲁塔克的《道德论集》中描述过潘神之死与民众的恸哭。[14] 潘（Pã）有"全部、完全"之意，在斯多葛主义者眼中，潘神与宇宙是相连的。随着那一声风中传来的呼喊——"潘神死了"，希腊罗马人的奥林匹斯诸神也逐渐死去，他们被唯一的真神——耶稣基督所代替，世界进入了被绝对理性统治的时代。在序言中，里卡多·雷耶斯在结尾处呼喊出"伟大的潘神复活了"，宣告了基督教时代的结束与一个崭新时代的到来，在这个绝对客观的时代里，"全部"并非整体，而是"部分"的相加，信仰"部分"的卡埃罗与代表"全部"的潘神本质上是统一的。卡埃罗以自身的死亡成就了潘神的复活，就像耶稣以死亡实现了救赎，在耶稣基督"沿着攫获的第一缕光"的"下凡"与卡埃罗"被众神接走"的"升天"中，在卡埃罗与潘神的同质中，在由佩索阿所有的异名与正名所承担的焕然一新的神学谱系中，希腊罗马的文明、耶稣基督的宗教与卡埃罗创建的异教得到了统合，各种神祇，包括基督之神，并非是对立的关系，它们必须臣服于另一个神性的偶然意图，抑或无法驱策的命运。所以，我们用雷耶斯的这首诗为这一切作结：

> 潘神没有死。
> 每一块田野
> 争将刻瑞斯
> 赤裸的胸膛
> 献给阿波罗
> 迷人的笑靥。
> 你们会看到

不朽之潘神,
于彼处现身。

悲伤的基督
是多余之神
或缺乏之神。
没杀别的神

潘神依旧将
长笛的乐音
送入刻瑞斯
敏感的耳中。

众神却依然故我
他们清澈又平静
承装着一切永恒
和对我们的轻蔑。
他们带来昼与夜
与那金色的收获
并非是为了馈赠
白天黑夜与麦穗
而是因为另一个
神性的偶然意图。

注释

〔1〕安东尼奥·诺布雷(António Pereira Nobre, 1867-1900),葡萄牙"世纪末一代"代表诗人,在科英布拉大学短暂求学时期,参与学生之间的诗歌活动。后

前往法国留学,广泛接触象征主义诗歌。生前发表诗选《孤独》,这部具有强烈象征主义风格的作品引起了以费尔南多·佩索阿和马里奥·德·萨-卡内罗为代表的"俄耳甫斯一代"的关注。安东尼奥·诺布雷在很多方面堪称葡萄牙现代主义文学的先行者,他也创造了与自己疏离的另一个自我,或者人格,启发了佩索阿创造异名系统。

〔2〕卡米洛·庇山耶(Camilo Pessanha, 1867-1926),葡萄牙诗人,象征主义代表人物,公认的葡萄牙现代主义文学先驱。庇山耶长期在澳门生活,与葡萄牙国内文坛长期保持疏离状态,只有回国度假的时候偶尔参与文学活动。据说佩索阿曾经在一次朗诵会上听到庇山耶本人朗诵,对他的诗作大为赞赏。庇山耶的诗作大多散佚,诗集《滴漏》有中译本,1997年由花山文艺出版社出版。

〔3〕色萨里奥·维尔德(Cesário Verde, 1855-1886),生于商人之家,不同于同时期其他诗人专治文学,他年少时便继承了家中的生意,一边在城市的商店里售卖五金,一边忙碌于乡下农场里的水果生意,同时致力于文学创作。城市与乡村两分式的生活深刻影响了他的写作,在他的诗中,城市与乡村互为参照,城市代表着恶、轻浮与毁灭,而乡村则是天真与纯洁的象征。有评论家认为他是葡萄牙现代主义文学的开启者,或许正是因为这种心有旁骛使他的诗歌获得了一种反感伤的气质,从而向现代性迈出了最重要的一步。

〔4〕"追怀主义"(saudosismo)为葡萄牙复兴运动(1911-1932)中最重要的一个流派。特谢拉·德·帕斯夸斯提出了这个概念,大部分文章发表于葡萄牙复兴运动的机关刊物《鹰》杂志,费尔南多·佩索阿的"塞巴斯蒂昂主义"也被认为是"追怀主义"的组成部分。"追怀主义"来源于"追怀(saudade)"一词,帕斯夸斯认为这个词是葡萄牙民族精神的最佳代表。"saudade"是葡语中独有的词,有专家认为它的词源由solitude(孤独)与saudar(致意)两部分组成,因此,它具有过去和未来两方面的向度,既是一种对过去的思念与感伤,又包含着对未来的渴望,期待过去失去的事物或失去的人在未来回归。"追怀主义"不可避免地带有弥赛亚主义与预言主义倾向。费尔南多·佩索阿前期曾在文论中热情讴歌"追怀主义"的某些理念,后来终因观念不同与之而决裂。

〔5〕若泽·雷吉奥(José Régio, 1901-1969),葡萄牙作家,在多个文学体裁上取得了惊人的成就,曾担任《在场》杂志的主编。早在科英布拉上大学期间他就完成了毕业论文《葡萄牙现代诗歌的流派与个体》,这是第一篇系统评论佩索阿作品的文章。若泽·雷吉奥一生挣扎在神与人之间,他的创作大多以神、人与魔鬼之间的冲突与社会、个人之间的矛盾为主题。

〔6〕《在场》(Presença),文学杂志,1927年3月在科英布拉创刊,在20世纪20年代末与30年代葡萄牙文坛具有举足轻重的地位。《在场》杂志上刊载了大量"俄耳甫斯一代"作家的作品。本名佩索阿,异名阿尔瓦罗·德·冈波斯,里卡多·雷耶斯,阿尔伯特·卡埃罗与贝尔纳多·索阿雷斯均有署名作品发表于该杂志。

〔7〕卡萨伊斯·蒙特罗(Adolfo Casais Monteiro, 1908-1972),葡萄牙诗人、文学评论家与小说家。蒙特罗与佩索阿之间一共有12封通信,这封日期为1935年1月13日的信最为重要。蒙特罗是最早推介与研究佩索阿作品的评论家,对于佩索阿作品的传播与经典化居功至伟。

〔8〕萨-卡内罗(Mário de Sá-Caneiro, 1890-1916),葡萄牙诗人,佩索阿密友。

38

在父亲的资助下,与佩索阿一同创办《俄耳甫斯》杂志,使其成为葡萄牙现代主义诗歌运动的重要基地。两期之后父亲不再资助,《俄耳甫斯》杂志最终停办。萨—卡内罗与佩索阿之间关系极为亲密,通信频繁,可惜诗人在法国自杀,佩索阿寄给他的信件全部散佚。萨—卡内罗在短暂的一生中写下大量的诗歌与评论,与佩索阿共同成为葡萄牙现代主义文学的代表人物。

〔9〕Chavalier de Pas,法语,意为"步行的骑士"。

〔10〕文章中依据的是特蕾莎·丽塔·洛佩斯教授1990年的研究结果,后来荷兰学者米歇艾尔·斯托克将数字增加到83个。而按照巴西学者若泽·保罗·卡瓦尔坎迪·菲利奥的宽泛标准,佩索阿共创造了127个异名。

〔11〕安东尼奥·莫拉(António Mora),佩索阿所创造的异名之一。安东尼奥·莫拉不是诗人,而是哲学家。有评论家把佩索阿的异名系统比作"化圆为方",本名佩索阿与卡埃罗、冈波斯与雷耶斯是四边形,而贝尔纳多·索阿雷斯与安东尼奥·莫拉代表着曲线。在佩索阿的异教谱系中,莫拉占据着理论家的地位,《众神的回归》被归在安东尼奥·莫拉的名下,在这部作品中,莫拉探讨了异教与基督教之间的关系,说明了异教的本质及其形而上学、伦理、美学与政治。

〔12〕原诗题目为英文:Last Poem。

〔13〕奥菲莉娅·格罗什(Ofélia Queiroz, 1900-1991),19岁时结识佩索阿,与他发展了一段亲密的关系,但这段感情并未开花结果。后来两人之间有过短暂的复合。她与佩索阿之间的通信于1978年出版。在给她的分手信中,佩索阿所陈述的分手原因具有强烈的神秘主义色彩:奥菲丽娅,这"不同的情感",这"不同的路"是你的,而不是我的。我的未来为另外的法则支配,奥菲丽娅,你不知道那法则的存在,我的未来日渐被导师操纵,他们不会容忍原谅这一切。

〔14〕至本文发表之日,普鲁塔克的《道德论集》尚无中译本。但在《希腊的神与英雄》(劳斯著,周作人译,海南出版社,1998年,第252页)中,关于潘神之死,有几乎相同的段落:

> 有一天晚上,这个大转变正在进行的时候,一个旅客从希腊乘船往意大利去。风停止了,船也不能前行,那时正在西海岸外在一群小岛中间穿行着,这就漂流走进帕克索斯岛去。乘客们都吃了晚饭,在甲板上闲步,忽然听见有一个大叫的声音从岛上传来,说道:
>
> "嗒慕士!"这使得他们大为吃惊,因为嗒慕士乃舵工的名字。他不答应,第二个叫声又来了:
>
> "嗒慕士!"随后是第三个叫声:"嗒慕士!"
>
> 于是那舵工答应了,说道:"喂,什么事呀?"那声音回答道:"在你走过帕罗台斯的时候,告诉他们说大潘死了!"
>
> 这使得他们更加诧异,大家便讨论要不要往那边走。末了那艄公说道:
>
> "假如有了风,我将一直开船走了,但是若是我们漂流下去走进那地方,我便告诉他们这个消息。"
>
> 风还是不来,他们漂流下去,不久那船靠近那地方了。舵工走上船头去,向着陆地大声叫喊道:
>
> "大潘死了!"

立刻他们听见在岸边有一阵大声，哭泣、号角、哀悼、于是风忽然发生，他们径自航行去了。

大潘真是死了，还有所有阿棱坡斯的神们。他们并不是如他们所想的那么长生不死的。他们在世界历史上演过了他们的脚色，就过去了。

《斜雨》解读：交叉主义与异名写作

闵雪飞

葡萄牙学者爱德华多·洛伦索认为所谓现代精神是爆炸的精神，表现在葡萄牙诗人费尔南多·佩索阿身上，便是"异名"的创立。"异名"与"笔名"不同，后者是对作者真实姓名的替代，但并不改变文学上的"人格"，而前者则意味着作者的"分裂"或"增殖"。《斜雨》的写作与"异名"的形成有直接的关系。1915年，这首署名为"费尔南多·佩索阿"的诗发表于现代主义杂志《俄耳甫斯》第2期。1935年1月13日，佩索阿在写给阿多夫·卡萨伊斯·蒙特罗的信中，详细地讲述了"异名"的诞生过程：那是1914年3月8日，一个神启一般的日子。佩索阿自己把这一天称为"胜利的日子"，在"狂喜"的状态下，他先写下组诗《守羊人》，"异名作者"阿尔伯特·卡埃罗诞生，然后写下《斜雨》，标志"正名者"费尔南多·佩索阿的诞生，宣告"从佩索阿-卡埃罗到费尔南多·佩索阿自身的回归"。

学者们索隐钩沉，发现从创作到正式发表这一年间，《斜雨》的署名是不断变换的。1914年，他给另一位葡萄牙现代主义诗人阿尔曼多·科尔特斯-罗德里格斯的信中，把《斜雨》归属在阿尔瓦罗·德·冈波斯的名下。但在他留下的手稿中有某条记录显示，他曾想把《斜雨》放在散文集《不安之书》中，这样，作者就变成了半异名者贝尔纳多·索阿雷斯。这还不算完，还有学者发现在一份属于阿尔伯特·卡埃罗名下的诗单中，《斜雨》赫然在列。这一切说明佩索阿1935年1月13日信件中的描述并不一定是事实，至少可以让我们理解到，"异名"与诗本身的写作相比，是第二位的。不是"人格"创造了诗，诗早已存在，是诗帮助定义了众多的"人格"。

正是因为这种与"异名"写作的直接联系，在佩索阿一生创立的众多文学"主义"中，"交叉主义"是其中比较重要的一个。"交叉主义"可以视为文学上的"立体主义"，用并置、拼贴、交叉的方式表达感觉的复杂。这种写作方法为佩索阿所创立，也仅有他尝试了文学实践。《斜雨》正是"交叉主义"的代表作品。这组自由体的诗歌由六首诗组成，包含两种心理层次即内在的空间/现实与外在的空间/现实的并置与交叉。在诗中，物理现实与心理现实、内在空间与外在空间、梦境与真实风景、精神性与物质性、时间与空间平行地并置或垂直地交叉。而感觉是唯一的真实。

第一首

那处风景从我梦中无尽的港口穿过
花色的透明映衬船帆，一艘艘大船从港口
驶出去，拖着那些阳光映出的
古树轮廓在水面投下的阴影……

我梦到的港口阴郁暗淡，
那处风景从这边看却阳光灿烂……
我精神里今天的太阳是一个阴郁的港口
从港口出发的船是这些光照之树……

从双重性中解脱,我离开了下边的风景……
港口的轮廓是那条空旷平静
墙一般竖起的路,
一艘艘航船穿过那些树干
以一种垂直的平行,
拖着锚,划过水面的一片一片的树叶……

我不知我梦中的我是谁……
忽然港口里的海水透明起来
我看到海底如一幅巨图,涵括了
那整个风景,一排排树,路在港口里燃烧。
一条比港口更古老的航船的阴影,
从我梦里的港口和我注视的风景间经过,
它接近我,进入我,
航行到我灵魂的另一面……

  第一首中确定了全诗垂直与平行的两个坐标轴。可以看到外在空间的代表"风景"与内在空间即梦境与想象的代表"港口"的对立。"花"与"古树"属于"风景",是现实之一种,"船帆"与"大船"是"港口"的一部分,是梦境的组成。两者的连接通过"穿过"这个在诗中频繁出现的动词实现,"阴影"这个静态的名词,因为"拖"而具有了动态意义。梦境是阴郁的,抑或内心世界是不幸的,从想象出发观照现实,却发现外在世界的明媚,然而梦境与现实不是截然分开的,当"港口出发的船"与"光照之树"合为一体时,梦与想象置于现实之上,凸显了存在的双重性。而"我"从双重中解脱,"离开了下面的风景",便放弃了现实的世界。在下面的诗节中,又一次出现了若干对立:风景中的"路"与"港口",梦境的"航船"与"树干","树干"垂直于水面,"航船"平行于水面,这一次将二者联系在一起是水,一种具有透明感的中间介质。而"忽然港口里的水透明起来",这"透明"使我的目光能够"穿透",在梦与想象中看到了全部的现实。

第二首

在这一天的雨中,教堂的灯亮了,
每支蜡烛都是更多雨敲打玻璃。

我怀着喜悦听雨,因为雨就是被照亮的神殿,
从外看到的教堂的玻璃,就是从里听到的雨声。

辉煌的主祭坛是我透过雨,祭坛罩布上
庄重的金色,也看不到的山丘。

唱诗班的歌声响起,拉丁语和风震动我的玻璃
雨水也因合唱而响起。

弥撒是一辆驶过的车
穿过那跪拜的虔敬者,在今天,这悲哀的日子……
一股疾风更辉煌地摇动了
教堂的节日,雨淹没了所有的声音
只听到神父的声音,水的声音,和车轮声一起
在远方消逝。

雨停时
教堂的灯灭了……

在第二首里，教堂内外的两种场景代表着外在真实与内在真实的区分与联系。教堂之内是光与蜡烛，是跪拜的信徒，是神父的声音，是唱诗班，是弥撒的进行。教堂之外是雨，是水的声音，是驶过的车。两者的连接物依然透明，是教堂的窗户，透明是为了让目光更好地"穿透"。弥撒如同汽车驶过，而疾风也更辉煌地动摇了教堂的节日，"弥撒"与"节日"这种静态的名词再一次具有了动态的特征。

第三首

  伟大的埃及的斯芬克斯在这张纸内部做梦……
  我写——她通过我透明的手得到显示
  金字塔在纸的角落升起……

  我写——但惊讶地发现我的笔尖
  变成了胡夫国王的剪影……
  我突然停住……
  一切都暗下来……我堕入一个由时间构成的深渊……
  我埋在金字塔下就着这盏明灯写诗
  整个埃及通过我的笔的勾画向我压迫下来……

  我听到斯芬克斯在里头窃笑
  笔的沙沙声从纸上跑过……
  一只巨手穿过我不能看到斯芬克斯的事实，
  把一切扫入我背后天花板的一角，
  在我写的纸上，在纸和我写作的笔间，
  躺着胡夫国王的尸体，眼睛睁大了看着我，
  在我们相互的注视里流淌着尼罗河，

一支挂了各色旗帜的船队的欢乐
沿着我和我的思想之间的
一条蔓射的对角线
蜿蜒而行……

暗金色的胡夫国王的葬礼和我！……

在这一首中，可以看到"我"写作的房子与"胡夫国王"的金字塔所构成的双重空间。媒介"纸"（依然具有透明性）区分了内部世界（斯芬克斯的世界）与外部世界（笔尖的沙沙声）。尼罗河、透明的河水，正如第一首诗中的水、第二首诗中的玻璃，是注视（目光）可以实现的媒介。这首诗是对"诗歌写作"的巨大隐喻，暗含着佩索阿的诗学理念。狮身人面的斯芬克斯（Esfinge）可以拆分成"Es Finge"，意为"你在伪装"。佩索阿的名诗《自我的心理志》是一首直陈诗学观点的诗，在这首诗里，佩索阿这样说：诗人是伪装者 / 彻头彻尾地伪装 / 竟把真切感到的痛 / 伪装成了痛。在另一首陈述诗学观点的诗《这一切》中佩索阿秉持同样的观点：人们说我写的一切 / 都是伪装或说谎。不 / 我只是感觉 / 用想象 / 而不是用心。"伪装（Fingimento）"是一种智化的诗学，是血肉之躯的诗人的隐藏与消失，力求更客观地观察世界，同样是"异名"诞生的理论原则。

第四首

寂静的房间里响起手鼓声！……
墙竖在安达卢西亚……
光不动的闪耀里跳起了感官的舞蹈……
忽然所有的空间静止，

停下来，滑动，把自己打开……
从屋顶显得比实际遥远的墙角，
白色的手打开一些秘密的窗口，
垂下多枝紫罗兰，
这是因为外边的春天
在合着眼的我上边安置了夜晚。

继第一首"忽然港口里的海水透明起来"，第二首"唱诗班的歌声响起"，第三首"惊讶地发现笔尖变成了胡夫国王的剪影"之后，在这一首中，又一次出现了忽然而至的事情。"寂静的房间里响起手鼓声！"宁静被打破了，安达卢西亚的手鼓敲响了，刺激感官，热力四射，连紫罗兰都掉落了。继第一首中出现时间的静止之后，终于在这一首中出现了空间的静止。透明的"秘密的窗"是媒介，区分并连接了两个不同的世界。

第五首

外面是太阳的漩涡旋转木马……
在我体内是一阵树木、石头和山丘的静态舞蹈……
灯光集市里的绝对之夜，月光洒向外边阳光明媚的天，
集市里所有的灯制造了院墙的噪音……
一群群姑娘头上顶着罐子
从外边经过，被阳光浇淋
她们遭遇集市里黏稠的人群，
人的身上混合了摊位的灯光，黑夜与月光，
这两组人相会，彼此进入
直到合二为一，而一就是二……
集市，集市的灯，集市的人，

还有捕捉了集市，并把它举到空中的夜晚
行走在洒满阳光的树冠上，
有形地走在阳光下闪烁的石头之下，
闪现在姑娘头顶的罐子的另一侧，
整个春天的风景是集市上的月光，
整个集市，声音与光，是这个艳阳天之下的土地……

忽然有人像摇筛子一样摇动了这双重的时刻，
两种现实的粉末混在一起，落在
我握满了港口描图的手上，
从港口里正在驶出的船只，没有回返的意图……
黑金和白金的粉末沾在我的手指上……
我的手是那个离开集市的姑娘的步子，
她独自一人，心满意足，就像今天……

　　如果说第二首强调了时间的"同时性"，这一首则凸显了时间的"双重性"，时间既是白天与黑夜、灯光与阳光的对立，又是白天与黑夜、灯光与阳光的联合。夜带来"灯光集市"的意象，属于"旋转木马""摊位""灯光，黑夜与月光"。白天是那些被"阳光浇淋"的姑娘，"洒满阳光的树冠""阳光下闪烁的石头""春天的风景"与"艳阳天之下的土地"。这两种意象混合，合二为一，一就是二，成为了"双重的时刻"，是"两种现实"的融合。我的手是姑娘的步子，她横跨了黑夜与白天，统一在"今天"，"独自一人，心满意足"。

第六首

指挥家举起了指挥棒
哀伤、倦怠的音乐中断了……

这让我想起了童年,有一天
我在后院,对着墙壁
投球玩耍……在球的一边
游着一只绿色的狗,另一边
是黄骑师乘着蓝马。

音乐继续,在我的童年
一道白墙把我和指挥家隔开,
那球跳来跳去,一会儿是绿狗
一会儿是蓝马,上边坐着黄骑师。

整个剧院是我的后院,我的童年,
你无处不在,那只球开始奏乐,
一曲哀伤朦胧的音乐在我的后院回旋,
它扮成一只绿狗,又变成了黄骑师……
(球在我和乐师们之间飞快旋转)

我从与童年的交汇处把它掷出,
它穿过我脚下的整个剧院,
与一位黄骑师,一只绿狗,
还有一匹从我后院墙上弹起的蓝马
玩耍……音乐把球掷向
我的童年……墙是指挥棒
舞动的姿态的轨道,由狂转的绿狗,
蓝马,和黄色的赛马师组成……

整个剧院是一道音乐的白墙

> 那里一只绿狗追逐我对童年的
> 怀念，一匹蓝马上骑着黄骑师……
>
> 从一边到另一边，从右到左，
> 从乐队在其枝头上演奏的树林，
> 到商店里摆着的几排球，我就在那儿买了我的球，
> 店老板，他在我童年的记忆里微笑……
>
> 音乐像倒塌的墙一样停下，
> 球从我被打断的梦的悬崖滚落，
> 在一匹蓝马上，指挥家，黄骑师变成黑色，
> 他把指挥棒放到一道逃逸的墙上，鞠躬，
> 致谢，满面笑容，他头顶上的一只白球，
> 一只白球从他的背后滚落、消失……

在这一首中，依然存在着双重的空间：举行音乐会的剧院（现实）与童年的院墙（回忆与想象）。这不仅仅是空间的交汇，也是现在与过去的交叉。当指挥家举起指挥棒，"中断"了音乐，通过指挥棒挥舞与白球跳动之间的相似性，让"我"想起了童年，回到了另外一个空间——后院。在这个空间中，存在着两组形象：白球与绿狗、黄骑士与蓝马，象征对童年的回忆与追逐。白色的墙具有透明感，是两个世界之间的阻隔与联通之路。指挥家是"我"的另外一个自我，他中断了音乐，引发了"我"的回忆。而在这首诗的结尾，同样是他，"音乐像倒塌的墙一样停下"，中断了"我"的梦。"他把指挥棒放到一道逃逸的墙上，鞠躬，致谢"，指挥家谢幕，作为这首诗抒情主人公的"我"也就此退场，整首诗从现实的风景进入"我"的想象港口开始，以"白球滚落、消失"象征想象

的消亡结束。

最后，我们回到《斜雨》这个题目。除了第二首中，其余各首都没有"雨"的出现，那么为什么把这首诗命名为斜雨？在这首诗中，各种具体的名词全部拥有可见性，各类客体的物质特性重新得到定义。有颜色的乃至浑浊的物体变得透明。"我"的目光，是"沿着我和我的思想之间的／一条蔓射的对角线／蜿蜒而行"，正如一条插入这个垂直与平行组成的坐标轴的斜线，可以穿透这些彼此交叉的层面。这就是"斜雨"的形象，是一种具有穿透性的目光的隐喻。目光并不仅仅去投射事物或现象，因为投射意味着轻视与遗忘。目光必须通过"透明"这个桥梁，穿过物体或现象，进入到其内部并在记忆中被深刻把握。

《斜雨》之所以成为标志着"异名"诞生的作品，不仅仅在于创作的时间，更重要的是，为"异名"提供了生长的空间。佩索阿认为，"异名"的存在与梦相比，更为真实，但与真实的事物相比，更不真实。"异名"的写作是一种"幕间虚构（ficção de interlúdio）"，"异名者"存在于幕间，或者说，在真实的世界与梦的世界的间隙中存在。当这首诗被划分为真实与梦境两个世界时，所有的异名者，包括"本我"佩索阿，才有了生存的可能，就像第一首结尾所说：

> 一条比港口更古老的航船的阴影，
> 从我梦里的港口和我注视的风景间经过，
> 它接近我，进入我，
> 航行到我灵魂的另一面……

米格尔·托尔加

(*Miguel Torga*, 1907—1995)

一株恣意生长的欧石楠

——米格尔·托尔加的生平与创作

符辰希

1988年,葡萄牙、巴西两国政府联合发起设立卡蒙斯奖,旨在表彰当世葡萄牙语文学一流作家;次年,该奖项的首冠之荣,便由众望所归的葡萄牙诗人米格尔·托尔加斩获。作为20世纪葡萄牙的文学巨人,托尔加早在1960年便曾获得诺贝尔文学奖提名,由法国蒙彼利埃大学文学院教授让·巴蒂斯特·阿圭罗那首倡的提名,迅速获得了海内外百余位知识名流的附议。阿圭罗那教授在同年1月致科英布拉学生会的公开信中写道:"米格尔·托尔加拥有年轻人想要在一个伟大艺术家身上寻找的一切,这不仅包括美学表达的愉悦,还有思想的活力,更是内心自律与头脑独立的榜样。"法国人向瑞典文学院的提名,不仅在葡萄牙国内激起了热烈反响,来自欧、美、非各大洲的赞誉之声也不绝于耳,西班牙文学评论家皮拉尔·巴斯克斯·奎斯塔声称,托尔加的诺奖提名,对于被欧洲遗忘在角落的葡萄牙文学,是种公平的代偿,它的诗歌之美,已企及世界抒情文学至高至纯之境;虽说所有诗歌都在翻译中失去,托尔加的诗却在内容上如此丰富,以致在其他语言的再次创作中,损失最少。

奎斯塔还不无自豪地为同胞们代言,称西班牙对托尔加的诺奖提名深为满意，因为正是这位诗人曾经写下："我做公民的祖国，到巴卡达瓦[1]为止；我大地上的祖国，以比利牛斯山为界。"讽刺的是，这位伊比利亚的赤子，在享誉国际文坛乃至邻国学界的同时，在本国却遭受着萨拉查独裁政府的明枪暗箭。就在获得诺贝尔文学奖提名的同年2月，托尔加出版不久的《日记》第8卷在全国各大城市书店均遭到葡萄牙国家安全警备总署的查收，在举国文化界的激烈抗议之下，查收令虽被撤回，审查机关仍然禁止任何媒体提及该书。

1960年似乎可以作为托尔加一生的缩影与注解，既有竞逐国际文坛顶级奖项的荣誉，也有体制重压下十面埋伏的苦闷。4月，诗人远走萨拉曼卡、马德里等地，流连西班牙数月，6月8日，身处历史名城梅里达的托尔加在日记中如此坦言：

> 毫无疑问，我一踩上西班牙的土地就感觉很好！那是一种肢体伸展、内心和解、饿得饱腹的感受……现在，我的人性有了半岛的维度。从米尼奥的现实主义到卡斯蒂利亚的神秘主义，从安达卢西亚的热情洋溢到阿斯图里亚斯的隐忍克制，从加利西亚的逆来顺受到加泰罗尼亚的刚硬不屈。我成了另一个人，忘却了阿茹巴罗塔与《托尔德西利亚斯条约》。[2]

这就是米格尔·托尔加，一个少有的葡萄牙人，不加掩饰的西班牙热爱者。当代评论家常对托尔加与乌纳穆诺跨越时空的神交津津乐道，其实，这种思想与美学上的亲密师承，更应置于托尔加与西班牙一生之久的"热恋"当中审视。整个20世纪葡萄牙文坛，鲜有几位像托尔加一样能对半岛各部的地区文化与民族特色如数家珍，对西班牙的文学传统也有广泛且深刻的掌握。正如乌纳穆诺毫无矛盾地同时接受巴斯克人与西班牙人的双重身份一样，托尔加也不无骄傲地给自己加上"半岛人及葡萄牙人""伊比利亚西部之子"的标签。

值得一提的是，托尔加本名阿多夫·古雷亚·达·罗沙，其笔名所要致敬的对象，正是西班牙文学史上家喻户晓的两个"米格尔"——塞万提斯与乌纳穆诺。至于笔名中的"托尔加"，则是阿多夫故乡的大山里一种自由生长的石楠花。这一意象恰好代表了托尔加一生写作的核心情怀：土地与苦难。

托尔加出生在葡萄牙北部山村的一户普通人家。他的故乡山后省，地处葡萄牙东北一隅，大山将其与西北富庶的米尼奥河流域隔为两个世界，落后的农业经济在严峻的自然环境下维系艰难，葡萄牙人有一句民谚这样形容山后省的恶劣气候："九个月在冬天（inverno），三个月在地狱（inferno）"。地理隔绝，思维闭塞，对生活稍有期许的山后省人，绝望之下都纷纷闯出大山，另谋生计，几百年来不曾断绝。

山后省是托尔加出生、成长的天地，也是他在科英布拉大学获得医学学位、文坛上也声名鹊起之后，仍甘愿回归、长年生活的故土。与许多同乡命运相似，托尔加年仅十岁便踏上了"到城市去"的道路，在波尔图的一个富户亲戚家里看门打杂。12岁被父亲送去读神学，实在无心一生侍奉神职的他一年后便放弃了，随即被送到叔父远在巴西的农庄担水劈柴、扫地、喂牛……婶婶担心远道而来的他有朝一日要取代自己的孩子继承农庄，故而百般刁难，甚至辱骂虐待。虽然日后叔父为了感谢、偿付托尔加多年的尽心服务，成为了他攻读医学的赞助人，但在农务繁忙之中，也难免对他呼来喝去。年幼的托尔加仅能在与大洋彼岸的家人通信中倾诉苦衷，而父亲只回以两个词作为告诫："理智，服从！"如此经历，不知在倔强、刚烈的山后省少年心里，刻下了怎样的悲情与坚韧。

这或许也是为什么，当日后有幸来到科英布拉大学深造时，与当时学生的主流选择不同，托尔加不学文不学法，却立志学医；虽二十出头便已在文坛崭露头角，但即便家喻户晓、著作等身之时，托尔加仍在家乡的土地上作为耳鼻喉科大夫坚持行医几十年。用他自己的话说，这就是"现实生活"在一个北方人心里的分量。

作为卡蒙斯文学奖的首冠者，小说、散文、诗歌、戏剧全能的丰产作家，托尔加的所有创作不仅是种自传，也是为土地上、山村里无数沉默的个体在言说，它甚至构成了葡萄牙乃至整个伊比利亚半岛的民族寓言。在"文明、发达、博学、先进"的欧洲/国家中心之外，托尔加的族人在边缘无声地挣扎，像漫山遍野的欧石楠，饱尝一年中三个月的酷暑、九个月的严寒，枝头密密绽放的淡紫色小花，朴素到丑陋，不言唯美，无关浪漫，更像是粗糙的山里人熬过年复一年的辛酸，挤出一个无奈的苦笑。

这正是托尔加写作的主题，也是他独到的风格——甚至就是他的名字。托尔加最为人熟知的短篇小说里，充满了这样的黑色幽默。其经典的《动物趣事》《大山故事》《新大山故事》里，集合了各种荒唐离奇、可笑可悲的生活场景，拟物表现的山民、拟人呈现的动物，在作者富有节奏感的叙事中，为读者展开了一幅千姿百态的底层生活长卷。托尔加的短篇小说，在语言上不仅与其他作家相比独树一帜，甚至与自己抒情、松弛的散文和诗歌也有明显区别，为葡萄牙语写作开创了一种通俗、具体而又凝练准确的风格。简洁有力的叙事，惜字如金的对话，辅以大量原汁原味的方言村谈，为描绘有血有肉的山后省人提供了完美的语言载体。作者对土地、人民与切实苦难的悲悯情怀，也在克制的语流背后呼之欲出。

如此浑然一体的语言与思想贯穿了托尔加写作的始终，也决定了他文学生涯的轨迹。1929年，年方22岁的阿多夫·罗沙便依托《在场》杂志以诗作亮相文坛。创刊于1927年的《在场》，标志着葡萄牙的现实主义文学运动进入第二阶段，它集结了若泽·雷吉奥、加斯帕尔·西蒙斯等青年作家、文学理论家。早于后知后觉的"佩索阿热"近半个世纪，"在场一代"于20世纪20年代便同奉费尔南多·佩索阿为精神导师，然而深究其美学追求，《在场》对于雄心勃勃、天马行空的"俄耳甫斯一代"，有继承发扬，也有"背叛"，爱德华多·洛伦索甚至称其为对《俄耳甫斯》的一场"反革命"。佩索阿人生的最后几年，曾与作为"在场一代"年轻诗人的阿多夫·罗沙有通信往来，但对其早年诗集似乎并不以为然。1930年，托尔加由于"美学差异与人性自由"的原因，甚至与《在场》阵营也毅然决裂。厌倦了连篇累牍的抽象思维与理论推导，托尔加认为一些曾经的同袍已经在过度的身份寻找与内心挖掘中迷失，而山后的孩子阿多夫·罗沙决意在文学上回归那个一切具体而线性的世界。这或将成为一场冒失的探险，意味着就此在现代主义的浪潮中如泡沫湮灭，而历史却证明这是一次伟大的出发。

1934年，27岁的罗沙首次使用笔名米格尔·托尔加发表作品；1935年，费尔南多·佩索阿去世，巨星陨落，葡萄牙国内反应寥寥；1936年，署名米格尔·托尔加的第一本诗集《约伯另记》问世，有人说，这是诗人托尔加真正诞生的时刻。

《约伯另记》对于人文主义作家、诗人米格尔·托尔加而言，不失为一个恰当的开场。《圣经·约伯记》中的主人公，是一个见证了伟大信念也同时为怀疑所折磨的丰满人物。对于托尔加而言，也许"无神论"不足以简单概括自己在形而上学层面与超然造物的复杂关系，但《约伯另记》背后的灵魂，绝不是《旧约》里那个苦难面前撕裂衣服俯伏下拜说"赏赐的是耶和华，收取的也是耶和华"的信心伟人，而仅仅是以人之名放胆质问、指责上帝不公的约伯。

托尔加一生的诗歌创作，都是围绕着一个大写的"人"，他毫无羞愧地肯定人的有限与软弱，人是被逐出伊甸园的受害者，是捆缚于土地的亚当，是三次不认主的彼得。托尔加用诗的绝对语言，将"约伯"精神定义在有限叛变无限的英雄，人类造反上帝的榜样。洛伦索指出，托尔加的叛逆里，有一种"人本主义的绝望"。从出发的一刻开始，他便誓要为人性的真实与对自我的忠诚辩护到底。人本渺小，来自尘土并要归回尘土，这对于生长于山野田间的诗人而言，并不意味着上帝的审判或救赎的必要，而是不言自明的宿命——对于托尔加,故事的起点从来就不是神,而是人,一个个生来便在命运的洪波中泅水的个体。

这一点决定了所有的不同。托尔加吸取了《约伯记》诗性的语言,却将所有的吟咏都献予地上的民,而非天上的国。他的乡村、边境、山后省、葡萄牙,乃至伊比利亚,没有一处可作文人的消遣、乌托邦的所在。正如前文所引,托尔加对西班牙的热爱,不仅仅局限于纸面上的神交,而是真正用个人的脚步去丈量半岛文化的丰富与多元。伊比利亚主义起始于19世纪两国共和派统一图强的梦想,在20世纪的现代语境中,伊比利亚主义在实践层面早已被宣判死亡。佩索阿1910年代所论述的伊比利亚精神联邦,与他笔下高度诗化的第五帝国一样都是乌托邦;80年代,萨拉马戈在小说《石筏》中,大胆设想伊比利亚半岛从比利牛斯山断开,在大西洋中漂流,最终抛锚于欧非美洲三角正中自成一体,半岛人在经历身体与心灵的漂泊后,不觉间脱胎换骨、新人新面,这更是极致魔幻的乌托邦。托尔加曾坦言,"伊比利亚主义就在我的皮肤上",但他的伊比利亚主义却从来不是任何一种乌托邦。

1952年,托尔加结集出版了《一些伊比利亚的诗》,13年后,又有更为完整的《伊比利亚的诗》问世。批评界一开始便注意到了该诗集中佩索阿《音讯》的影子。无论是全书的三分结构,还是入选诗中的历史人物,都与《音讯》高度重合,难怪一开始就有评论家将其定位为"一部半岛规模的《音讯》"。回避巨人般存在的佩索阿是不可能的,虽然生前交集不深、志趣各异,两部诗集从思想到风格也相差甚远,但托尔加自己也不否认对佩索阿的致敬与仿效。1935年12月3日,佩索阿去世第三天,托尔加就在日记中不无动情地写道:"费尔南多·佩索阿死了。我在报上读到消息,就立即关了诊所的门,去山中走走。我与松树和岩石一同哭悼这个时代最伟大的诗人,葡萄牙眼看他收尸入殓,进入永恒,却甚至不问一问他的名姓"。

共同的历史题材与每部作品鲜明的个人烙印,自然使托尔加

《伊比利亚的诗》常被置于《卢济塔尼亚人之歌》与《音讯》等史诗巨作之侧比较、品读。在表面的相似之下，掩藏的是不同时代、不同作家大相径庭的哲学与表达。文艺复兴时代的卡蒙斯，在《卢济塔尼亚人之歌》里构建的叙事，是诸神的无常暗助葡萄牙勇士完成壮举，但是诗人生前已见衰微的葡萄牙，使史诗的尾音落脚在荣耀逝去的惆怅与重振伟业的疾呼之上，这种新柏拉图主义的帝国情怀，与卡蒙斯在一首著名十四行诗里仿作圣经，"被掳巴比伦而心念锡安"的基调是一致的。

佩索阿的《音讯》，却从葡萄牙宿命般的地理定位与里斯本由尤利西斯建城的神话起源开始，他笔下的葡萄牙远远超越了历史的范畴，在神秘主义的框架下，每一个民族英雄都被彻底抹去个人的有限，成为超越性的载体。帝国的辉煌是超然意志（上帝）的结果，而历史就是个体在与命运的抗争中实现这隐秘的意志。英雄主义在《音讯》中是存在的，但它与隐秘/上帝寸步不离，如果没有超然的维度，佩索阿借"葡萄牙"所投射的人类精神帝国也便没有意义。

与此截然不同的，是《伊比利亚的诗》中脚踏实地的人本主义关怀。在托尔加的献诗里，不仅有光照历史的帝王将相，也不乏毕加索、乌纳穆诺、佩索阿、洛尔迦等文艺巨匠，甚至连西葡两国历史的阴暗面也不回避，这包括了美洲文明残暴的征服者科尔特斯和臭名昭著的宗教迫害领袖黑衣修士托尔克马达。当然，也有"失踪"在北非战场、断送了国家独立的年轻国王塞巴斯蒂昂。佩索阿在《音讯》全书各处向塞巴斯蒂昂献诗七首，对于佩索阿而言，塞王奋不顾身的战斗狂热，才是"塞巴斯蒂昂归来主义"中真正值得盼望、足以救赎葡萄牙民族的弥赛亚。诗中，佩索阿以塞巴斯蒂昂的第一人称承认了自己的"疯狂"，又进而发问："没了疯狂，人又比健壮的野兽/繁殖的行尸走肉/强到哪里？"而在托尔加的诗作里，塞巴斯蒂昂回归了历史的真实，他不过是个头脑偏激的顽童，暴死荒漠，尸骨无人掩埋，可悲可耻，更是让整个国家与民族付出了羞辱的代价。

这种神秘主义与现实主义的对比，在对"海"这一共同意象的挖掘中也可见一斑：

《葡萄牙的海》
费尔南多·佩索阿
闵雪飞　译

哦！咸涩的海！你有多少盐

是葡萄牙的眼泪！

因为要穿越你，多少母亲痛哭，

多少儿女徒劳地祈祷

多少新娘不得婚配

为了让你成为我们的，哦，海！

值得吗？如果灵魂并不渺小，

一切都是值得。

谁想越过博哈多尔角，

必须先超越苦痛。

上帝给了大海危险与深渊，

但也在海上映照出天空。

《海》
米格尔·托尔加
符辰希　译

海！
你的名字无人畏惧：
那是一片平坦的耕地
或任何想得到的建议

海！
你有一声受苦人的啼哭
苦到不能沉默，也无法喊叫，
——不能放声嚎啕，也无法压抑哀啼……

海！
我们曾满怀爱意向你进发！
然后隐蔽的沼泽，哭泣着，
淹没了犁具与农夫！

海！
骗人的女水妖，沙哑而忧伤！
当初是你来向我们求爱，
然后也是你背叛了我们！

海！
何时苦难才是尽头？
何时你的妖娆
不再魅惑我们？

对于靠航海一度称霸世界而追怀主义延绵至今的葡萄牙民族，海洋就是其历史、荣耀乃至身份认同的核心。在沉重的历史负担下，重奏海的主题是困难的。而佩索阿的名作《葡萄牙的海》，在第一诗节"老调重弹"了帝国霸业的人道主义代价之后，笔锋急转:"如果灵魂并不渺小／一切都是值得"。"葡萄牙的海"霎时升华为精神远航的天地,海中映照的天空将历史性的航海切入了上帝超越性的维度。

托尔加在《海》中的"望洋兴叹",则似乎是《卢济塔尼亚人之歌》里"雷斯特罗老者"的遥远回声。在对大航海的热情歌咏中间,卡蒙斯稀奇地插入了人文主义的冷静批评,雷斯特罗的老者,如以色列先知般伫立在贝伦的海边,宣判时代的黑暗。他哀叹"荣耀的权力""荒诞的贪欲"蛊惑人心,代价是人民妻离子散,国家动荡,礼崩乐坏,一如托尔加在海里看到的,尽是沉水的犁具与枉死的农夫。末一诗节"何时苦难才是尽头"的语气,不似《音讯》中对荣耀君王——塞巴斯蒂昂／上帝——的急切呼唤,而更接近在痛苦之中拒绝上帝的约伯:"你何时才转眼不看我,才任凭我咽下唾沫呢?"(《圣经·约伯记》7:19)人本主义的浓烈悲悯让土地的儿子托尔加在看似无意义的苦难与命运背后难以找到满意的答案,这也正是他用诗歌探索的精神边界。

不妨说,在佩索阿的"民族主义"诗篇里,一个国家即是一个灵魂,一个精神世界的符号,而托尔加的葡萄牙与伊比利亚,则是一个个具体同胞的集合体,一片可以"踩上去感觉很好"的真实土地。轻狂的塞巴斯蒂昂不过徒有堂吉诃德式的理想与荒唐,而桑丘才是托尔加真正的英雄,因为他才懂得如何照料、捍卫自己的"贵妇"——伊比利亚。

注释

〔1〕巴卡达瓦(Barca d'Alva),隶属葡萄牙瓜尔达市,地处西葡两国边境,杜罗河经此由西班牙流入葡萄牙。

〔2〕1385年,葡萄牙军队在阿茹巴罗塔决定性战胜了卡斯蒂利亚国王胡安一世,保卫了葡萄牙的独立,避免了王位旁落他国的危机。若昂一世被推举为葡王,开启了新的阿维什王朝。1494年,崛起中的西班牙、葡萄牙在教皇调解下签订了第一个瓜分世界的协议——《托尔德西利亚斯条约》。

若泽·萨拉马戈

(José Saramago, 1922—2010)

叛逆者萨拉马戈

闵雪飞

1998年，瑞典文学院将诺贝尔文学奖颁给若泽·萨拉马戈。对于他的祖国葡萄牙，这个奖项具有极大的象征意义。葡萄牙人对于诺奖情感之复杂，寰宇之内，恐怕只有中国人堪与之相比。作为很久以前的世界霸主，葡萄牙人把葡萄牙语种植到了四个大洲。作为拥有两亿七千万人口的世界第六大语言，葡萄牙语世界直到彼时仍然未能出现获奖者。所以，当上个世纪90年代葡萄牙文坛出现两位强有力的诺奖竞逐者时，每年10月，今年能不能获奖以及到底谁能获奖便成为了文化记者们固定的竞猜节目。萨拉马戈的获奖让一切猜测尘埃落定，虽然他早在五年前便因为政治原因离开葡萄牙而移居西班牙，但葡萄牙人毕竟宿愿得偿，而多年竞争者安图内斯也因此绝念于诺奖，终于可以彻底地专注于文学创作了。

萨拉马戈与历史

就在萨拉马戈获得诺贝尔文学奖的前一年，范维信翻译的《修道院纪事》在中国得以出版，作家本人也来到中国参加了首发式，正是因为那个机会，他向中国读者透露了那句如今广为人知的墓志铭："这里安睡着一个愤怒的人"。随着《失明症漫记》在中国的广泛传播，萨拉马戈无可避免地被看成了批判现实的有良心的"愤怒者"。这确实是有道理的，从第一本小说《罪孽之地》开始，作家就不曾放弃政治介入这个角度。这是一部完全遵守当时流行的新现实主义法则的作品，从文学性的角度而言，今天去阅读《罪孽之地》恐怕只具有知识考古的意义了。而当第二部小说《天窗》的手稿在出版社神秘地不翼而飞之后，萨拉马戈便顺应天命地选择了暂停小说创作。在小说创作停顿的30年间，他出版了三部诗集，并在上世纪70年代进入专栏写作领域。萨拉马戈非常看重自己的专栏写作，他曾说只有去阅读他的专栏，才会了解他的为人与他的情感。专栏让他声名鹊起，也让他批评社会的能力集中释放，同时也为未来的小说创作积累了素材。

1977年，萨拉马戈以一部《绘画与书法教程》重回小说写作，开始创作一种"真正严肃的事物"，这部实验性作品指出了叙事的新方向，与传统的经典文学写作分道扬镳。小说的主人公H君放弃既成的技巧、重新学习绘画与书法的过程，正与萨拉马戈放弃传统写作尝试新叙事的经验圆融地统一。从这本书开始，萨拉马戈便引领了一种新的文学经验。萨拉马戈特别重视"以另一种方式讲述的历史"，《修道院纪事》《里卡多·雷耶斯死去的那一年》《里斯本围城史》与《石筏》都是颠覆历史的典型代表。《修道院纪事》基于真实的马芙拉修道院的建造经历而写成，然而主事者国王若昂五世及其奥地利王后却丧失了统治者的权威，只能作为漫画一般的配角出现，连交配生育都显得那样的笨拙。萨拉马戈让王室与教会失去了威仪，却创造了一种新的三位一体，这便是以神父巴尔托洛梅乌（Bartolomeu）、劳动者巴尔塔萨尔（Baltasar）与女巫布里蒙达（Blimunda）组成的三位一体，亦即知识、力量与魔力的三位一体。在萨拉马戈看来，这三个B才是历史真正的发动机。

当我在说"历史"这个词时，我在说一种既定的书写形式，从这个意义而言，萨拉马戈对宗教与教会的批评也是颠覆历史的一种形式。《修道院纪事》中已经非常明显的反宗教性在《耶稣基督福音书》中达到了顶峰。佩索阿的异名阿尔伯特·卡埃罗在组诗《守羊人》第八首中让耶稣基督化为孩童来到人间，他贪恋人世，不喜欢天堂，老和诗人说上帝坏话，觉得天堂与教会特别虚伪，玛利亚不过是个用于生产的"箱子"，就已经被形容为"渎神之作"了，而在这方面，萨拉马戈确实更为"叛逆"，作为真正的无神论者，他做了连佩索阿都不敢做的事，直接将耶稣基督降格为"人"：耶稣压根就不是上帝之子，而是约瑟与玛利亚交欢的产物，他具有真正的人的情感，与抹大拉之间有真挚的感情。在天主教依然拥有很大势力的葡萄牙，这样一本书自然会被教会猛烈攻击。当葡萄牙政府迫于教会的压力决定查封这本书时，萨拉马戈愤怒了，他决定离开葡萄牙，到第二任妻子的祖国西班牙的一个小岛兰萨洛特居住。

虽然我一直在探讨萨拉马戈的革新性亦即对传统书写形式与主题的背叛，但此刻，我发现我必须将他纳入葡萄牙的书写传统之中，我必须引入那些深刻影响过他的作家与作品，我必须提到佩索阿，否则，我将无法去解读公认为萨拉马戈最好作品的《里卡多·雷耶斯死去的那一年》。作为葡萄牙20世纪毋庸置疑最杰出的诗人与思想家，佩索阿确实对之后的作家造成了焦虑。萨拉马戈非常喜欢佩索阿四个主要异名中的里卡多·雷耶斯，这一点颇有些奇怪，因为擅写古典式颂歌的里卡多·雷耶斯有些矫情，一般不太招人待见，比如哈罗德·布鲁姆在《西方正典》中就认为其他三个异名者都是大诗人，而里卡多·雷耶斯是"小诗人"。萨拉马戈对里卡多·雷耶斯情有独钟，少年时代就服膺于他的才华，但是对于《弈棋者》这首代表长诗，他却有很多意见。《弈棋者》讲述了一场波斯战争爆发，生灵涂炭，妇女遭劫，然而两位弈棋者却对战火视而不见，虽然宝剑就架在颈项，他们却依然平静地对弈到最后一步棋。这种平静实在让萨拉马戈愤怒，他觉得必须得和雷耶斯谈谈这件事，而且还得让佩索阿亲自去和他谈。佩索阿给自己的每个异名规定了生辰与死亡日期，然而独独忘记了医生雷耶斯，他的结局是去了巴西不知所终。萨拉马戈选择在佩索阿死后的第二年让雷耶斯回国，那是1936年，希特勒控制了政局，意大利侵略了阿比西尼亚，在葡萄牙，萨拉查实行了独裁统治，政治警察如猎犬一般监视着人民，还有教会不遗余力地欺骗着人民。萨拉马戈让里卡多·雷耶斯同《不安之书》中的人物一样，在迷宫一般的里斯本城中闲逛，让他见识到这种种景象与疾苦，并让佩索阿的幽灵在他的宾馆房间中出现。萨拉马戈以这种方式揭穿虚伪的诗情画意：当你亲眼见识到这种种苦难，你还能保持平静而不愤怒吗？

萨拉马戈与葡萄牙

当我们谈论萨拉马戈所归属的葡萄牙书写传统之时，我们必须承认，萨拉马戈构成了"旅行文学"这条书写之链上独特的一环。那些"旅行文学"的先行者，从费尔南·平托，经过卡蒙斯，经由加雷特，绕过佩索阿，最终抵达了萨拉马戈。这种旅行既是个人的发现之旅，也是为民族与国家寻找文化身份的旅程。作为地理大发现的执行者，平托与卡蒙斯的视角是向外的。从加雷特开始，旅行从向外转为向内，在《故土之行》中，他溯特茹河而上，第一次从故土而非海外捕捉葡萄牙的民族精神。这既是对葡萄牙不可能成为海上霸主这个事实的承认，也是对葡萄牙未来政治与文化发展的前瞻，用学者爱德华多·洛伦索的话来讲："终于认同了葡萄牙是欧洲的后园"。葡萄牙必须痛苦地承认这一点，才能从而真正地融入欧洲。融入欧洲是必须的选择。佩索阿所进行的是现代性意义的旅行，《不安之书》的主人公在行走城市这个问题上，可以与本雅明进行深入沟通。萨拉马戈是一位真正的旅行作家，一方面他以"海止于此,陆始于斯"[1]的颠覆经典的开篇,让雷耶斯从海外回到祖国,并在里斯本城里开始一场《不安之书》式的现代性旅行;另一方面,他创作出游记文学的杰作《葡萄牙漫行》,并以奇妙的构思,让伊比利亚半岛进行了一场自主的旅行。

1981年,就在葡萄牙决定加入欧共体之时,萨拉马戈从北向南,漫游了全国,并写出《葡萄牙漫行》,在扉页中,他将这本游记献给伟大的旅行者加雷特。一如加雷特的《故土之行》,《葡萄牙漫行》也具有找寻文化身份的价值。萨拉马戈是一位反欧洲主义者,在欧洲一体化无法阻挡的时刻,他选择用一场独行寻找并记录葡萄牙独特的文化认同。正是基于文化共同体的考虑,坚定的反欧洲主义者萨拉马戈同时是一位坚定的伊比利亚主义者,因此,在《石筏》之中,伊比利亚脱离了欧洲,作为一个整体向大西洋漂移,它避免了与亚速尔群岛的碰撞,躲过了加拿大和美国的诱惑,贴在了具有同样文化根基的南美大陆之上。《石筏》是一个神话,是一个乌托邦,不具有现实的实现性,然而如果我们把那一条石筏看成一个人物,那么在旅行文学的链条之上,他的找寻是具有特殊意义的。

或许只是巧合,范维信当年选择翻译的两部作品恰好代表了萨拉马戈的两个创作时代。从《失明症漫记》开始,萨拉马戈的创作进入了第二个时期。如果说第一个时期里,民族认同抑或"葡萄牙性"问题是他的讨论焦点,那么在第二个时期里,普遍的"人""人性""人是什么"构成了他的焦虑。《失明症漫记》中的那场瘟疫可以发生在任何一个地方,《双生》与《复明症漫记》中人对人的蔑视,《所有的名字》中的孤独与人与人之间的不可沟通,这些可能发生在任何一个葡萄牙人与非葡萄牙人身上。或许正因为主题的转变,作家的愤怒之中,温情更清晰地浮现出来。对于他,愤怒与温情从来都是缺一不可,相辅相成。当我们去阅读作家晚年作品《小回忆》,会发现温情与平静的巨大力量。作家去世前几年,兰萨洛特岛上，无法返回故土的萨拉马戈从精神上回返了故乡。他深情地回忆起童年、外祖父母、故乡的人与那条河流。那条小河以平静的姿态流向特茹河，并最终入海。那是他的生命之河，是他的记忆之链，让一个愤怒的人归于那原初的平静：

从记忆纠结的线团中，从我们盲目的黑暗里，我抽出一根散落的线。

我慢慢地释放它，唯恐它在我的手指间碎裂。

这是一条绿与蓝的长线，有青柠的芬芳，有泥土火热的柔软。

这是一条河。

它在我的手心流淌，润湿了我的手。

全部的水流过我张开的手掌，突然我不知道那水是从我这里生出，还是向着我而流。

我继续抽拉，不仅是记忆，而且是河的身躯。

船航行在我的皮肤上，我也是船，是遮蔽的天空，是高大的山杨，在眼的虹膜上微微地滑行。鱼在我的血液中游弋，摇摆于两种水之间，仿佛记忆不确定的诉求。

我感觉到手臂的力量与延长它的船杆。

它沉入河的深处与我的深处，就像缓慢而坚定的心跳。

现在，天空更近，它改变了颜色。

它此刻绿意盎然，喧嚣沸腾，因为鸟儿的歌声唤醒了一根根枝条。

当船停泊于一个宽广的空间，我赤裸的身体在阳光下闪烁，更耀眼的辉煌燃烧着水的表面。回忆模糊的影像与突然宣布的未来的身影融为一体。

一只无名的鸟从一处我不知道的地方飞落，停栖在严酷的甲板上。

我不动,希望所有的水映出蓝色,希望鸟儿在枝头告诉我为什么山杨这样高大,为什么树叶如此繁茂。

这样,我以人的形状取得船与河的身躯,我走向剑鱼围伺的平静的辉煌。

啊!我将在三拃之地埋葬我的船杆,直至遭遇活生生的石头。

当手与手交叠,会产生巨大的原初的平静。

之后,我便会知晓一切。

注释

[1] "Onde a terra acaba e o mar começa"为卡蒙斯《卢济塔尼亚人之歌》中的著名诗句,高美士将之翻译为"陆止于此,海始于斯",萨拉马戈在《里卡多·雷耶斯逝去的那一年》的开头之处颠覆陆与海的关系,从而展示出向内的回归。

《失明症漫记》及之后的萨拉马戈写作

王渊

作为葡语世界唯一的诺贝尔文学奖得主,若泽·萨拉马戈最为国内读者熟知的作品,除去奠定他魔幻现实主义大师地位的历史小说《修道院纪事》(1984)之外,还有为他赢得诺奖的冷酷寓言《失明症漫记》(1995)。有评论将"民族"和"人性"作为萨拉马戈前后两个时期的创作焦点,各自的代表分别是《修道院纪事》与《失明症漫记》。因此,我们可以从第二本书入手,去理解这位葡语文学大师的后期创作。

萨拉马戈曾在博客中介绍,基于对《失明症漫记》的高度评价,诺贝尔文学奖评委已有意将1998年的奖项授予他,但又担心他1997年的新作《所有的名字》写得不如前作,为此,特别派专人阅读原文,直至确定这本书与《失明症漫记》一样优秀,才将诺贝尔奖授予他。在这一特定的生命时期,萨拉马戈的关注点已经不再局限于葡萄牙,而是转向整个西方社会乃至全人类的普遍命运,所以,在写作技巧上,《所有的名字》承袭了上一本书,模糊了创作者的身份特质。一方面,两本书的剧情地点均未明述。另一方面,人物上也有相似之处,《失明症漫记》中的人物多以其职业或外表特征指代,名字的缺失说明人们必须要走上痛苦的自我寻找之路;某种程度上,《所有的名字》也体现了这一点,与题目表达的含义恰恰相反，主角若泽先生是全书唯一提到名字的人物。

在《所有的名字》里，共有两个记载所有名字的地方，一是民事登记总局，二是占地广大的公墓。登记局是全书的起点，主人公作为老员工，搜集名人信息剪报是他打发时间的唯一方式，但是，偶然间他将一位陌生女子的卡片带了出来，之后，他就着魔一般开始了对她的搜寻。公墓则是搜索的伪终点，若泽先生历经周折，最后发现那名女子刚刚去世，他不甘于就此结束，在墓地中睡着了，醒来后却从牧羊人口中得知，对方会搅乱指示牌的位置，因此墓碑与尸体极有可能并不对应。最终，小说画了一个圆，以回到登记局结束。上司受若泽先生行动启发，决意改变档案的存放方式，不再将死者和生者的档案分开，并且建议若泽先生销毁陌生女子的死亡证明，彻底革除生与死的界限。

萨拉马戈曾在采访中表示，这本书的灵感来自于他查阅去世弟弟的资料，却发现其死亡证明缺失。但这一层血脉联系并不意味着书中的若泽先生即是作家本人的另一个自我，他只是希望名字与主角卑微的身份相称，而若泽——他自己的名字——正是葡语中最大众的名字。巴西伟大的诗人卡洛斯·德鲁蒙特·安德拉德曾写过一首名为《若泽》的诗，这位若泽同样被描绘为没有名字、没有女人、没有话语，不知路在何方的形象。

个性的弱化意味着共性的加强，正如若泽先生文中所言，一人事即所有人事，而若泽先生身上正拴着有形或无形的阿里阿德涅之线[1]。公墓、学校、登记局乃至整个城市组成一座巨大的迷宫，在其中搜寻陌生女子的故事，则昭示着所有人的命运与顿悟的可能。因为公墓的混乱，对女子的搜寻归于失败，这一情节的设置彰显了萨拉马戈对希腊古典神话的叛逆：迷宫的中心并非是半牛半人的妖怪弥诺陶洛斯，逃出迷宫的奖赏也并非是抱得美人归，而是对自身的突破和对真理的接近。对于现代社会中人类对浮华表象的追逐，将肤浅的文化当作真实，成为"能看却看不见的盲人"，萨拉马戈表现出深沉的悲痛。

萨拉马戈另一部小说《洞穴》（2000）依然批判了这种追逐表象的肤浅，并呼吁回归内心。连同之前的两部长篇小说，作家承认它们构成了"非自觉的三部曲"。除了都以寓言譬喻作为架构，主要共同点在于它们偏离了萨氏小说中经典的历史重构，反而从不同侧面展示了作者对当今世界和人类生活的看法。作为共产党员和无神论者，萨拉马戈始终保持对社会生活的高度关注，从他 2008 年以 85 岁高龄开始写作博客可见一斑。即便他已于八年前去世，读者依然愿意相信，如他生前所期望的一样，他笔下的每个角色都为这个世界增添了一个人，就像《里卡多·雷耶斯死去的那一年》中的异名诗人，在创造者离开之后仍然活在这个世界。

萨拉马戈希望将《洞穴》作为对 20 世纪的告别。在 2002 年出版的《双生》里，他展示了自己在写作上的新尝试，加入了悬疑小说的因素，也因此被圣保罗大学的奥若拉·贝尔纳蒂尼教授赞为"愈老愈香的陈酿"。如题目所揭示的那样，在这本书里，中学历史教师特图利亚诺·马克西莫·阿方索发现自己与二线演员安东尼奥·克拉罗拥有完全相同的外表。出于对自己可能是复制品的恐惧，两人各自采取了玩弄对方女友或妻子的方式，力求在荒诞中证明自己的唯一性。从两人的"长子意识"和对兄弟威胁的恐惧中，可以看到弗洛伊德学说的影子，只不过他们争夺的对象不再是母亲。

与此类小说一般纯粹追求环环相扣、剥茧抽丝的情节推动不同，《双生》中尽管也有精彩的伏笔和惊人的转折（例如因为克拉罗手上婚戒留下的痕迹，特图利亚诺的女友发现刚刚与其春宵一度的人并不是她的未婚夫），内涵却要丰富得多，许多语句与萨拉马戈其他作品有着趣味盎然的照应。例如，"历史没有记载这个事实，并不意味着这个事实没有发生"，《双生》中的这句话很容易让读者联想到作家在《里斯本围城史》(1989)中进行的史海钩沉，而"所有的事物无法逃脱等待，这是统辖它们的命运"，某种程度上，在未来化为《大象旅行记》(2008)的题记："我们总是到达等待我们的地方"。

然而，与《双生》对话最多的无疑还是《所有的名字》。特图利亚诺第一次来到校长办公室就觉得非常熟悉，叙述者则暗示他读过《所有的名字》中对若泽先生夜间潜入那间办公室的描述。角色在本应严格区分的多层叙述层次中游走，这不单单辉映了葡萄牙浪漫主义大师阿尔梅达·加雷特的经典著作《故土之行》(1846)，同时也彰显了文学中的真实对实际生活的建设意义。正如萨拉马戈所说，"词语是我们所拥有的一切"，作家相信，通过在文学作品里挑战常规习俗，可以创造疏离感，从而激发更多的解构与思考。

此外，《双生》中的另一叙事层面，即特图利亚诺与常识的对话，也可与《所有的名字》中若泽先生和天花板的交流放在一起观照。《双生》的第二条题记引用了英国作家劳伦斯·斯特恩的《项狄传》。然而，无论是这本心理体验小说的开山鼻祖，还是司汤达以来的心理小说，虽然描写人们内心的矛盾，一般却不会将这些矛盾外化，不会像萨拉马戈一样，将"常识"与"天花板"作为覆盖全书的重要角色，以知心人的身份对主角劝诫警告，从而让读者更好地了解若泽先生和特图利亚诺内心的复杂性。与此同时，这两位新角色都被限定在一定空间内出现："常识"进不到室内，而"天花板"自然只能在主角在家时发言。这样一来，两个新角色作为叙述者的第二语言（按照巴赫金的杂语理论）就不会与夹叙夹议的叙述者本身发生功能重叠，反而丰富了小说中的内在对话性。不仅如此，对它们的限定还揭示出"常识"和"天花板"的另一特点，它们并非西方传统宗教文学中帮助主角抵御魔鬼诱惑的天使，其不完美也彰显着人性的缺陷。

在萨拉马戈的长篇小说《复明症漫记》(2004)中,对丑陋人性的抨击得到延续。从标题即可看出,这本书是对《失明症漫记》的续写。故事开头,首都居民因对现状不满而在选举中大量投下空白选票,引起当局恐慌,最后政府撤离,将首都封锁。由于四年前第一个失明者的告密,当局得知医生的妻子是唯一未曾失明的人,因此派3名警察潜回首都进行调查。而本书后半段则主要讲述了带队警督的思想觉醒,或者说"复明"的过程。

萨拉马戈笔下"看"与"看见"的分野可以追溯到《修道院纪事》,女主角"七个月亮"布里蒙达拥有看透事物表面的能力,而她和巴尔塔萨尔在一起后,为了不透视他的身体,每天早上醒来先闭着眼睛吃面包以暂时失去这一特异功能。作为西方饮食文化中的主食,随处可见的面包暗示了"看见"的能力只属于少数,绝大多数人虽然眼睛功能完好,但其实与盲人无异。这个观点在萨拉马戈后期作品中反复出现,成为理解"人性"的一个关键点。

在《失明症漫记》当中,当局试图隔离突然陷入白色黑暗中的患者,却不自知此举的荒谬,看守不久也都变成了盲人。白色盲症明显具有比喻义,第一个失明者向医生描述症状时说更像是灯亮了,意味着对于原先在社会意义上看不见的人们而言,这次失明给了他们认清自我从而"看见"的机会。故事的最后人们纷纷复明,但医生的妻子却陷入恐慌,害怕轮到自己失明。从某种意义上来说,她的恐惧并非毫无道理,因为如果说本书结尾奇迹般的复明令读者对人性的复苏抱有一丝侥幸,更具有虚无主义色彩的《复明症漫记》则将其彻底击碎。正如在警察带走其丈夫时,医生的妻子质问"还能有什么比你现在做的更加令人反感的呢",却得到"啊,有,有,你想不到,马上就有"的回答,她和警督的惨淡结局也清楚表明,在群盲的社会中,个人的复明有多么微不足道。甚至在《所有的名字》当中还能提供建议的天花板,在这里也因为经过了隔音处理或者独居太久而丧失了语言能力,这一让人苦笑的设置反衬了该书的另一个重要主题,即西方民主社会中隐含的专制。首都居民通过投白票与和平游行的方式表达不满,总理和内政部长等人的应对手段却无所不用其极:非法刑侦、舆论诽谤、秘密抓捕乃至直接暗杀。罗兰夫人的遗言不断得到验证:"自由,自由,多少罪恶假汝之名而行!"为了搞臭医生妻子的名声,内政部长不惜打破全国上下对四年前那场失明症的噤声,同时也揭穿了政府失灵这一层"皇帝的新衣"。

对民众自发通过投白票抗议的设想或许有些理想化,萨拉马戈在采访中也表示,写作此书的目的并不是号召葡萄牙民众如此行事(虽然在2005年的葡国大选中的确有党派如此呼吁),而只是警示在荒谬的政权下,人民会自然做出反应。正如书中的文化部长所说,四年前我们曾经失明,现在可能我们依然盲着。《复明症漫记》里说"人类的道德缺陷是历史性的",《双生》中说"太阳底下无新事",在人人相信进步的年代,我们需要萨拉马戈这样的作家提醒我们人性的残忍。"人类可能就像一种病毒,只是幸运地被限制在一座星球上。"这也是自《失明症漫记》之后,萨拉马戈对我们的不断警示。

注释

〔1〕阿里阿德涅之线,出自古希腊神话,常用来比喻走出迷宫的方法和路径,以及解决复杂问题的线索。

大象、渎神、萨拉马戈

王渊

上世纪 70 年代"康乃馨革命"[1]后，葡萄牙放弃了非洲殖民地，开始了"去殖民化"进程。漫长的文学史中，40 年的时光不过沧海一粟，因此在不少当代葡国文学作品里，非洲的记忆仍然鲜活。其中，非洲象也占有一席之地，构成了重要的文学象征。比如在当代著名作家安东尼奥·洛博·安图内斯的首部长篇小说《大象回忆录》中，大象便成为了叙述者记忆中的非洲生活的代称。葡语中"大象的记性"意味着非凡的记忆力，因此，作家将这一俗语转化为题目，无疑是在影射殖民战争对参与者的长久影响。葡萄牙知名女作家莉迪亚·若热在其代表作《细语海岸》中聚焦了在非洲的葡国军官妻子的生活，大象的形象也多次出现。然而，葡萄牙作家、诺贝尔文学奖得主若泽·萨拉马戈在 2008 年出版的小说《大象旅行记》却与众不同，主角是一头来自印度的亚洲象！因为作者的目标不在非洲，而是选取了葡萄牙历史上的另一个重要时段作为故事的背景：地理大发现。

这部小说是大象所罗门的旅行记，同时也是关于人生的譬喻。书中大象从里斯本出发，途经巴亚多利德，最终抵达维也纳。这是一次真实的旅行，史书中确有记载，但只提及于公元 1550-1552 年间发生，除此之外的史料寥寥无几，因此，可以说本书中的跌宕起伏都是萨拉马戈的"小说家言"。所罗门跋山涉水征程万里，一路上在旁观者眼里多次展现奇迹，但作者并没有安排小说在圆满到达目的地并救下小女孩的高潮处结束，而是又简短地介绍它在不到两年后即去世，接着又遭到剥皮和割掌的待遇。题记中说"我们总是到达等待我们的地方"，很自然，这是在强调有生必有死的自然规律。这是萨拉马戈生前的倒数第二部著作。在写作过程中，作家曾因病住院，不得不停笔三个月，一度以为自己将无法完成，因此，在这样的人生阶段，萨氏有如此的关注重点实属寻常。

然而，如果就此把本书纯粹当作人生没有回头路的心灵鸡汤，那无疑是对这位被哈罗德·布鲁姆称之为"永远会在西方经典中有一席之地"的文学巨匠的极大误解，因为他不仅给读者描绘了沿途的风土人情，更为重要的是，作家通过非凡的想象力和深刻的讽刺，为社会多个领域提供了批判的角度。作为无神论者，萨拉马戈在作品中一向不遗余力地批判对葡萄牙人生活举足轻重的天主教会，其中体现最为突出的，是《耶稣基督福音》。由于严重"渎神"，在天主教群体的抗议下，该书在葡萄牙国内遭禁，萨拉马戈盛怒之下移居妻子的故乡西班牙加那利群岛，再不肯回返祖国。萨拉马戈生前最后一部作品《该隐》是对圣经的戏仿作品，同样涉嫌"渎神"。尽管与上面两部作品相比，《大象旅行记》的主题并不与"神"直接相关，但书中的嘲讽力度却毫不逊色，从用普通水想要给大象驱邪、要它在教堂面前下跪以人造奇迹的教士，到迷信大象皮毛可以治病驱邪的普通民众，这些举动都成为天主教荒唐的"注脚"。农夫们因为误解得出结论：上帝是一头大象，最后证明，这一观点并不比天主教教义更为荒谬。但在萨拉马戈身上可贵的一点是，他并不因为了解人性的黑暗面而愤世嫉俗，批判的文字不会给人硝烟感，而是讽刺中带着怜悯，幽默中带着温情。正如象夫，当他被问到是不是基督徒时，他的回答是"差不多吧"，这与葡萄牙另一位著名的反宗教作家阿尔比诺·佛尔加斯·桑帕约在《冷嘲热讽集》中的回答形成了鲜明对比："我用我仇恨中的所有力气恨着上帝"。从另一个角度看，因为萨拉马戈的着力点主要是在天主教上，所以他对印度教的讨论只能算是浅尝辄止，并没有对两者的教义进行深层次的比较，当然这也并非该书的主题。

对于另一个掌握权力的阶层即王室贵族，《大象旅行记》沿用了《修道院纪事》中的非神秘化技巧，通过聚焦国王、王后、大公等人的私密生活来粉碎他们高人一等的形象：若昂三世无法流利阅读拉丁文信件，堂娜卡塔丽娜对参政的过分热情，这样的小细节在书中不胜枚举。曾在网络上被人热炒的意大利艺术家克里斯蒂娜·古格里的作品瞄准各国元首和宗教领域如厕时的景象，想法与萨拉马戈异曲同工，而这些图片的火热传播证明，即便到了现代，民众依然没有达到平视政治人物的程度，所以我们才需要萨拉马戈这样不断的提醒。

在萨拉马戈的不少作品中，姓名都处于可有可无乃至弃之不用的状态，如《失明症漫记》及《所有的名字》，但在本书中，大象和象夫的姓名更迭与权力这一主题息息相关。葡萄牙国王不习惯象夫名字的发音，抱怨说改成葡语中的常见名若阿金就好了，但最后并未付诸实施；书中最有权力的马克西米利安大公也面临不熟悉异域名字的类似情况，但他一声令下就把大象和象夫的名字都改了，而这对无权的伴侣只能接受与过往割裂的命运。权力的专横与荒诞在小说中还有不少表现形式，比如葡奥两国在交接大象中无谓的斗智斗勇，只重形式而不重实际需求的队列安排等等，但由于命名这一过程具有从宗教（亚当是伊甸园中所有生物的命名者）到结构主义和后殖民主义丰富的延展解读空间，无疑是其中最突出的层面。

最近 20-30 年西方学界的研究进展，如珍妮特·阿布-卢格和威廉·麦克尼尔提出欧洲建立霸权之前就已经存在全球体系/网络，安德烈·贡德·弗兰克和彭慕兰对东方在全球史中重要性的强调，都对伊曼纽尔·沃勒斯坦"核心、半边缘、边缘"的世界体系和西方中心论提出了挑战。对葡萄牙来说，直接影响就是地理大发现先驱身份的重要性遭到淡化。由于数百年间海上扩张一直被当作葡萄牙国史中最引以为傲的一段章节，因此如何应对就成为关系到国民性的重大挑战。作为1974年葡萄牙"康乃馨革命"之后才开始主要创作生涯的作家，萨拉马戈一直在不懈思考民主化后的祖国应当如何重构历史。如果说在《里斯本围城史》当中作家是通过编辑雷蒙多这个角色表现历史阐释的多重性（他在历史书中外国十字军战士帮助葡萄牙人从阿拉伯人手中夺下里斯本这一记述前面加上"没有"，之后仍然设法让葡军获胜），在《大象旅行记》里萨拉马戈则是通过各种年代错乱的评论和对比来混淆历史和现实的界限。也许只有这样，才是解决葡萄牙人永恒"萨乌达德"[2]的唯一良方。

这种对国家历史和文化的极度关注，造成的后果是：萨拉马戈在获得诺贝尔文学奖之前，虽然在葡语国家阅读界中拥有众多拥趸，但国外读者群体并不庞大；虽然在写作生涯后期，随着他移居西班牙，他越来越被看作伊比利亚主义的化身，但他认为自己内心深处依旧是个葡萄牙人。从某种程度上说，萨拉马戈也可以说自己和费尔南多·佩索阿的半异名贝尔纳多·索阿雷斯一样，"葡萄牙语才是我的祖国"。索阿雷斯声称自己是在读到安东尼奥·维埃拉神甫的布道时才有感而发写出的这句，而他引用的片段正好是在讲述所罗门王宫殿的建造。《大象旅行记》中的动物主角也叫所罗门，这大概就是萨拉马戈向葡语文学先辈有意为之的致敬。在全球化的背景下，在后现代主义打破精英与大众文学分野的今天，越来越多的作家为了吸引更多的国外读者而追求消除国别阅读障碍。在这种全新的文化图景下细读萨拉马戈的作品，其追求国家身份认同的特点更为清楚地投射出来。我们应该更珍惜萨拉马戈，这位用深刻的反思与永远的不合时宜搅扰一切时代的文学大师。

注释

〔1〕康乃馨革命，又称"四·二五"革命，是葡萄牙首都里斯本于1974年4月25日发生的一次军事政变。之后，葡萄牙结束了独裁统治，走向了民主政体。

〔2〕葡语为"saudade"，意为对回到过去的不可能的怀念、怀恋。

"上帝·祖国·家庭":萨拉马戈小说创作的黑匣子

——以《死亡间歇》为例

符辰希

"第二天,没有人死去"

若泽·萨拉马戈是葡语世界唯一的诺贝尔文学奖获得者,也是中国读者最为熟悉的葡萄牙作家。作为小说家的萨拉马戈,给人的印象是一个惯于盗用上帝身份的"黑客"。他只消在历史与现实的流动中突破一个小小的缺口,插入一条反常的设定,看似稳定的文明就在这奇幻的一点上开始坍塌,支配社会运行的诸般"天经地义"在我们惊讶的注视下暴露出自身的荒诞与脆弱。从这个意义而言,《死亡间歇》又是一部典型的萨氏作品。虽说相比《修道院纪事》《里卡多·雷耶斯死去的那一年》,它没有宏观与微观叙事之间复杂精巧的多线穿插,相较《失明症漫记》《复明症漫记》,也缓和了批判的火力,淡化了底色的悲观,但是在这部小说简短的篇幅和清晰的二分结构中,读者仍能不乏惊喜地领略到萨拉马戈经典的表达方式与思想旨趣。

故事的前四分之三从多个角度记录了一幅"死亡间歇"的社会图景:某年某国,从元旦午夜开始,死亡不限期中止了服务。人类梦想中一直渴望的永生竟然以这种方式实现了！然而突如其来的"长生不死"并没有让国民高兴太久，随之而来的是层出不穷的社会危机：奄奄一息的病人求死不得，殡葬行业全军覆没，保险公司前途暗淡，养老院将无限增长，直至经济无法支撑，天主教会面临信仰崩溃……正当全国上下一筹莫展时，某个边远的小村庄里，有一位濒死的老者坚持让家人把自己和同样病危却不得咽气的孙儿偷偷运送到邻国边境，就在越过国界的那一瞬，他们的生命结束了。这桩成功的"自杀"迅速引得民间纷纷效法，而国家对于边境的管控使得黑社会趁虚而入，成为了此类灰色业务的实际经营者，他们通过暴力、恐吓等无耻手段逼迫政府就范，默许自己的垄断地位，而许许多多濒死病人的家属为了摆脱永远的负担，也甘愿向自名为"黑手党"的组织交纳不菲的佣金，将病人运到邻国的土地上死去。有一天，国家电视台的台长收到一封来自"死亡"本人的神秘来信，令其通知全国，死亡暂停了七个月之后，将于当晚零点恢复正常，并且今后将死之人都会提前一个礼拜收到信函通知，以便料理后事。一时人心惶惶，恐慌弥漫。

全书的后四分之一将镜头拉近，家国背景下的死生大事最终在个人层面上做了了结：不知出于什么原因，一位大提琴演奏家的死亡通知几次三番被退回，这位"命中注定"英年早逝的艺术家便如此浑然不觉地逍遥于生死铁律之外。为了一探究竟并伺机再次投信，死亡化身为一个女人，走进了提琴家的生活。二人经历了一段奇妙的情缘之后，死亡烧毁了准备好的信件，于是故事又回到了开头的情节：第二天，没有人死去。

《死亡间歇》这种并不言明何年何月、哪国哪邦的模糊设定在萨拉马戈一生讲过的故事中并不占多数，因为正是作者强烈的历史感、鲜明的国族身份和张扬的政治观点构成了作者表达欲的核心。他点评自己的作品《石筏》时坦诚，"大概只有一个葡萄牙人才能写出这本书"。因为《石筏》大胆的想象、温情的故事和耐人寻味的隐喻背后，是一个葡萄牙人从自己的历史视角出发，对伊比利亚身份认同的独特感知。然而，萨拉马戈的其他作品，又何尝不是"只有一个葡萄牙人才能写出"的故事呢？

"新国家"

出生于 1922 年的若泽·萨拉马戈作为小说家可谓大器晚成，年过 50 他才开始全职写作并形成了自己的成熟风格，而其前半生与 20 世纪西欧最长久的独裁统治——萨拉查时期几乎重合，这构成了他人生经验与思想资源的主要部分。安东尼奥·德·奥利维拉·萨拉查统治葡萄牙长达 36 年之久，并建立了以"上帝、祖国、家庭"为口号的"新国家"体制，在天主教会的明帮暗助之下，施行保守的政治路线，打压反对党派，包括萨拉马戈所隶属的葡萄牙共产党，并不惜以战争手段强行保留所谓的"海外省"，以维系殖民掠夺的帝国体系，十几年的殖民地战争，让小国寡民的葡萄牙不堪重负，军人、军属更是苦不堪言。为了配合对内威权统治和对外殖民主义的需要，"新国家"的宣传机器着力烘托卡蒙斯、赛巴斯蒂昂等本国民族主义情结中的核心形象，将萨拉查粉饰为葡萄牙的政治弥赛亚。然而极权统治终究躲不过内部崩溃的命运，1974 年 4 月 25 日，一场中下层军官领导的和平革命推翻了几十年的独裁政府，结束了旷日持久的殖民地战争，史称"四·二五"革命或"康乃馨革命"。经过两年的政治动荡，葡萄牙完成了去殖民地化和民主转型，告别了几百年的海外殖民史和几十载的独夫专制，历史终于翻开了新的一页。

不过，萨拉查时期的意识形态遗产却难以在一夜之间烟消云散。葡萄牙的心智依然闭塞，感情依然怀旧，帝国主义的思维根深蒂固，民族主义的幽灵挥之不去。葡萄牙人需要以新的目光展望未来，而这首先需要有新的历史重新讲述。就此而论，萨拉马戈的创作就是在一砖一瓦地拆毁前政权留下的思想长城，颠覆传统的历史叙述。于是，我们在《拔地而起》、"历史三部曲"、《大象旅行记》等作品中，看到了作者无情地嘲讽天主教会的腐化堕落和宫廷政治的蝇营狗苟；史书上光辉伟大的葡萄牙帝国，实质是建立在奴隶贸易和殖民地掠夺的基础之上；萨拉查政府用经济稳定和社会秩序换取民众的沉默与顺从，看不见的代价是警察治国的粗暴与黑暗，就连与世无争的（虚构）诗人里卡多·雷耶斯也难以幸免，遭到了臭名昭著的PIDE（国家安全警备总署）无端盘查。

那么，在《死亡间歇》这类无朝无代的故事里，作者也在书写"葡萄牙人才有"的恐惧和回忆吗？从背景设定上而言，它与《失明症漫记》颇为相似，环境与时代的空白给全世界的当代读者都留下了想象的空间和自我体认的便捷，《失明症漫记》的原著与电影，反映出的是现代民主的脆弱和人性普遍的黑暗，各国各族的读者和观众都在其中看到了自己的影子，然而该作品所受到的普世欢迎与诺奖认可并不能遮蔽作者的具体指涉。同样，"死亡间歇"的奇闻异事似乎发生在某个难以对号入座的西方国家，但是萨拉马戈终归是萨拉马戈，其标志性的讽刺俯拾即是，对"上帝、祖国、家庭"的挑战也不会因为隐去了历史语境的交代而失其猛烈。

上帝

从小说情节中不难推敲，发生死亡暂停的地方和几十年前的葡萄牙很像，是一个以天主教为官方宗教的国家。众所周知，诺奖得主萨拉马戈是共产党员、无神论者，但在生平访谈中论及信仰时，他往往是平淡地表示，自己不过是看不到并且不相信上帝罢了。但是，在小说写作中火力全开的萨拉马戈，更准确的说是一位激进的教会批判者。作为一套庞大、僵化且与政治暧昧不清的体制，天主教会失去了信仰的真诚而沦为了名实不符的社会机构，于是在萨拉马戈的理解中，教义不过是统治者信手拈来的洗脑工具，而圣礼更是落后、反动的中世纪遗留。

当然，要否定无限上帝的存在，在形而上学层面是不可能完成的任务，但是要羞辱有限的人类则容易得多，作者的手法是自助盗取上帝的"席位"，一开始就暂停死亡，来戏耍因为没有死亡便没有复活而惶恐、自危的教士阶级。在死亡间歇刚刚爆发的时刻，全知全在的叙述者便带领读者"窃听"了红衣主教与国家首相的秘密通话，而主教的形象与任何一个不问民间疾苦、只顾自身地位的犬儒政客毫无二致。话语之间，主教一方面拿着教义的明灯审视、挑剔他人的渎神言论，另一方面又恬不知耻地盘算着如何因地制宜炮制新的理论，好敷衍广大信徒。讽刺的是，当晚红衣主教阑尾炎发作，在手术的风险面前，主教想到了死：

> 注射下那管麻醉剂之前，在即将完全失去意识的短短一瞬，像其他许多人一样，主教想到自己可能在手术中死去，但随后又记起，现在死是不可能的了，末了，在清醒时刻的最后一闪念，主教脑海中闪过一个想法，不管现实种种，如果他真的死了，就非常矛盾地意味着，自己战胜了死亡。一股强烈的牺牲欲涌上心头，主教正要祈求上帝杀死自己，可时间已不容他遣词造句。麻药让他免于一次严重的渎神，因为他想把死亡的权柄转移到一个以给予生命而著称的神明身上。

主教前一刻还在高瞻远瞩、点拨生死，后一刻自己也难逃疾病与死亡的摆弄。这是萨拉马戈，也是很多不信者的典型论据。他们坚信，彼岸只是人为的幻想、语言的游戏，此外别无实然的存在。

所以，此岸的信徒要么是贩卖幻象的骗子，要么是内心软弱的傻瓜。

主教属于前者，所以作者要安排他被"自然"这位上帝教训，在生老病死的无情规律面前丧失颜面；而盲从的信众属于后者，作者自然会着力展现他们内心在黑暗中抓取信仰的盲目和绝望。小说中死亡恢复之后，因为死者可以提前七天收到信件通知，人群中的恐慌情绪有增无减，这时，萨拉马戈对教堂里的情景进行了一番津津有味的描述，上帝的圣殿在马克思主义者的笔下完全沦为了人民的精神鸦片馆：

> 教堂里人流络绎不绝，忧伤懊悔的罪人排成长龙，队伍像工厂流水线一样此消彼长、源源不断，在教堂的中殿里整整绕了两匝。聆听告解的神父一刻不停地工作，有时会因为疲倦而走神，有时又被讲述中丑恶的细节突然惊醒，最后总是走过场般代祷悔罪，不知多少句"我们的天父"，多少句"万福玛利亚"，然后匆匆完成了赦免。(……)不过，某些神父待在难闻、阴暗的告解室里纯属强打精神，上帝知道那是费了多大力气，因为就在当天早上，这些神父也收到了紫色信封，因此他们有充分的理由怀疑自己当时正在宣讲的快慰良言。

相比争议极大的《耶稣基督福音书》和《该隐》等公然渎神的作品，此处的萨拉马戈已算收敛锋芒。作为非信徒，萨拉马戈自然无法认同《圣经》的真实性，《死亡间歇》中作者也认为，自己关于死神的编造和德古拉的传说、耶稣的复活一样，同样是传说的性质；作为姿态激进的知识分子，萨拉马戈更是猛烈批判教会与权力勾结所造成的一切不公，而消解《圣经》的权威，是其撼动天主教会在欧洲历史地位与社会影响力的必需手段；作为思想家，萨拉马戈并没有在形而上学层面"杀死上帝"的野心，如果长远的愿景是拆除"新国家"的意识形态残留，那么他的攻击目标更多是指向作为思想资源留存在民族语言与文化深处的天主教，就像书中两次表达"进退两难"的意思时，作者都有意戏谑地重复使用了源于宗教传统的葡语习语："一面是十字架，一面是圣水缸"，对"神圣事物"举重若轻的使用，是萨拉马戈讽刺、消解最常见的手法。

祖国

小说中的诸多细节都暗示我们，死亡间歇所发生的无名国家与萨拉查也是萨拉马戈的"祖国"有很多"不巧"的重合。死亡回归后，养老院的管理层大大松了口气，于是"低调地来一杯波尔图或马德拉红酒"以示庆祝；叙述者在感叹黑手党的手段卑劣时，引用的是卡蒙斯《葡国魂》（也称《卢济塔尼亚人之歌》）中怪兽阿达玛斯托的诗句；死亡提前一周通知死期，于是"恐慌的不仅是平均每天被厄运敲门的 300 人，也包括其余的 9,999,970"，而葡萄牙的人口恰好是 1000 万。不过，作者也故意做了一些转移视线的处理来模糊聚焦，例如交代该国接壤三个邻国，并不临海，所以也没有海军，首都地区的面积与狭小的国土不成比例，如此看来，它仿佛是葡萄牙的历史文化与拉美某国（例如玻利维亚）地理条件的结合。

当然，作者对自己的批判对象从来不含糊，萨拉马戈冷嘲热讽的矛头所指，是独裁者将祖国偶像化、人民主权抽象化、煽动仇外情绪、转移国内压力的政治伎俩。爱国主义成了流氓最后一块遮羞布，在一个共产主义者眼中更是如此。当黑手党买通政府垄断了跨境死人运输，镇守国界的军队就成了掩人耳目的摆设，一场极其类似"四·二五"革命的士官哗变悄然酝酿，就在这时，有人利用邻国加强边防的动作大做文章，民族主义的狗皮膏药再次奏效，这激昂中透着滑稽的一幕令人玩味：

> 他们纯粹是嫉妒我们，在商店、家中、广播、电视、报纸上，谈到、听到、读到的都是这样的论调，他们嫉妒，在我们的祖国没有人死去，所以妄想入侵、占领我们的国土，也好长生不死。两天后，士兵们举着迎风招展的旗帜全速开赴前线，一路唱着爱国歌曲，有《马赛曲》《光明在望》《丰特的玛利亚》《宪章之歌》《你看不到一个国家》《红旗歌》《葡萄牙人》《天佑英王》《国际歌》《德意志之歌》《沼泽地之歌》《星条旗之歌》，他们回到之前撤离的岗哨，武装到牙齿，坚定守候着迫近的攻击与荣耀。但什么也没有。没有荣耀，也没有攻击。

大概很少有人会知道"丰特的玛利亚"[1]是什么典故，更不容易理解为什么它会与英法德西意美标志性的爱国歌曲相提并论，除非读者是一个葡萄牙人，并下意识里认同这是一个葡式的政治事件。其实不止在葡萄牙，所有的法西斯政权都在以"祖国"的名义玩着类似的把戏，国家利益可以是口号，是歌曲，是铺天盖地的媒体宣传和民众动员，却唯独难以落实为每一个具体公民的尊严与福祉。当小说里的黑手党也煞有介事地谈论起民族大义与国家主权时，萨氏讽刺的辛辣达到了极致：

> 任何一国的黑手党如果直接与别国政府谈判，都是不可接受的，甚至应该受到谴责。无论如何，目前事态还没发展到那种地步，国家主权神圣不可侵犯，这一原则对于黑手党和各国政府同等重要，对于政府而言，这点似乎不言而喻，但黑手党是否还残存最后一点谦卑，是否还尊重这一原则，

或许就有人存疑了，但怀疑的人一定是忘了，黑手党是以多么令旁人汗颜的魄力保卫自家领地，击退异国同行的不轨图谋。

在招摇过市的官方辞令背后，"国家"的概念只是为社会群体瓜分利益提供了厘定界限的参考，在这个意义上，主权神圣不可侵犯才会"对于黑手党和各国政府同等重要"。

回到 21 世纪的现实当中，一个国家四境之内的"死亡间歇"并不完全是异想天开的传奇故事，一定程度上说，它是欧洲老年化危机与安乐死问题的进一步推演。当人类目前的福利制度面对自然规律与经济规律的必然而捉襟见肘时，资本主义逐利的逻辑决定了整个系统的残忍本质，人的尊严很可能在利益与暴力的胁迫下被牺牲。而表面上和平联盟的欧洲，由于各国经济实力、公共政策与国际担当的差异，利益分配不均滋生了或明或暗的争端与分歧，玩弄民族主义的政客也因此找到了民意的市场。此类危机在《死亡间歇》问世十多年后的今天似乎有愈演愈烈之势，欧美极右势力的抬头、社会排外浪潮的兴起，都是民族主义意识形态作为集体利己主义的自然结果。21 世纪初年，萨拉马戈的声音在繁荣时代的欧盟或者蜜月期的欧元区貌似有几分危言耸听，甚至很多人将之归咎于萨翁政治立场的极端，但在西方世界经历了一系列危机、冲突之后，萨拉马戈的小说犹如先知的预言，冷静、准确，充满细节。

家庭

在萨拉马戈看来，不仅民族自豪是虚伪的捏造，家庭伦理也不过是旧政权强买强卖的道德观念。在关于衰老和死亡的公共讨论当中，一些凸显的价值冲突与伦理争议背后仍是自私的利益计算，只是迫于舆论的顾虑，全社会还得继续违心地表演父慈子孝。这是萨拉马戈对于传统家庭的悲观，也是他在许多部作品中试图讲述的故事，是"新国家"意识形态被拆毁的第三根柱石。

奇特的死亡停摆现象不仅像"失明症"一样，瞬间揭穿了文明的脆弱、政府的伪善和现代社会的无情，也暴露了人性自私、残忍的黑暗本色，以及相形之下道德制约的薄弱与道德话语的虚伪。在死亡罢工的初期，一家农户在濒死者本人的要求下，趁着夜色悄悄实施了第一宗越境"安乐死"，于是其他垂死病人的家属争相效仿，甚至不惜付钱给黑手党，好摆脱病榻之上离死亡遥遥无期的家人：

> 那一家人根本没有多考虑后果，就给这桩非法交易开了个头。将父亲或祖父丢弃在异国土地上，一些家庭仅仅视之为一种干净利落的手段，更准确地说，一种彻底的手段，好让自己摆脱那些垂死的亲眷，他们待在家里，已切切实实成了僵死的重负。各路媒体早先激动地谴责那家女儿女婿，抨击他们埋葬了祖孙二人，并顺带控诉了单身姑妈的同谋和默许，现在，媒体开始诟病，那些平时看似体面的人，在国家有难的危机关头，虚伪的面具终于落下，残忍、不爱国的真实品性暴露无遗。

因为死亡中止而发愁的，其实并不止病人的家属，殡仪馆、医院、养老院，都打着各自的小九九，这也是为什么死亡恢复的时候，有人眉舒眼展，甚至私下里斟酒干杯。千千万万的个人、家庭和组织在暗地里抵制"永生"的同时，媒体的舆论也代表着千千万万的声音站在了道德制高点上，做出谴责的姿态。道德沦为了廉价的窗户纸，捅破一层，再糊上一层就是了。

于是我们看到，当跨境"赴死"的办法普遍传开后，家属又有了新的顾虑，黑手党顺风顺水的生意突然断流，原因倒不是家属良心发现：

> 从前可以做得神不知鬼不觉，只需趁着夜间一片死寂，把濒死的亲人悄悄运走，邻居们无从得知病人是依旧在病榻上煎熬，还是人间蒸发了。(……)现在彻底不同了，去世的人有死亡证明，墓碑上刻着死者姓甚名谁，几小时内，好忌妒、爱说闲话的邻里乡亲就会知道，爷爷死了，而方法只有一种，简单说，正是自家那些冷血、无情的亲人，把他送上了边境。这让我们羞愧难当，家属承认道。

当家庭伦理失去了核心的爱与忠诚，只剩下一套道德舆论的空壳压在人的面子而不是良心上。糊弄一个想被糊弄的人，没有比这更简单的了。作者交代了半天的"危机"最终轻松地得到了解决："死者都是自愿赴死的，所以在死亡证明上，死因将登记为自杀。水龙头又打开了。"

萨拉马戈笔下的小说人物，并不全都缺少人性和温情，但是那些救赎式的爱和超越性的感情，往往没有被安放在传统的家庭关系之中。例如《死亡间歇》中的大提琴手就是个年近50的单身汉，唯一的生活伴侣是他的狗，而这样一个人与"死亡女士"电光石火的爱情却似乎翻转了人类的命运；《失明症漫记》中医生的妻子虽然已婚，但在妻子的角色之外，她也是唯一没有丧失视力的人，在故事中扮演着向导、目击者乃至上帝，她目睹绝望之中的丈夫与妓女发生关系，心里慨叹的却是人类的命运；《石筏》中环游全岛的五个主角，最终发展为两对情侣加上孤独的老佩德罗，在佩德罗最后的日子里，团队中的两位女性慷慨"献身"慰藉了落寞中的他，之后她们发现自己怀孕了，同时全伊比利亚的女人都怀孕了，这永远解不开的亲子关系之谜凝结了萨拉马戈超越个人、超越家庭、超越国族的至高理想，因为专注于家庭和国家不过是利己主义的放大，从博爱而生的"人子"才是救世的希望。

人的自我救赎

不可否认，包括《死亡间歇》在内的所有小说都承载着萨拉马戈露骨的意识形态表达，作者在法西斯独裁下的生活经验和共产主义者在西方政治谱系中的边缘地位更是强化了读者这一方面的联想和解读。然而从根本上说，萨拉马戈首先是一位人道主义作家，正如1998年他在法兰克福书展上声称，自己是个作家，恰巧是个共产主义者，而不是相反。[2] 这并不代表着两种身份互相冲突，其实大部分时候，它们是同一枚硬币的两面。

一方面，萨拉马戈以共产主义者的姿态否定救世主和一切神仙、皇帝，更准确地说，是要消解一切人为制造的神圣，彻底暴露人性的罪恶。他所使用的武器不仅是充满机智与讽刺的小说内容，也包括取消标点、段落、大写的文字形式，就此而言，萨拉马戈的文风本身就是高度意识形态化的。人的姓名、政治头衔、皇室尊称，甚至罗马天主教会的缩写，通通都用小写，而小说中，人格化的死亡也恰巧跟作者有一模一样的"坏毛病"，这甚至引来了一位语法学家在报纸上的公开批评：

> 更严重的问题是句法混乱、省略句号、需要的地方不打括号、分段极为不清、逗号乱点、尤其罪无可赦的是，有意甚至恶意地不用大写，就连该信的署名也用小写取而代之。

熟悉萨翁的读者看到这一情节也许会会心一笑：这不是在谈论死亡，根本就是在描述萨拉马戈本人。同样是从上帝视角戏弄人类的淘气鬼，同样是藐视所有规则、嘲讽一切神圣的叛乱者，某种程度上,萨拉马戈就是这位"死亡"。

另一方面,败坏的人性所造成的罪恶秩序在哪里寻得拯救呢?作为人文主义者的萨拉马戈到头来还是把希望押在了人性之中的怜悯与博爱上,换言之,在萨翁看来,人性的堕落还要指望人性的超越来救赎。《死亡间歇》里,叙述者在指出了家人至亲的自私、绝情之后,又讲了一遍"木碗"的老故事:一对夫妇恶待老父亲,嫌他年老哆嗦弄脏了餐桌,给他一只木碗让其坐在门口的台阶上吃饭。孙子有一天在家里雕刻木头,父亲好奇他在干什么,

> 儿子头也不抬地回答说,我在做一个碗,等爸爸老了,手哆嗦了,像爷爷一样被叫去门阶上吃饭的时候用。这是大有能力的圣言。爸爸眼上的鳞片纷纷掉落,终于得见真理与光明,他立即去请求父亲的原谅,等到晚餐的时候,又亲手扶老人家落座,亲手拿着勺子将饭食喂到嘴边,亲手温柔地给老人擦拭下巴,因为父亲已经做不到这些了,但他还可以。

这则道德寓言的内容无甚新奇,值得注意的是作者刻意的讲述方式,在小孙子说出最关键的那句话时,萨拉马戈完全是在用宗教语言表现人性的自我省察与奇妙救赎——"大有能力的圣言"、"眼上的鳞片纷纷掉落"、"真理与光明",这些都是天主教描述神迹奇事与启示、顿悟(epifania)的经典用语。萨拉马戈的世界里当然没有神,所以人类知道彼此相爱就是最大的神迹奇事了。这就可以解释为什么"死亡"第一次在大提琴手家里看到巴赫D大调第六号组曲乐谱时那般激动、失控:"它就像贝多芬的第九交响曲一样,曲调里充满了欢乐、人类的团结、友谊和爱"。所以死亡面前,人类的尊严来自哪里?究竟是什么感化了"死亡女士"?与其说萨拉马戈在夸大艺术的力量,不如说这里再次表达了作者对"人类的团结、

友谊和爱"的终极信仰，它是艺术和艺术家的价值根源。这么看来，萨拉马戈同时也是大提琴手。

这就是故事最后四分之一的有趣和张力所在。一个看穿人性，扫荡旧世界，摧枯拉朽；一个承载人性，卑微地生活，浪漫、自由。两者最终和解、相爱了。悲观与希望，堕落与救赎，同系于一处，即人性本身。这似乎是矛盾的。当然，这矛盾不只属于萨拉马戈。

作为"新国家"法西斯独裁的受害者和见证人，萨拉马戈对上帝、祖国和家庭的解构从积极层面上可以诠释为对人的解放，当然，这里的解放不是基督的"真理使人得自由"[3]，而是马克思版的物质自足结合了尼采的自我意志。作品内外，萨拉马戈都表达过同样的信念：过去人们不自由是因为集权专制的奴役，如今的民主制度依然充满了禁锢，因为从宏观经济而言，这个欧洲归根结底是服务于大型企业和跨国公司的。至于精神上的不自由，天主教首当其冲成为了萨拉马戈选择怪罪的对象，那么，在无神论的框架下，剩下的选择只有怀抱着更大的信仰去盼望人的自我超越。更充足的面包，更无边界的自由，仿佛这样就可以突破罪与罚的重围。俄国哲学家尼古拉·别尔嘉耶夫在评论19世纪人道主义的困境时曾写道："人应当走自由之路，但当人在自己自由的恣意妄为中不想知道任何高于人的东西时，自由就转化为奴役，自由毁灭人。"[4]然而，20世纪还是用革命与再革命印证了这一点，梦想着自由王国的极左政权与基于超人精神的极右狂热，共同演绎了历史上最惨烈的奴役与毁灭。高举人性的光辉对抗人性的黑暗，以乌托邦反乌托邦，是萨拉马戈乃至整个时代的思想死结。小说末尾，死亡与大提琴手相爱的情节，浓缩的是人文主义的自恋；二人的一夜风流，更是重复了下半身造反以致自由的路数，不算新鲜。

但是，这不会抹煞萨拉马戈带给我们的震撼与惊喜，他的语言充满才情，故事依旧精彩，一腔愤怒永远真诚。在这个葡萄牙人生命旅程的黑匣子里，每个人或许都能读出自己时代的悲剧与荒诞。即便对于欧美读者来说，威权专制的记忆似乎已经远离了西方世界，仅属于昨日的噩梦，但事实上，哪怕就在写作此文的时候，荷枪实弹的西班牙警察在加泰罗尼亚街头横冲直撞，殴打公投选民；拉斯维加斯发生了美国历史上最惨烈的枪击案，枪协的游说集团却仍牢牢把持着国会山……《死亡间歇》里的故事还在现实中不断发生，萨拉马戈也远远没有过时，很长的岁月里，我们仍会欣赏他的文字，钦佩他的犀利，需要他的远见，铭记他的义愤。

注释

〔1〕1846年，葡萄牙一次反政府的民众起义在丰特·阿尔加达起事，因有妇女积极参与其中，历史上称这次起义运动为"丰特的玛利亚"（Maria da Fonte）。

〔2〕该报道见于1998年10月8日葡萄牙《公报》（Público）。

〔3〕"你们必晓得真理，真理必叫你们得以自由。"——《圣经·约翰福音》8:32

〔4〕尼·别尔嘉耶夫著，耿海英译，《陀思妥耶夫斯基的世界观》，广西师范大学出版社，2008年，第45页。

安东尼奥·洛博·安图内斯
(António Lobo Antunes, 1942—)

致安东尼奥·洛博·安图内斯
——一位不可能的获奖者

闵雪飞

博尔赫斯在谈论经典时,曾这样说:"虽然我完全不懂马来亚文或匈牙利文,但我敢肯定,如果我有时间和机会学习,一定能在那两种文字里找到精神需要的全部食粮。"[1]我一向服膺于这个观点。葡萄牙语被打上了"小语种"的深刻烙印,虽然讲这种语言的人口将近三亿。在大众眼中,一如那个孱弱的宗主国,这门语言所承载的文学可能是西方世界的一个破落户,然而我必须承认,确实是在对葡萄牙语文学的阅读之中,我获得了精神发展的全部食粮。当然,这并不是说我再也不去阅读其他文字的书写,只是他们可以加深、改进甚至修正我的认识,却不具有发生学意义。我对世界的原初认识,是在学习、阅读、翻译葡语经典的过程中发生的。卡蒙斯引我初识国族,佩索阿让我看到智慧的幽深,克拉丽丝·李斯佩克朵让我见识到存在的漂浮。这些为或不为我的同胞所知的名字,铺就了一条通向智慧之塔的天梯。

一些葡语经典作家得已被翻成中文,但还有一些作家,由于种种原因,在中文世界中还没有任何引介。比如吉马良斯·罗萨,巴西文学首屈一指的代表。这么多年,我们只能读到转译的《第三条河岸》,而《广阔腹地:条条小径》——用书写凝塑了巴西全部历史的作品,迄今只能成为通晓这门语言者的私人福利,因为这本书类似《芬尼根的守灵夜》,几乎完全不可译。再比如安东尼奥·洛博·安图内斯,葡语当代文学的护旗手、萨拉马戈最堪匹配的对手,但是不同于萨拉马戈,他完全没有中译,因为他一没得奖,二还没死,三很难译。

置身于文本的广袤海洋中,我们有时需要一个索引,才不至于迷失。某种程度上,诺贝尔文学奖是一个向导。我和很多读者一样,开奖那一刻,才知道并去阅读作家。葡语世界唯一的诺贝尔文学奖获得者萨拉马戈的中文译介发生在得奖之前,但他在中国的广泛接受却是发生在得奖之后,萨拉马戈作品在世界各地的待遇与在中国基本相同。萨拉马戈一生的对手安图内斯,面对此情此景,心中恐怕是怅惘的,以读者数量计,诺奖加冕的萨拉马戈确实比他多了很多,安图内斯对此表示:没关系的,我有的是读者,而他有的是粉丝。

在《叛逆者萨拉马戈》一文中,我们已经谈及了上世纪葡萄牙文坛双子星现象以及围绕诺贝尔文学奖的暗流涌动。最终,萨拉马戈的获奖让一切猜测尘埃落定,虽然安图内斯一度占尽上风,虽然很多评论家认为安图内斯的创作优于萨拉马戈,虽然萨拉马戈浓厚的意识形态特点让很多人对他的获奖至今仍持保留态度,但是诺贝尔文学奖当年没有选择安图内斯而是选择了另外一个葡萄牙人萨拉马戈,这意味着安图内斯此生获奖的机会不大了。大家都是这样想的。这些年里,虽然每一年他的名字都在赌盘之上,但排名已经在50开外。

传闻安图内斯接到萨拉马戈获奖的电话之后长久沉默,失望之情溢于言表。诺贝尔文学奖应该不会在短期之内两次颁给葡语作家,不能获奖的事实也仿佛让他安了心,从此彻底放下诺奖,专心从事创作。迄今他已出版20余部小说，堪称丰产作家。2007年，他获得了卡蒙斯文学奖——葡语世界的诺贝尔文学奖。

安图内斯出生于1942年，大学时研习心理学，毕业之后以军医身份踏上了非洲安哥拉的战场。从第一本书开始，这场发生于非洲大陆却对葡萄牙本土有着深刻影响的殖民战争便成为了经常出现的背景。里斯本，他从小生活的城市，也经常出现在他的书中。还有童年，一个并不尽然是美好的，但却是真实的童年。我有时会想，如果当年是安图内斯获奖，他在中国的接受是否会有变化？也许会有译本，但是可能不会像萨拉马戈那样被广泛接受。安图内斯对萨拉马戈的读者都是粉丝的苛刻评论并非单纯出于嫉妒，他的文本确实会拒绝很多人。萨拉马戈无论政治态度多么严肃，却始终是乐观的，残酷之外有理想主义者的一缕温情始终不绝，而安图内斯异常冷酷，他不害怕把至为肮脏的一面呈现给读者，并将之视为生命的实质。安图内斯是一位黑暗中的歌者，从不畏惧书写地狱。通过对他的阅读，我建立了对于真实的意识。安图内斯需要读者具有与他相匹配的无畏，坦然接受可能是残酷的真实。他的粉丝确实不多。

在阅读难度方面，安图内斯也绝对不让萨拉马戈。安图内斯选择的表达形式也为阅读制造了很多困难。虽然每一本书具体的叙述方式各有千秋，但每一本书都仿佛在为阿多诺的"叙事之不可能"做着充分的注脚，仿佛这样才能穷尽叙事的可能。阅读完安图内斯的全部作品，不仅需要耐心与能力，而且需要信仰。

安图内斯是一个很难翻译的作家，然而感受到翻译的界限并不会让我慌张，因为完成智识是初心所在，能够阅读便已足够。我有时也会想，如果国内有出版社引进安图内斯，要采取什么策略才能完成翻译？我始终认为，作家也好，译者也好，都是推石上山的西绪福斯，作家真正想表达的东西与他用语词实现表达的东西之间总是无限趋近却无从一致，那么我们为什么要追求翻译的等同？或许翻译的创造性，就存在于那尽力趋近而却无从实现的等同之中。

我还是希望安图内斯在有生之年能够获得诺贝尔文学奖，尽管因为他年纪渐长而又身患癌症，这种可能性越来越小，但这是对他一生丰沛创作的承认与褒奖。我希望他的获奖可以使译介实现。不过即便没有获奖或者不幸去世也不会改变我的翻译愿望，我更愿意翻译死人，因为没有奖项打扰，真是特别省心。

注释

〔1〕《论古典》，《博尔赫斯全集·散文卷（上）》，杭州：浙江文艺出版社，1999年，第511页。

第二编

巴西

"拉美文学"涵盖了巴西文学吗?

闵雪飞

"拉丁美洲"是一个很有意思的名词,它不是一个稳定的概念,从诞生之日起便经历着流变。法国理论家创造了"拉美"一词,用于指称处于法王拿破仑三世统治下的墨西哥。在相当长时间里,它仅指涉美洲的西语国家,葡语国家巴西直到上世纪50-60年代才认同自己为拉美国家。现在,它的含意已经趋向固定,指涉以拉丁语系语言为母语的美洲国家,亦即墨西哥以南包括加勒比海在内的西语国家、讲葡萄牙语的巴西与加勒比海的法语国家。可以观察到,我国学界对于"拉美"的使用有些混乱,或许是未能充分注意巴西进入到"拉美"的时间点为上世纪60年代,因此,有时不能区分文献中的"拉美"一词到底是局限于"西语美洲国家"的"拉美"还是包括巴西在内的"拉美",从而将某些仅属于西语美洲的特点强加于巴西。

今天,巴西已经将身认同为拉美的今天,我们将如何使用概念呢?从政治经济角度而言,尽管细节上存在不少差异,有些甚至相当巨大,但这些地缘相近的国家在历史、政治、经济方面有很多共同性,比如都存在殖民统治与实现解放的历史进程,都存在从军人独裁到民主化的政治历程,都存在经济上的"拉美化"陷阱等,在这些领域，"拉美"或可作为涵盖所有的整体性名词而使用。

然而，对于以语言为内核的文学，采用整体的"拉美文学"概念是否可能呢？我认为应该取决于语境。如果是横向的比较研究，比如"拉丁美洲女性小说研究"，而且在内容上确实涉及葡语和其他美洲拉丁语言国家的作家，的确可以将"拉美"作为整体性的概念来使用。但如果强调具有纵深感的历史分期及文学运动，或是仅指涉美洲的西语文学，而排除了美洲的葡语文学及其他语言文学的情况，还是应该尽量避免使用"拉美文学"，而应当使用"西语美洲文学"这个更精确的表述。仅从"西语美洲"与"巴西"的文学情况分析，我认为区分概念是有原因和必要性的。

第一，从概念使用的历史来看，尽管长期以来"拉美"仅指涉西语美洲国家，但今天它的所指确实已经扩大，如果用"拉美文学"来指涉西语美洲文学，已经无法适应"拉美"概念本身所携带的总体性要求。如果为了满足总体性要求而特别带上巴西文学与作家，反而会伤害"西语美洲文学"内部的完整与自洽，因为这两种文学传统之间确实关联不大。

语言决定了文学形态。与拉美西语诸国不同，巴西使用葡萄牙语。虽然葡语与西语同属拉丁语系，但毕竟是两种不同的语言，作为巴西文学母体之一的葡萄牙文学也与西班牙文学存在巨大的差异。即便不考虑巴西文学的另一母体——非洲黑人文化的重要介入，巴西文学也不可能与西语美洲国家文学有本质的相似。如果说拉美诸国因为语言的共通性而形成共同的文学史，那么巴西文学则是在独立轨道上发展，它与葡萄牙文学和非洲葡语国家的文学共同构成了葡语世界文学空间，很少与西语国家发生互换。因此，巴西与周边西语国家的文学史是两种谱系，有不同的分期与承继的逻辑。中国读者所熟悉的所谓"拉美文学爆炸"与"拉美魔幻现实主义"[1]并没有在巴西发生，尽管某些研究作品试图将同时代的巴西重要作家吉马良斯·罗萨与克拉丽丝·李斯佩克朵归入"拉美文学爆炸"团体，或将若热·亚马多归入"拉美魔幻现实主义"作家之中，但这种尝试一般并不成功。无论是吉马良斯·罗萨、克拉丽丝·李斯佩克朵还是若热·亚马多，都是在巴西文学的内部逻辑中生成、发展，都曾为葡萄牙语的发展作出开拓性贡献。将"西语美洲文学"与"巴西文学"分开，则可以最大限度地避免"政治正确"或"政治不正确"的陷阱，这也是精确使用概念的西方学者从上世纪90年代开始逐渐揭示的一条解决之道。

第二，正是由于西语美洲与巴西并不共享一种文学传统，某些既存在于西语美洲文学又存在于巴西文学的概念与术语，表面看起来可能一样，其实存在着巨大区别，这时候更需要精确区分概念，以免造成混淆。比如：当谈及"拉美现代主义文学运动"时，我们说的是发生在19世纪末的西语美洲、以何塞·马蒂[2]的《伊斯马埃利约》为开端、以诗人鲁文·达里奥[3]为代表人物、横扫整个西语美洲并对文化宗主国西班牙造成重大影响的现代主义文学？还是指发生在20世纪20年代的巴西、以1922年圣保罗现代艺术周为开端、持续了三个时代绵延半个多世纪完全改变了巴西文学形态的现代主义文学？这两种现代主义文学运动虽然名称相同，但实质大不相同甚至截然相反，因此，有效的区分显然十分必要。尽管何塞·马蒂和鲁文·达里奥的原文中确实使用的是"拉美"一词，但这是与当时相对狭窄的所指相关的，今天，我们引用时也应该加以注释说明。另外，当提及拉美文学中的印第安成分之时，我们说的是西语美洲强盛而辉煌的印第安文明？还是巴西亚马逊流域极其原始谈不上文明的印第安部落？西语美洲强盛而辉煌的印第安文明对西语文学的影响不言而喻，而巴西的印第安人正是通过其原始为巴西文学与文化注入可贵的精神气质：食人主义。这样的例子还有很多。在概念扩大的情况下，只有精确界定与区分"西语美洲文学"和"巴西文学",对具体文学内容的探讨才有意义。

在"拉美文学"大框架下,对于巴西文学的理解和接受遭遇到了困难。2014年,巴西当代著名作家克里斯托旺·泰扎访问中国,在北大举行的新书发布会上,针对他的代表作《永远的菲利普》,中国读者最大的困惑就在于该书感觉不是那样"拉美",仿佛一点儿也不"魔幻"。当然,我们都知道,"魔幻"甚至不能代表西语美洲小说的全部特性,但必须承认,它是西语美洲文学比较重要的特征。然而,这种"魔幻"在巴西文学中几近于无,在这个层面上,巴西文学确实并不"拉美",这只能在其文学自身发展的道路与逻辑中寻找到解释。为了强调巴西独立的文学传统,拂去遮蔽在它脸上的面纱,便于中国读者在这一语境下理解巴西文学,我认为区分"西语美洲文学"与"巴西文学"具有重要性与首要性。

为了更清楚地梳理巴西文学自身发展的逻辑,需要对巴西没有"魔幻现实主义"这个事实做出解释,这同样是理清巴西文学独特发展脉络的方式,也是解救巴西文学"被遮蔽的文学"之命运的尝试。我将集中讨论巴西小说,而不涉及巴西诗歌,那属于另外一个辉煌的谱系。

正如西语文学研究者不断强调的,"魔幻现实主义"不过是"拉美"众多文学流派的一种,无法涵盖"西语美洲文学"全貌,但在西语美洲文学中,"魔幻现实主义"或可作为一种共同倾向。然而巴西文学甚至连这种共同倾向都不存在。在巴西的文学传统中,"现实主义"占了主导,没有给"魔幻"留出空间,巴西作家很早就从国家地理与历史的独特性出发,让"现实主义"成为了书写中构建国家性的最佳方式。巴西文学巨擘马查多·德·阿西斯在对"浪漫主义"的反思中发展了"现实主义"。巴西"浪漫主义"文学的代表作《伊拉塞玛》用印第安公主与葡萄牙士兵的爱情构建了种族与文明融合的寓言,为巴西的"国家性"书写提供了最初范式。面对这种范式的泛滥,马查多·德·阿西斯表示虽然深爱这部作品,但并不满足于将书写束缚在大量的风景描写与对印第安元素的借用上,他要建立自己的话语,因此选择刚刚兴起的城市作为空间,凭借语言的内部张力,通过高度发展的"城市文学"来写巴西。这种"不状写风景的独特巴西性"(A singular brasilidade sem pitoresco)深刻影响了巴西文学,"城市文学"从此成为一条重要的文学路径,也决定了巴西现代主义文学奠基之作《马库奈伊玛》的形态。在这部由马里奥·德·安德拉德书写的作品中,虽然主人公是亚马逊印第安部落中的人物,虽然有印第安神话与传说的介入,虽然某种程度上是超现实的,但小说主要讲述一个人在大城市的冒险,而他拒绝欧洲葡语、强调巴西葡语也体现了对阿西斯用语言形塑巴西倾向的继承。

另外一条与"城市文学"相平行的文学路径便是被冠以"自然主义"之名的"腹地文学",这要溯源到比阿西斯稍晚的尤克里德斯·达·库尼亚的《腹地》。这部报告文学作品奠定了巴西文学的另一个根基——关注腹地,关注东北,通过对广袤腹地的状写和对巴西传统文化的保存,书写出"巴西性"的另一种形态。中国读者最熟悉的巴西作家若热·亚马多所归属的"地域主义",便受到《腹地》的深刻影响。这条路径高度关注平等、苦难与政治议题,其内核始终是现实主义的。

当然,这并不是说巴西没有具有"魔幻现实主义"特点的作家作品,只是数量极少,呈散生状态,从未进入过主流写作之中。而且,这些少数具有"魔幻现实主义"特征的作家与作品,与其说是受到了西语美洲之"共同倾向"的影响,不如说是在本国独特的文化构成之中寻找到了"魔幻"之源泉。比如,中国读者特别喜欢的《弗洛尔和她的两个丈夫》中显示的"魔幻",必须也只能从作者若热·亚马多对巴西土生宗教翁巴达与坎东布雷的热情中寻找答案。

虽然国内出版的巴西文学作品并不多，但在前辈译者的努力下，在中文世界已可以读到很多重要作家的代表作品，尽管译介中仍有断裂存在，但依然显示了巴西文学发展的独特脉络。一切都起于"浪漫主义"的《伊拉塞玛》，它提供了"国家性"书写的第一种范本，人民文学出版社2002年出版了刘焕卿的译本。之后进入马查多·德·阿西斯的"现实主义"写作，进入"不状写风景的巴西性"之中。阿西斯在中文世界尽管介绍不多，但也基本涵盖了他的创作精华：《幻灭三部曲》（1992年，漓江出版社，翁怡兰等翻译）中包含了阿西斯三部代表作《布拉斯·库巴斯的死后回忆》《唐·卡斯穆罗》与《金卡斯·博尔巴》。后两部作品之后有单行本面世：《金卡斯·博尔巴》（上海译文出版社，1999年，孙成敖译）、《沉默先生》（即《唐·卡斯穆罗》的另一种译名，外文出版社，2001年，李均报译）。此外，我国还出版过阿西斯的短篇集《精神病医生》（人民文学出版社，2004年，李均报译）。而关于尤克里德斯·达·库尼亚的《腹地》，有人民文学出版社1956年的贝金译本，虽然是转译本，但具有一定的价值。

接下来便是巴西现代主义。第一代现代主义作家，即两个安德拉德——马里奥·德·安德拉德与奥斯瓦尔德·德·安德拉德，目前没有中文译本，是翻译链条上缺失的一环。在第二代现代主义作家，亦即高度关注政治、贫穷、平等题材的"地域主义者"中，若热·亚马多是中国读者最熟悉的作家，被翻译成中文的作品非常多，除了《弗洛尔和她的两个丈夫》，《加布里埃拉》也是巴西文学中的经典作品。2014年10月，黄山书社出版了之前从未译出的亚马多巨著《沙滩船长》（王渊译）。译林出版社也有计划出版亚马多的多部作品，包括之前从未翻译过的《奇迹之篷》。在巴西第二代现代主义作家中，格拉西里亚诺·拉莫斯的文学地位其实比亚马多更为重要，他的代表作《干枯的生命》，刊登于1982年10月的《国外文学》，题目为《枯竭的生命》，由鲁民翻译，并配有署名罗嘉的评论文章。对于这位巴西文学中举足轻重的大师，我国的译介相对不足，但是在不需要购买版权并拥有优秀的拉莫斯研究者与译者的情况下，翻译出版他的作品并非难以实现。第二代中的另外两个代表人物拉克尔·德·格罗什与若泽·林斯·杜·雷古，目前在中国没有任何译介，但我认为他们确实配享一两部代表作译本，尤其是前者。拉克尔·德·格罗什是第一个进入巴西文学院的女作家，获得卡蒙斯文学奖比亚马多还要早，在现有格罗什专门研究者与译者的情况下，版权不应该成为限制。

第三代现代主义作家的代表人物是吉马良斯·罗萨与克拉丽丝·李斯佩克朵，两人唯一的联通点在于都改造和拓展了葡语。他们是从不同角度实现这一点的：罗萨通过造词，在"葡萄牙语之中重建了整个巴西"，他创造词汇的方式有点接近乔伊斯；克拉丽丝[4]则通过极具想象力的并置不相关之词与形容词化任何词类，让平凡之词生成了新意义，并使葡萄牙语在抽象与形而上学的层面获得提升。正是因为他们在语言上的极大创新，两位作家都享有难译之名。2013年上海文艺出版社出版了克拉丽丝·李斯佩克朵的代表作《星辰时刻》，2016年又出版了其短篇代表作《隐秘的幸福》。然而，关于吉马良斯·罗萨的代表作《广阔腹地：条条小径》，这部在任何巴西文学乃至所谓"拉美"文学榜单中都可雄踞第一的著作，因其造词只有在葡语语境中以及在对"腹地"的深刻把握中才有意义，至少在目前，还找不到合适的策略能在翻译成中文后同时保持阅读流畅与意义传达，因此，该书现在只能是少数葡语文学研究者的福利或是梦魇。这位伟大的语言艺术家牺牲了作品的可译性和在国外的传播与承认，某种程度上也牺牲了诺奖，建筑了一座语言的丰碑，但我们依然可通过相对可译的作品看到他的风采，如著名的《第三条河岸》(又译《河的第三条岸》或《第三河岸》)，现有乔向东、赵英与陈黎的转译译本。现在，网络上有胡续冬从葡语直译的《河的第三条岸》与罗萨的其他 6 部短篇小说的中文译本。希望在不远的将来，罗萨的短篇小说能够实现在中国的出版。

当我们在了解这些的基础上再来阅读巴西当代文学，便会发现大多数作家依然行走在"巴西性"追寻之路上，在对文学前辈的继承之上，在对其他语言文学的吸取之中，不断赋予它新的成分、形式与更新换代的能量。

注释

〔1〕此处这两个词局限于中国读者所接受的概念，并不去辨析这两个词的真实所指。

〔2〕何塞·马蒂（José Julián Martí Pérez, 1853–1895），古巴著名诗人、民族英雄及政治家，拉美现代主义文学运动的先锋，代表作有诗歌《伊斯马埃利约》、散文《我们的美洲》等。

〔3〕鲁文·达里奥（Rubén Darío, 1867–1916），尼加拉瓜著名作家，拉美现代主义诗歌的代表人物，有"现代主义之父"之称，亦被称作 20 世纪西班牙语文学中最具影响力的作家。因反复吟诵天鹅的形象，又被称作"天鹅诗人"，代表作有《蓝》《生命与希望之歌》等。

〔4〕巴西文学研究界并不完全以姓来指称作家，某些作家习惯用姓氏指称，比如罗萨、亚马多等。但针对某些作家习惯名字来指称，这一类作家有：克拉丽丝·李斯佩克朵，一般简称为"克拉丽丝"；马查多·德·阿西斯，一般简称为"马查多"；拉克尔·德·格罗什，一般简称为拉克尔。以下出现以名指称者均属此类，不再另行加注。

文学中的巴西

樊星

巴西是一方神秘莫测的土地。从桑巴舞到马孔巴,从"狂欢之都"里约热内卢到"无中生有"的巴西利亚,巴西的一切都似乎难以捉摸。然而,在这些符号化的噱头之外,如果想进一步了解巴西,了解这片广袤国土上的真实生活,还是应该从巴西经典作家的作品入手,从文学的角度一窥究竟。很多时候,唯有借"虚构"之径,才可能达到"真实"。

早期地域主义与浪漫文学

作为一个新大陆的移民国家,巴西历史上经历了印第安文明、欧洲文明与非洲文明的融合,并于20世纪接纳了大批意大利移民、日本移民以及二战中遭受迫害的犹太移民。正因为如此,巴西的"混血文化"也一直为外人所称道。然而,由于巴西幅员辽阔,在历史的不同时期,各地的发展并不均衡,各种文明的影响也有所不同,再加上自然环境的巨大差异,每个地区都有其主导的文明形态,文学作品也各具特色。那么,就让我们从地域文学的角度一窥巴西的真相。

巴西文学中的地域主义可以追溯到19世纪的浪漫主义文学时

期。当时，由于独立与民族意识的觉醒，巴西知识分子开始重视本土创作，试图在欧洲文学传统之外展现属于巴西的热带风情。1846年，贡萨尔维斯·迪亚斯出版《诗歌初集》，突出了巴西特色的"棕榈树""鸫鸟"等意象，被誉为巴西的"民族诗人"，并推动了巴西文学中对自然风光与印第安文化的表现热潮。正是在这种对国家民族性的探索中，产生了巴西最初的地域主义文学。这一时期的巴西文学中出现了许多新的元素，如若泽·德·阿伦卡尔笔下的印第安英雄，贝尔纳尔多·吉马良斯创作的黑人女奴伊佐拉与弗兰克林·塔弗拉展现的东北部风俗，但是对于浪漫主义作家来说，区域只是作品展开的舞台背景，其中的故事与人物却并不依赖于这个背景，也不具有地域特色。

1881年，巴西文学巨擘马查多·德·阿西斯创作的《布拉斯·库巴斯的死后回忆》问世，宣告了巴西现实主义文学的诞生，也使巴西作家摆脱了只能凭借自然意象来展示区域特色的写作方式。这部小说以巴西当时的首都里约热内卢为背景，讲述了一名平庸的资产阶级人物碌碌无为的一生。尽管在这部小说中，阿西斯并没有刻意强调城市风光，书中的一切描写却无不包含着里约的气息。那时的巴西人一边受到资产阶级文明的影响，希望将巴西打造为另一个欧洲；一边又要面对国内的种种困境，对奴隶制度甚至热带气候束手无策。这一切既构成了阿西斯的创作背景，也在一定程度上解释了书中人物的犹豫不决与优柔寡断。在此之后，阿西斯又创作了《金卡斯·博尔巴》《唐·卡斯穆罗》（又译《沉默先生》）等多部佳作。这些作品全都扎根于19世纪末20世纪初的里约社会，是巴西都市小说的范本。直到今天，如果想深刻地了解巴西，马查多·阿西斯依然是不可忽视的重要作家。

然而，巴西如此广袤，马查多·德·阿西斯却只展现了当时的首都里约热内卢，展现了发达的沿海地区。至于更加原始的内陆地区，要在《腹地》（1902）出版之后才被人了解。这部尤克里德斯·达·库尼亚撰写的史诗巨著，也被称为"复仇者之书"或"巴西的《伊利亚特》"。

《腹地》是一部纪实文学，由库尼亚对1896-1897年卡奴杜斯战争的报道发展而来。在这本书里，库尼亚第一次用文字记录了之前不为人知的腹地与腹地人。全书共分三大部分，分别对巴西的地理环境、人种构成、战争情况做了详尽的描述，并对巴西的社会问题与民族心理进行了深刻的反思。与浪漫主义时期对内陆地区的想象不同，《腹地》迫使巴西精英阶层直面偏远地区贫穷落后的状况，将残酷的现实摆在都市的读者面前。

受到《腹地》的震动，20世纪初期的一些巴西作家尝试书写这一区域，却将地域主义引向了另一个极端。为了将异域风情从单纯的故事背景延伸到人物的话语与动作之中，他们牺牲了人性的普遍问题，将人物变成风景的一部分，结果却显得虚假做作，不够真实。

苦难生活成文学主流

1922年，在经济、社会等多种因素的推动下，圣保罗知识分子发起"现代主义文学周"运动，批判辞藻华丽、空洞无物的文学形式，号召发展新的现代主义文学。这场运动将民族文学推向了新的维度：在语言上，要求摒弃对欧洲葡萄牙语语法结构的严格遵从，使文学语言接近于巴西日常口语；在理念上，提出吸收利用西方文明，但要用巴西自己的方式加以转化。这一阶段的作品中，最有影响力的要数马里奥·德·安德拉德（1893-1945）的《玛库纳伊玛》。在这部作品中，马里奥将亚马逊丛林中的原始生活与圣保罗的都市日常对立起来，指出"传统文化"与"现代文明"之间难以调和的冲突，也点明了巴西内部不同区域之间的差异与矛盾。

在此之后，许多其他地区的知识分子也纷纷表态，认为真正的现代主义艺术应该涵盖更广泛的区域,应当离开"圣保罗的贵族沙龙",脱离欧洲精英主义的影响,正视巴西其他地区尤其是农村地区的社会问题,从多个侧面展示巴西。因此,从20世纪30年代开始,巴西地域主义文学达到前所未有的繁荣,在巴西文学史上占有重要地位。

这一时期,除去一直占据巴西文学中心的圣保罗与里约热内卢,巴西东北部的巴伊亚、帕拉伊巴、塞阿拉、阿拉戈斯以及南部的南大河州等也成为文学版图的重要组成部分。

在20世纪30年代的一代巴西作家中,巴伊亚的代表人物无疑是若热·亚马多。评论界一般以其1958年出版的《加布里埃拉:丁香与肉桂》为界,将亚马多的作品分为两个阶段,其中第二个阶段的创作中,亚马多着重表现巴伊亚的风土民情,对于非洲文化的描述与捍卫尤其深入人心。很长一段时间以来,由于亚马多曾是世界上(包括中国在内)翻译最多的巴西作家,他笔下的巴西也在很大程度上成为了外国读者心目中的巴西。换个角度来看,亚马多后期作品也满足了大多数国外读者对于巴西的期待:热情漂亮的混血女郎、乐天懒散的城镇居民、狂欢节、桑巴舞、非洲宗教、巴西战舞、甘蔗烧酒、各色美食……在国外读者看来,这是富有异域风情的巴西;在巴西其他地方的读者看来,这是富有异域风情的巴伊亚;而在巴伊亚读者看来,这又只是巴伊亚的一部分。

而巴伊亚的另一面,一个苦难的巴伊亚,则多次出现在亚马多的前期作品中。这一时期亚马多的作品由于意识形态过于浓重,一直为批评家所诟病,但他的"可可三部曲"却是公认的杰作。"可可三部曲"包括《可可》《无边的土地》《黄金果的土地》。《可可》着重表现了可可产区巨大的贫富差距,大庄园主贪得无厌,将工人的性命视如草芥。《无边的土地》描述了20世纪初为争夺土地而发生的械斗,揭露了可可庄园的血腥历史,并在其中穿插了大庄园主、雇佣打手、律师与庄园主夫人心中的矛盾与挣扎。《黄金果的土地》则讲述了30年之后的故事,由于外国资本入侵,庄园主也没能保住自己的产业。

与亚马多的"可可系列"相对应的是若泽·林斯·杜·雷古的"蔗糖系列"。"蔗糖系列"共有《庄园的小男孩》《小疯子》《担架》《黑男孩里卡多》《炼糖厂》五部,讲述了帕拉伊巴州的蔗糖庄园由盛到衰的全过程,展现了不同阶层的人遭遇的困惑、疾病与痛苦。这一系列也是巴西东北部"回忆文学"的代表作,几乎完整地再现了作者成长过程中的种种经历,可以看作是对地方历史的忠实写照。

除了土壤肥沃的种植园区,腹地是巴西东北部文学的另一个重点区域。巴西东北部腹地贫穷、原始,经常遭遇旱灾,并有悍匪横行,因此,在描绘腹地的作品中,很少能见到亚马多后期小说中热情快乐的主人公。格拉西里亚诺·拉莫斯的作品《干枯的生命》是腹地干旱题材中的代表作,描绘了法比亚诺一家因遭遇旱灾而不得不举家迁徙的经过。书中的主人公胆小懦弱,几乎不说话,更不懂得教育孩子,这也预示着孩子将走上同他一样的道路。他们在戈壁滩上跋涉,太阳暴晒,缺少食物和水。为了充饥,他们甚至吃掉了自己的宠物鹦鹉。他们历尽艰辛才在一个农场安了家,谁知新一轮的干旱又来了,他们又再次上路。

同样是干旱的题材,在塞阿拉女作家拉克尔·德·格罗什笔下则有另一番呈现。在处女作《一五年》中,格罗什回溯了1915年的大旱灾,将自己的童年经历也融入到小说的情节之中。与《干枯的生命》近乎冷酷的描写不同,《一五年》显得更有人情味,对塞阿拉的求雨习俗、牧民生活也都有更详尽的描写。除了旱灾难民逃荒的故事之外,格罗什还增加了贡赛桑与文森特的爱情故事这一主线,将女性主义、社会反思与地域特点联系起来。

在干旱之外，悍匪构成了腹地文学的另一大主题。这些悍匪不同于一般的强盗，他们同时也是争取公平正义、反抗政府统治的革命力量。正因如此，他们一方面冷酷残暴，打家劫舍，被视为社会不安定因素；而另一方面，在一些普通民众看来，他们又代表着勇气与尊严，是贫民心中的英雄。许多东北部作家都写到过腹地悍匪，最早的是弗兰克林·塔弗拉1876年出版的《长发卡贝雷拉》，但上世纪30年代作品中影响最大的应该是若泽·林斯·杜·雷古所写的两部曲《美石》与《悍匪》。这两部作品并没有直接讲述悍匪的生活、斗争与逃亡，而是从他们的亲人朋友入手。对于悍匪，这些普通人或感激或害怕，或支持或反对，他们每时每刻都能收到新的消息，或者悍匪又犯下了滔天罪行，或者他们又遭到军警的严酷迫害。书中塑造了许多悲剧性人物，表现了腹地生活的辛酸与无奈。自1930年巴西总统热图里奥·瓦加斯[1]上台之后，对东北部地区悍匪实行了坚决打击，到了1940年左右，悍匪团伙已经被消灭殆尽。但他们的故事却融入文学与其他艺术作品中，他们戴着皮帽、别着星形徽章的形象，已经成为巴西东北部文化不可或缺的一部分。

南北作家呈现多样性创作

如果说巴西东北部地区之间还有一些相似之处，南方却几乎像是另一个世界。首先，由于巴伊亚是殖民期间黑奴贸易的中心，甘蔗种植园也需要大量黑奴，而南方则在20世纪初期吸收了大量欧洲移民，北部的非洲后裔比例要大大高于南方。其次，由于南北气候不同，北部腹地气候干旱，沿海地区多从事种植业，而南方则以畜牧业为主。因此，当东北部地区受到非洲文化影响时，南部尤其是南大河州奉行的却是骑马放牧的高乔[2]文化。与东北部作家"百家争鸣"的气势相比，上世纪30年代的南部作品相对较少，其中最重要的无疑是埃利科·维利希莫的《时间与风》三部曲。在这部鸿篇巨著中，维利希莫以戴拉与卡巴拉家族为主线，讲述了南大河州两个世纪的历史沉浮，其中既包括南大河大家族的发展兴衰，也包括一些巴西国内外重大的历史事件，比如 19 世纪的法拉普斯战争[3]与巴拉圭战争。

在上世纪 40 年代兴起的作家中，最有特色的地域主义作家当属吉马良斯·罗萨。他的作品立足于巴西中部的米纳斯·吉拉斯州，吸收了当地的许多故事与传说，通过对方言俗语的艺术加工，在文学语言上也做出了巨大创新。在 1946 年出版的短篇小说集《萨迦拉纳》中，罗萨便运用庄园、决斗、迷信、巫术等要素，将真实的地点场景与想象传说融合起来。在读者看来，每一篇小说都像是一则地域寓言。而长篇小说《广阔腹地：条条小径》则无疑是吉马良斯·罗萨的代表作，也是巴西各时代最伟大的作品之一。在这部小说里，罗萨不仅实现了自然风光与人文内涵的结合，更通过雅贡索[4]里奥巴尔多与一位不具名的博士之间的对话，打通了腹地土语与文雅语言之间的界限。

克拉丽丝·李斯佩克朵是巴西 40 年代的另一位重要作家。尽管其作品一贯以心理分析与存在主义著称，被视为对 30 年代地域主义传统的反叛与超越，克拉丽丝却从未抛弃作为东北部作家的身份。她不仅在访谈和文章中多次提到这一点，还以自己在累西腓的童年生活为基础创作了短篇小说集《隐秘的幸福》。而她最具地域特色的作品则当属《星辰时刻》，也即她此生的最后一部小说。在这本书里，女主人公玛卡贝娅是一名来自东北部穷困地区的孤女，却在大都市里约热内卢谋生。从外表、口音到行为举止，玛卡贝娅都与这里格格不入，也体现了巴西沿海都市与内陆地区的巨大差距。

同样在 40 年代，有两位北部的作家进入到人们的视野，分别是来自亚马逊地区的达尔希迪奥·茹兰迪尔和来自马拉尼昂州的若苏埃·蒙特罗。自1941至1965年，蒙特罗创作了马拉尼昂五部曲：《闭窗》《死星之光》《镜之迷宫》《第十夜》与《天堂阶梯》。而茹兰迪尔则创作了《三间房子与一条河》《大帕拉州的贝伦》等北部系列的作品。对于帕拉州和马拉尼昂州来说，这两位作家也是当地文化的最佳代言人。

近几十年来，随着科技文化的发展与电视电影的普及，已经很难出现如《腹地》或《广阔腹地：条条小径》那样引发强烈反响的文学作品，但巴西作家对于不同区域的探索却并没有停止。其中，巴西著名作家、编剧若昂·乌巴尔多·里贝罗在很大程度上延续了东北部文学的传统，其1971年出版的《热图里奥士官》便是以塞尔吉皮腹地的帮派主义为主题，并结合作者儿时的生活经验与当地口语，赢得了巴西文学最高奖项雅布提奖。1989年，里贝罗又出版了讲述巴伊亚民众生活的佳作《蜥蜴的微笑》。在南方，路易斯·费尔南多·维利希莫继承父亲埃利科·维利希莫的衣钵，继续以南大河州为主要背景，创作了许多脍炙人口的作品。在北部，弥尔顿·哈通以出色的文学技巧，再次将亚马逊区域呈现在读者面前。而在巴西经济最为发达的东南部地区[5]，鲁本·丰塞卡的文学作品致力于展现巴西当代都市中的现实问题。

在巴西的青年作家中，这种对地域元素的重视同样得到延续，比如最近两年颇受关注的丹尼尔·加雷拉和若泽·路易斯·帕索斯。在加雷拉的作品《血染须髯》中，读者能够看到南部圣卡塔琳娜州的区域特点。而帕索斯的新作《梦游爱好者》则将背景设定在作者的家乡伯南布哥州。

总之，由于巴西文学所展现出的区域多样性，我们很难对"巴西特色"下一个定义。就连巴西批评界的泰斗安东尼奥·甘迪杜也表示，巴西文学理论要根据不同地域而灵活变通。更重要的是，随着时间的迁移，同一地区的文学作品也会呈现出不同的特点。事实上，这种文学上的多样性也正是社会多元化的直接体现。而巴西，远比我们认识的更为复杂。

注释

〔1〕热图里奥·瓦加斯（Getúlio Vargas, 1882-1954），巴西政治家，领导了1930年革命，成立"新国家"政权并于1930-1945担任"新国家"总统。1945年下台之后，再度于1951年当选总统，但最终因政治问题于1954年自杀。

〔2〕葡文Gaúcho，亦被译成"加乌乔文化"。在巴西，高乔文化主要是指南部南大河州的特色文化。由于殖民历史与地理风貌的不同，南大河州展现出迥异于巴西其他各州的区域特点，一是这里的人种构成主要是印第安人与欧洲人的混血后代，黑人血统仅占很小的比例；二是这里的经济生产以畜牧业为主。在此基础上，南大河州也发展出独特的音乐、舞蹈等民俗文化。

〔3〕这是一次抗击巴西帝国的战争，曾使南大河州一度成为独立的南大河共和国。

〔4〕雅贡索（Jagunço）特指巴西东北部地区的雇佣打手。他们或者受雇于当地庄园主，为其提供长期的安保服务，开展暗杀工作，或者追随腹地的悍匪团体，增强其武装力量。

〔5〕由里约热内卢州、圣保罗州、米纳斯·吉拉斯州与圣埃斯皮里图州组成。

巴西女性文学：历史与现实

马琳

19世纪中期，发轫于欧洲的女权思想逐渐渗透进拉丁美洲，促进了拉美各国女性意识的觉醒。在家长制盛行、父权至上的巴西，中产阶级女性发起平权运动，积极为女性争取受教育权和投票权，引发公众了解并讨论女性的社会生存状况。在女权主义者不懈努力之下，巴西女性于19世纪70年代获得了接受普通教育及高等教育的权利，这使得日后女性写作成为可能。巴西女性文学于19世纪末期20世纪初起步，在19世纪30-50年代得到显著发展。诸多女作家结合具体社会现实，书写社会发展过程中女性的个人经历与生存境况，打破男性作家在传统文学中塑造的单一刻板的女性形象，鼓励女性发出声音，不再"被代表"，探寻自己更加真实、复杂的身份。

在"保守的女性主义"中萌芽

从19世纪中期开始的女权运动虽然有助于巴西女性争取受教育权，却并未能够改变当时"女性从属于家庭"的普遍思想。最初中产阶级女性主义者呼吁提高女性地位、允许女性接受教育时所使用的理由是：通过学习知识，女性可以成为更好的妻子和母亲，更有效地为家庭服务。1870年，一些女性开始提倡为实现自我及外出工作而接受教育。但这并未被大众所接受。人们认为女性可以工作，但前提是要以家庭为先。因此，从"保守的女性主义"思想中诞生的巴西第一代女作家并未突破局限，她们笔下的女主人公依旧束缚于家庭。出生于19世纪60年代、受益于教育权的女作家中，最具代表性的是小说家茱莉亚·洛佩斯·德·阿尔梅达。茱莉亚·洛佩斯在1888-1897年间先后创作小说《梅德罗斯一家》《玛尔塔的回忆》与《寡妇西蒙斯》，这些作品起初刊登在小报上，未能引起反响，多年后才出版成书。令作家受到评论界认可的是其1902年发表的小说《破产》，讲述一个女人在丈夫去世后辛苦养育两个女儿的故事。当时的女性没有经济能力，完全依靠丈夫。在这样的社会现实压迫下，女主人公最终被迫自杀。这部小说真实描写了当时的女性命运，因此成为了作家最杰出的作品。茱莉亚虽然探讨了教育及女性权益等问题，如实刻画了19世纪末女性在家庭中的从属地位以及只有依附于男性才能保障生存的社会现实，但因为保守思想的禁锢，她更擅长塑造"完美女性"形象，即以家庭为重、能够轻松平衡工作与家庭责任的女性。就如何平衡社会义务（工作）与家庭义务（作为女儿、妻子、母亲）这一点，作家曾表示：女性可以通过投票来完成公民义务，通过接受高等教育或工作来实现自我，但前提是不能忘记她们最根本的价值在于服务家庭。这一时期参与写作的女性数量有限，女性文学作品普遍不受重视，女作家也无权入选巴西文学院。茱莉亚·洛佩斯·德·阿尔梅达的作品得到认可是一个特例，虽然有其局限性，但标志着巴西女性文学传统的开端。

在"叛逆"中发展

20世纪30年代，在社会主义运动的影响下，女性解放思想得到进一步传播,巴西女权运动继续发展。巴西女性于 1932 年获得投票权,对于女性社会角色的思考更加深入,走出家庭工作的女性越来越多,达到高峰。同时,巴西文学也进入了重要发展阶段,"地域主义"作品盛行。巴西东北部地区的农业庄园以及内陆腹地被搬上文学版图,成为重中之重。相比早期,这一时期的女性文学作品从数量和质量上都有显著提高,笔墨更多用来描绘女性角色的心理发展,主题实现了内化,而外部环境的客观描写则变得不重要。无论是女作家自身,还是作家笔下的女主人公,都拥有渴望改变命运、改变父权社会传统价值观念的叛逆精神。至此,巴西女性主义文学进入"叛逆期",直接抗议社会准则和主流价值观。在小说创作方面,女作家卢西亚·米格尔·佩雷拉和拉克尔·德·格罗什成为这一阶段的优秀代表。

1933 年,卢西亚·米格尔·佩雷拉年先后发表处女作《玛利亚·路易莎》和《沉默不语》。两部作品的女主人公都在婚姻问题上与父母产生了矛盾,但又无法按个人意愿独立生活。作家着重描写人物心理,展现女主人公的内心冲突——既渴望掌握自身命运,又无法完全摆脱从小接受的保守教育。1938 年,卢西亚最重要的作品《黎明》问世。作家在小说中塑造了两个完全不同的女性形象,一个是代表父权传统、想要通过婚姻来实现自身价值的玛利亚·阿帕莱希达,另一个是不受传统思想束缚、不以结婚为目的而恋爱的索尼娅。索尼娅象征自由与无序,映射出 30 年代巴西社会现代化进程带来的影响:社会秩序混乱、道德标准模糊,而女性却看到自身发展的新的可能。保守的农村姑娘玛利亚与开放的都市女郎索尼娅相遇,幻想自己也许可以嫁个中产阶级男人,找份工作,搬到大城市。这部小说同时也反映出阶级差异,不同阶级女性所面临的不同挑战。

与卢西亚相比,拉克尔·德·格罗什的作品更具有斗争性,这和她本人接受社会主义思想、积极参与政治运动有关。拉克尔是"地域主义文学"流派中来自东北部地区的唯一一位女性作家，也是记录该地区女性社会生存状况的第一人。由于历史问题、自然灾害及经济重心转移等原因，巴西东北部内陆腹地在社会发展过程中逐渐落后于东南沿海地区。闭塞的地理位置以及贫困的经济条件使得这一地区更加趋于传统、保守。在描写东北部人民生活疾苦的同时，拉克尔重点揭示了女性在父权社会中的生存状况及她们做出的反抗。1930年，拉克尔发表处女作《一五年》，以1915年发生在巴西东北部的旱灾为背景，在描述灾民流离失所的生活、批判社会不公正的同时，塑造出一个拥有事业且能够掌握自己感情生活的独立女性人物贡赛桑。在社会舆论压力下，贡赛桑坚持过自己的独身生活。此后，作家笔下的女性形象一直在发展、进步，作家本人则积极参与巴西共产主义运动，并以此经历写就小说《石子路》，讲述女主人公奈奥米在家庭和革命事业中选择后者，失去家庭和工作，但即便是被捕入狱的经历也没能令她放弃信仰。格罗什通过小说呼吁女性参与政治，为保障妇女权益发声。作为第一位获得葡语文学界最高奖项"卡蒙斯奖"的巴西女作家，第一位进入巴西文学院的女作家，拉克尔·德·格罗什多次以文字或实际行动打破文学领域的男性垄断。

在"表达"中升华

始于19世纪中期的女权运动在20世纪40年代陷入危机，前期获得的种种成绩令女权主义者们逐渐失去具体目标。女性虽然可以外出工作，但大众思想并未改变多少，所以女性的活动范围仍然受到限制，没有男性的陪同，甚至无法独自出游。20世纪40-50年代的女性文学作品依旧以心理描写为重点，与之前不同的是，更多运用独白，强调主观意识。将时间主观化，以记忆作为重塑现实的材料，以多视角进行叙事成为这一阶段女性书写的特点。世界范围内最为人熟知的巴西女作家克拉丽丝·李斯佩克朵以及巴西历史上第二位获得"卡蒙斯奖"的女作家莉吉娅·法贡吉斯·特雷斯都在这一时期粉墨登场。

克拉丽丝·李斯佩克朵是通过书写探寻"真实"与"身份"的作家。她的作品大多以女性角色为中心，从"存在"层面探讨拥有主体意识的女性，以"意识流"手法展现人物心理。在女性主义层面，比起探讨社会问题，克拉丽丝更专注于展现女性独特的、"内质的"成长过程。1944年，克拉丽丝的处女作《濒临狂野的心》一经发表便在评论界引起极大反响。她的书写打破由30年代延续下来的"地域主义"传统，而且使30年代末期出现的重视心理及感官描写的"私密小说"得到空前发展。《濒临狂野的心》展现的是巴西女性文学常见的主题，比如：女主人公的情感发展，与父母的矛盾，婚姻问题以及自身欲望与现实的冲突。然而，克拉丽丝的表达方式非常独特，并非直接描述女性角色在现实中遇到的问题，而是将主人公与现实之间的冲突内化为主人公与语言/表达的冲突。通过表达来达到自我实现，是克拉丽丝作品的核心。在存在哲学语境下，语言是寻找"自我"的壁垒，因为主体在表达自我与外部现实时所用的语言受社会文化制度限制。在《濒临狂野的心》中，女主人公约安娜从童年到长大成人都因为自身的感知无法以社会文化体制下的语言所表达而郁郁寡欢，试图创造属于她的语言来表达她的本质与她所感知到的现实。克拉丽丝在另一本小说《一场学习或欢愉之书》中通过女主人公洛丽对"我是谁？"的思考与寻找答案的过程，同样展现了这一"内质的"女性成长过程。克拉丽丝·李斯佩克朵在多数小说中所展现的女性都试图达到自我实现，无论是个人的、社会的还是存在层面的。

与克拉丽丝相比，莉吉娅·法贡吉斯·特雷斯的写作风格更接近30年代的"社会小说"。与拉克尔·德·格罗什相似，莉吉娅的小说在描述女性心理发展的同时，注重展现巴西特定历史时期的社会现实，是巴西历史的见证。莉吉娅作品的一个重要主题是家庭的衰落，即以父亲为中心的家庭体制的解体。她最重要的作品是1954年出版的小说《石人圈》。女主人公维吉尼娅父母离异，她跟随母亲生活，后来到父亲家，看着父亲再婚后所生的两个孩子和邻居的三个孩子玩在一起，她始终只能默默旁观。维吉尼娅后来去了寄宿学校，成年后才返回。她发现小时候所羡慕或敬仰的一些人并非是想象中的样子，也看清了家里的无秩序与道德沦陷。随着维吉尼娅逐渐认清现实，作为权威代表的父亲在叙述中越来越边缘化。除了展现家庭的衰落，莉吉娅·法贡吉斯·特雷斯非常重视作家的社会功能，即为没有话语权的人发声。她的作品便是她为巴西社会变更做出的贡献。

从19世纪末到20世纪中期，女性文学的持续发展使我们得以从女性视角观察巴西不同年代的社会现实、女性生存状况以及她们为自我实现所做出的努力。巴西文学中的女性形象也从单一的在家庭中处于从属地位的女儿或妻子变得多元化——女教师，女革命者，甚至是威震一方的女悍匪。自20世纪中期以来，巴西女性作家人数逐渐增多。女性写作不再是奇闻异事。1990年，巴西文学院出现第一位女院长奈丽达·比农。进入21世纪后，年轻一代作家中不乏优秀女作家，然而人们对于女性文学仍旧缺乏重视。巴西虽然早已不再盛行家长制，但"大男子主义"依旧以各种形式存在于社会生活中，针对女性的暴力现象时有发生。近几年，巴西女权运动持续进行，对于女性身份的思考仍未停止，或许在不久的将来，巴西女性文学会再次迎来新的发展。

巴西"45一代"诗人：对现代主义诗歌的继承与开拓

樊星

巴西现代主义运动一直与国内外的局势息息相关。1922年，圣保罗举办"现代主义文学周"，标志着巴西现代主义运动的开始。这一阶段的主要推手马里奥·德·安德拉德、奥斯瓦尔德·德·安德拉德等人，在巴西文学史上通称为"22一代"。他们提出要摒弃文字的华美与形式的严谨，将巴西现代口语和民俗传说融入其中，创作真正"巴西化"的文学形式。从上世纪30年代开始，由于经济危机的爆发与巴西独裁统治"新国家"的建立，巴西知识分子开始追求文学的平民化，将社会问题视为文学创作的中心，现代主义运动迎来了第二阶段。这一时期的代表人物若热·亚马多、格拉西里亚诺·拉莫斯等被称为"30一代"作家，他们深谙写作的社会责任，将记录现实作为文学的第一要务。1945年，随着第二次世界大战的结束与巴西独裁统治者热图里奥·瓦加斯的倒台，巴西社会各方面进入重塑时期，文化环境也更稳定开放。在这种情况下，巴西短期内涌现了一大批年轻的诗人与小说家。他们组成了巴西文学史上的"45一代"，被认为是巴西现代主义运动第三阶段（又称为巴西后现代主义运动）的主力。

关于"45一代"诗人的创作特点，巴西文学界存在许多争议。在 1966 年出版的《45一代诗选》中，诗集编撰者弥尔顿·德·戈多伊·坎普斯写道：1945 年是巴西诗歌的重要年份，有多首重要作品问世。这些诗歌尽管作者不同，却展现出"相同的氛围与对形式的考究"，表明"巴西诗坛出现了新的美学态度"。因此，许多评论家在谈到"45一代"诗人时，会将他们的诗歌视为对现代主义运动前两阶段的反抗，认为他们对巴西诗歌进行了革命性的创新。然而，"45一代"的众多巨匠都多次表示，对于上世纪 20-30 年代的文学成果，他们并未推翻重建，而是继承并开拓了原有创作疆域。巴西文学批评家若泽·阿德劳德·卡斯特罗也认为，将"45一代"诗人凝聚起来的是其"特定的历史背景"而非"统一的美学方针"。他们以彼此不同的方式发现了新的创作道路，每个人的作品都带有非常个人化的痕迹。"22一代"极力反对的古典诗歌形式（如十四行诗）重回到文学舞台；"30一代"力推的政治与社会主题依然存在，但比之前温和了许多。与现代主义运动的前两个阶段相比，"45一代"诗人缺少共同的行动纲领，但却令巴西的诗歌创作更加自由多元，举例来说：神秘与象征元素得到增加；对音韵意象的创新力度增大；对理智、精确与优雅的重视也逐渐成为共识。

若昂·卡布拉尔：诗歌工程师

若昂·卡布拉尔·德·梅洛·内图是巴西"45一代"最具创造力的诗人，在 20 世纪葡语文学史上享有重要地位。在巴西评论家眼里，他是"诗歌工程师"，是"巴西最具头脑的艺术家"，甚至像一台"建构诗歌的机器"。若昂·卡布拉尔曾数次获得巴西文学最高奖项雅布提奖，并分别于 1990 年、1992 年获得卡蒙斯奖与美国纽斯塔特国际文学奖。至 1999 年去世时，诗人仍被巴西媒体认为是诺贝尔文学奖的有力竞争者。

若昂·卡布拉尔1942年进入文坛。处女作《眠之石》是一部超现实主义诗集，从中可见巴西诗人卡洛斯·特鲁蒙德与穆里洛·门德斯的巨大影响，但尚未形成自己的风格。在诗集里，若昂·卡布拉尔有意弱化了富于色彩与情感的画面，只保留纯感官意义上的冲击："我的双眼有望远镜/窥探着路/窥探着我的灵魂/从千米之外"。从1945年出版的诗集《工程师》开始，若昂·卡布拉尔便彻底摒弃了超现实的创作风格，转而书写更加直接和名词化的诗句。这种转变初看起来像是对音韵形式的重视——就像"45一代"其他诗人所做的那样，但实际上，若昂·卡布拉尔更关心的是对词汇语义的把握："光，太阳，室外的空气/包裹着工程师的梦。/工程师梦想清晰的东西：/表面，网球，一杯水。/铅笔，矩尺，纸；/图标，方案，数字；/工程师设想公正的世界，/没有面纱遮蔽的世界。"

通过《工程师》，若昂·卡布拉尔确立了"清晰明亮"的诗歌精神。推动诗歌创作的不再只是"晦涩的灵感"与"神秘的直觉"，而是充满个人意志的"寻觅"与"构建"。1992年诗人获得纽斯塔特奖发表感言时，便将自己同此前获奖的玛丽安·穆尔、弗朗西斯·蓬热、伊丽莎白·毕肖普相类比，点明诗歌对他而言"有着更广泛的意义：是对词汇物质性与语言组织可能性的探索，与充满浪漫性的'灵感''直觉'毫无关系"。由于这种立场，若昂·卡布拉尔的诗歌很少融入个人感情。1947年出版的《做诗心理学》延续这种"自我的缺席"，被誉为"关于空无的诗"。该部诗集的主体便是作诗本身，别无其他。

"空无的形式"构成了若昂·卡布拉尔的诗歌骨架，而其中的血肉则是他家乡伯南布哥与巴西东北部的景物。诗人因此成为总体意义上的巴西东北人——自我融入了世界，家乡成为身份的象征。若昂·卡布拉尔将诗歌本体置于巴西东北部的特定环境中，从荒芜灼热的腹地开始，一路跋涉到累西腓海岸破败的茅屋。代表这条漫漫长路的，正是在其诗歌中反复出现的卡皮巴里比河。在《没有毛的狗》中，"那条河／就像一条没有毛的狗／它毫不知道蓝色的雨／粉色的泉／水杯中的水／坛子中的水／水中的鱼／水面的风／它知道螃蟹／知道污渍与铁锈／它知道烂泥／就像一种黏膜"。在长诗《河》里，诗人又写道："对于野兽与河／出生就意味着跋涉"。这条河同样出现在《乡下人的死与生》中，成为逃荒者从腹地走向沿海城市的向导。《乡下人的死与生》又名《伯南布哥州圣诞寓言剧》，因曾被巴西流行乐坛教父级人物希科·布阿尔克改编成音乐剧而为人熟知。长诗由一幕幕场景组成，借独白与对话展现了主人公在逃荒过程中与死亡的种种遭遇，直到最后一个落脚点，他目睹了一个婴儿的诞生——这也是在对生存持续否定过程中的反抗讯号："没有比生命的表演／更好的答案：／看着它拆开／同样叫作生命的线"。更难得的是，该诗在探讨社会主题的同时并未丧失形式的严谨，达到了内容与形式间的精妙平衡。

除了巴西东北部之外，西班牙同样在若昂·卡布拉尔作品中占有重要地位。诗人自己也承认："我的诗歌拥有具体的地理空间：伯南布哥与塞维利亚"。与许多从未离开过巴西的现代主义诗歌前辈们不同，若昂·卡布拉尔年纪轻轻便进入巴西外交部，并于1947年前往巴塞罗那任职。与家乡相似而又不同的异国风光促使他以"巴西东北人"的身份进行书写；在西班牙十余年的生活经历也扩充了他的创作视野。继《行走塞维利亚》后，早前关于西班牙的十余首诗也于1992年结集出版，取名为《塞维利亚诗集》，其中包括卡布拉尔写于60年代的名诗《清唱》："清唱的唱／是一种手无寸铁的唱：／只有声音的利刃／而无怀中的武器／……／存在清唱形式的／情景与物什：／格拉西里亚诺·拉莫斯，／建筑的图纸，／粉刷的墙壁，／钉子的雅致，／科尔多瓦城，／昆虫的钢丝"。"清唱（a palo seco）"是西班牙语特有的表达方式，却和谐地融入了葡萄牙语的诗行，古城科尔多瓦与作家格拉西里亚诺·拉莫斯的并置也一样，都表明了一种西班牙与巴西东北部、外与内的共存与对望。

而在诗歌技艺上，内外之间的张力恰恰展现了建筑般的几何感。若昂·卡布拉尔用形状、明暗、运动轨迹创造出独属于他的诗歌空间，并除去冗余的线条，力求纯粹、精确、均衡。此外，他对诗人还有一条要求，就是开放，他在《一名建筑师的寓言》写道："建筑就像建造门，/用来打开；或者建造开放；/建造，不是孤立或囚困，/也不是要保守秘密；/建造开放的门，在门里；/仅有门和屋顶的房子。"若昂·卡布拉尔的作品恰似一道开放的门，它将巴西介绍给世界，也让世界认识了巴西。

多明古斯·卡尔瓦略·达·希尔瓦：语言冒险家

多明古斯·卡尔瓦略·达·希尔瓦出生于葡萄牙，从九岁起便定居巴西，并于1937年加入巴西国籍。在1948年的第一届圣保罗诗会上，正是多明古斯·卡尔瓦略最先提出"45一代"的概念。尽管当时他那"巴西诗歌业已革新"的论断备受争议，"45一代"的标签却在评论界流传开来。

多明古斯·卡尔瓦略的第一本诗集《可爱的伊菲革涅亚》发表于1943年，那时他还在圣保罗法学院求学。这本学生时代的著作虽不成熟，但已经有其个人风格，不仅形式突出，对30-40年代的圣保罗文化氛围也有所展现。而仅仅两年之后，在《熄灭的玫瑰》里，"45一代"的诗歌精神已经非常明显："我想要那流畅的语言，/如血液般活跃不安。/纯或不纯我都要求/诗歌在这个关头，/过滤，准确，不变"。而该诗集的每一首诗都遵从严谨的形式，可看作是对"准确不变"的实践。此外，《熄灭的玫瑰》还提出令诗歌独立的诉求，宣称存在一种诗意的真实，比其他真实更接近于神秘。在 1949 年出版的《隐匿的海滩》中，多明古斯·卡尔瓦略对诗歌的探索仍在继续，"走遍世界为诗歌寻找新的词汇"便是最佳的证言——其中的两个动词"走"（correi）与"寻找"（procurai）更是采用了巴西葡萄牙语中早已摒弃不用的变位形式。

从上世纪 50 年代开始，多明古斯·卡尔瓦略的诗歌兴趣开始更多地朝向社会与政治方向发展。在《洛尔德斯之书》里，诗人进行了"一次小小的边缘化冒险"，不仅涉及妓女题材，风格也十分通俗。1954 年，在圣保罗举办的世界作家大会上，他又提出"消除诗歌与大众界限"。同时，他对巴西葡语语言的探讨并未停止，并于 1977 年获得巴西雅布提文学奖诗歌奖。

雷多·伊夫：抒情反叛者

雷多·伊夫擅长形式严谨的韵诗。1945 年，雷多·伊夫凭借诗集《想象》初入文坛，次年便以《颂歌与哀歌》获得了由巴西文学院颁发的欧拉沃·比拉克诗歌奖。该诗集多由十音节的诗歌组成，从中已能看出诗人对语言的掌控力。正如文学评论家阿尔弗兰尼奥·柯提尼奥所说：雷多·伊夫的诗乍看起来像绚丽的烟花，内部却不乏规范与自律。

1946 年，雷多·伊夫出版了诗集《夜幕颂歌》与《十四行诗事件》，将抒情的自由与形式的克制相结合，并以出其不意的修饰词为诗歌注入新活力。例如，在《献给女游泳者的十四行诗》中，诗人便用"有说服力的"修饰"光芒"，"应定罪的"修饰"绿色"："你理解昼夜相交，在沉睡的光 / 共有的沟壑中。我害怕的是 / 太阳会磨损了你，与你那微笑般 / 洪亮并有说服力的光芒。/ 游泳池中应定罪的绿色 / 在手臂的赞美诗中勾画 / 夜晚献给你睫毛边缘的悲伤。"

从上面两部诗集开始，雷多·伊夫创作的两重性便体现出来。

在对形式的注重、对精确的追求方面，雷多·伊夫同"45一代"其他诗人一样；与此同时，他又反对一味地将理性凌驾于感情之上，并有许多看似出格的尝试与表达，仿佛站在了同时代诗人的对立面，而与"22一代"或"30一代"的精神更为接近。

费雷拉·古拉尔：革命行动派

费雷拉·古拉尔，原名若泽·里巴马尔·费雷拉，1930年出生在巴西东北部的圣路易斯，是"45一代"诗歌巨匠中最年轻的一位。2010年，古拉尔获得葡语文学最高奖项卡蒙斯奖，成为继若昂·卡布拉尔之后第二位获得该奖的巴西诗人。2013年，在由50名专家评选的"巴西健在最伟大的作家"中，古拉尔名列第二。

费雷拉·古拉尔的第一本诗集《比地板高一点》出版于1949年，多明古斯·卡尔瓦略提出"45一代"的概念并没有影响古拉尔在诗坛以及在巴西诗歌史上的重要性。1954年，年轻的诗人便在《身体抗争》中开创了巴西具象诗的创作道路。1959年，当具象诗运动在巴西达到高潮时，他又发表了《新具象主义宣言》，表示同理性至上的正统具象主义决裂。

古拉尔的革命精神不仅体现在其诗歌形式上，更体现在对社会活动的积极参与中。从他20世纪60年代的作品中，能明显看出心理情感与意识形态、个人主义与社会关系之间的张力。由于军政府的独裁统治，古拉尔被迫离开巴西21年，并于1975年在流亡阿根廷期间创作出代表作《脏诗》。诗集出版后，巴西"30一代"诗歌泰斗维尼修斯·德·莫拉伊斯宣称"费雷拉·古拉尔是巴西最后一位伟大诗人"，并认为《脏诗》是巴西"近10年来最重要的作品"。《脏诗》的形式与内容都极富冲击力，也成为了巴西独裁时代难得的见证："浑浊浑浊／这种浑浊／气息的手／推着墙／暗／更少更少／比暗更少／比软硬更少比沟墙更少比孔少／暗／比暗更多：／亮／像水？像羽毛？比亮更明亮：全无与全部/（或几乎）"。

回归巴西之后，古拉尔笔耕不辍。2011年，80岁高龄的他凭借《在有些没有的地方》获得了巴西雅布提文学奖诗歌奖与年度最佳虚构作品，赢得了评论界的广泛赞誉。

"再民主化"与"后现代性":
1979年之后的巴西文学

樊星

1979年1月1日,时任巴西总统埃内斯托·盖泽尔颁布的第11条宪法修正案生效,废除了用以强化独裁统治的《第五制度法案》(AI-5),结束了长达十年的文化审查机制。这一事件标志着巴西民主化进程的开端,也预示了自上世纪80年代至今巴西自由开放的文化环境。

尽管文学创作并不完全依赖于政治与社会状况,1979年却成为巴西文学转向的一个重要节点。在此之前,在军事独裁政府的高压统治下,巴西知识界争取民主、自由的呼声从未中断,60-70年代的文学创作也一直带有积极的斗争姿态,其中尤以抗拒主流的"边缘文学"与遭受迫害的"流亡文学"最为突出。此外,由于《第五制度法案》更多地针对音乐、电影、报刊等流行文化媒介,严肃文学反而由于审查官员的"忽视"而拥有一定程度的自由,甚至接替了报纸的职能,成为记录现实问题与揭露社会弊端的重要力量。

在这种特殊的历史背景下,1979年开启的民众化进程固然能够赋予巴西文学更大的发展空间,鼓励作家进行更具批判性的艺术创作。但在另一方面,这种所谓的"和平过渡"也淡化了意识形态层面的冲突与对立，削弱了作家以笔为戎进行政治批判的决心与意愿。与此同时，巴西"经济奇迹"的结束、社会不平等的加剧、外国资本的引入、城市暴力的升级等因素也将巴西知识分子的注意力从单纯的政治立场转移到了社会民生等方面。在这种情况下，与上一时期相比，1979年之后巴西文学最突出的特点莫过于"去政治化"。

文学的"去政治化"

同样是因政治格局变动而引发的文学转向，在某种程度上，巴西文学的"去政治化"或可同中国"新时期文学"相比较。然而，尽管在80年代初期，巴西文学中也不乏"伤痕文学""反思文学"等文学类别，巴西作家却较少对独裁时期的苦难进行体制层面的控诉。这首先是因为，在巴西文学中，政治表达从未受到完全的压制，即使在审查最严格的1969-1979年期间，仍然有讽刺批判政府暴行的作品出现。其次，随着恢复多党制、释放政治犯等一系列举措的实施，政府与知识分子之间取得了一定程度的和解。许多曾经的革命斗士或从国外流亡归来，或从监狱大赦释放，他们创作了大量回忆性质的作品，回顾了军事独裁期间的种种遭遇，但目的却并非为了清算或复仇，而是以一种回溯性的视角，对巴西一代人的思想经历进行分析与思考。

在这一时期回忆见证类的作品中，最具代表性的当属费尔南多·加贝拉的《这是什么意思，同志？》。这部作品出版于1979年，彼时加贝拉刚刚结束九年的流亡生涯回到巴西。作为一名深受社会主义理想感染的青年人，在巴西军事独裁期间，加贝拉不仅是政治压迫的见证者，更是武装反抗斗争的积极参与者。1969年，加贝拉参与绑架了美国驻巴西大使查尔斯·布尔克·埃尔布里克，后于1970年遭到巴西警察逮捕。同年，加贝拉作为交换人质获得自由,并被迫流亡国外。

虽然经受过暴力拒捕与政治迫害,在《这是什么意思,同志?》一书中,加贝拉却并未以受害人自居,而是反思了自己这一代人在青年时代感到的迷茫与犯下的过错。毕竟,即使绑架美国大使是为了逼迫巴西政府释放15名政治犯,却仍难以掩盖其背后"以暴制暴"的行为逻辑。除此之外,尽管巴西左派的口号是反对独裁,却没能真正贯彻平等的精神,尤其对社会边缘人物缺少理解与同情。正是在这种意义上,加贝拉做出了深刻的自我剖析与社会批判:"没错:并非巴西警察才是暴力的。我们都是暴力的。我们的一部分可以在人性恐怖博物馆中期待一席之地。"[1]

事实上,正如《这是什么意思,同志?》的题目所传达的一样,无论对于当时的社会状况还是自身的生活状态,那一代的巴西青年都没有清晰明确的认识。因此,当民主化进程开启、一切都尘埃落定之后,曾经一腔热血的反抗精神便失去了依托。反思过去,他们看到的除了值得敬佩的英勇与悲壮,更有一种可叹可笑的天真与鲁莽。在加贝拉之后,阿尔弗雷德·希尔基斯的纪实作品《烧炭党人》也采用了相似的视角。这两部作品不仅分别获得了1980与1981年的雅布提文学奖,也成为了后续巴西相关题材创作的典范。

应该强调的是,对独裁时期历史的回顾并非纪实作家的专利。80年代初期,巴西的虚构作品同样展现出对军事独裁期间集体回忆的关注,勾勒出巴西知识分子混乱迷茫的心理画像。不同于将重点放在武装斗争与监禁流亡的回忆录作家,这一时期的虚构作家更注重对克制守法的普通知识分子的描绘,着力讲述当国家面对专制与暴力威胁时,这些曾经心怀理想的人内心的焦灼与迷茫。

塞尔吉奥·桑塔纳的《一代人的小说》便是其中的代表性作品。在这部出版于1980年的长篇小说里,桑塔纳采取了戏剧的写作形式,通过一名作家与一名女记者之间的互动与谈话,讨论了巴西知识分子在军政府时期的地位与作用。鉴于小说的主人公本就是一名嗜酒、消沉、缺乏行动力的作家,这本书对包括作者本人在内的知识分子的批判不言而喻。而书中主人公所经历的困顿与痛苦,也可以看作是一代人的精神写照。桑塔纳语言风格辛辣,擅长运用反讽,以其特有的写作手法更加大了批判的力度,也使这本书成为一种质疑与自省的文学范本。

仅仅一年之后,若泽·卡洛斯·奥利维拉便创作了《丛林中的一只新动物》,展现出相似的思考。在这部带有自传色彩的长篇小说中,核心问题便是在政治局势紧张,"左""右"极端对立的情况下,一名知识分子如何能够不加入任何一方,保持自身的自由与中立。尽管在高度政治化的60-70年代,这种中间立场的选择会被认为是懦弱的体现,却并不妨碍在民主化进程开启之后,奥利维拉对自己的行为进行解释与反思。既然军政府的高压统治已经结束,左翼思想也失去了天然的道德优势,知识分子自然可以从激进的政治立场中抽身出来。尤其在60-70年代所憧憬的左翼理想破灭之后,巴西民族究竟应该何去何从?这个80年代初期的新问题,吸引了许多作家来探寻答案。

"反乌托邦"的国家形象

在经历了对军事独裁时期"爆发"式的反思与回顾之后,80年代巴西文学的重点又回到了对巴西民族身份的探究与国家形象的讨论上来。应当指出的是,经过巴西几代知识分子的努力建构,彼时的巴西已经从殖民地历史中解放出来,拥有了独立而明确的民族身份。因此,与19世纪的浪漫主义或20世纪初期的现代主义作家不同,80年代的巴西作家既不需要借助"印第安主义"或"新印第安主义"来突出巴西有别于欧洲的特点,也不需要通过理想美化或魔幻色彩的叙事来获得对民族身份的认同。

事实上，与其他题材的文学创作一样，这一时期的"身份文学"同样受到军事独裁期间的历史记忆与革命理想幻灭的影响。一方面，对身份的关注在20世纪上半叶便一直是巴西文学的重要主题，只是由于军事独裁的影响暂时衰落，直到80年代才再度复苏。另一方面，独裁期间的暴力、操控与权力的滥用愈发唤醒了知识界对于巴西民族性尤其是国家弊端的思考。在这种情况下，巴西作家致力于对历史的重新书写，力图站在被压迫者的立场上，将当权者书写的历史转化为人民大众的历史，重新审视这片土地上的压迫与掠夺，指出自"发现"巴西以来，权力衍生的暴力其实一直存在。

这方面最有代表性的三部作品当属达尔西·里贝罗的《骡子》，若热·亚马多的《大埋伏：阴暗面》[2]以及若昂·乌巴尔多·里贝罗的《巴西人民万岁》。当提及巴西80年代的"身份文学"时，这三部作品经常会被放在一起讨论，因为它们从不同侧面证实了80年代乌托邦理想的幻灭，并通过对历史阴暗面的发掘，毫不留情地批判了这个国家尤其是其当权者的种种罪恶。

在上述作品中，出版时间最早的是达尔西·里贝罗的《骡子》。《骡子》发表于1981年，是里贝罗继《玛依拉》之后的第二部长篇小说。在这部小说里，里贝罗借主人公"骡子"临终坦白的时机，讲述了一个人如何能够不择手段地获得财富，而被他奴役的大多数人却只能忍受。"骡子"毫无保留地讲述了他的各种暴虐行径，却并未因此悔恨，而他的一生也可以看作是巴西众多大庄园主和财团寡头的缩影。通过"骡子"的视角，里贝罗试图把文学中的浪漫美化悉数剔除，从而将巴西的残酷现实展现在大众面前。正如他在谈论这部小说时所说的那样：

> 与所谓的社会小说相反——那些小说赞颂身份卑微但英勇无畏的民间斗士——我在《骡子》中刻画的是乡野村夫，

尤其是受苦最深的黑人。正如我看到的那样，比起反抗，他们更为逆来顺受。除了劳动力的剥削与被压迫的命运之外，他们遭受的最大掠夺其实是对其意识的掠夺。农村雇主向他们的头脑中灌输，让他们将自己视为世间最低劣的存在。[3]

作为无产阶级文学的代表人物，若热·亚马多在1932-1979年间出版了大量里贝罗所谓的"社会小说"。然而，尽管在1984年出版的《大埋伏：阴暗面》中，亚马多仍然赋予了底层人物英雄主义的特质，却首次以乌托邦的覆灭作为整部小说的结局。事实上，在对巴西历史罪行的控诉方面，《大埋伏：阴暗面》比《骡子》更为直白，这从"阴暗面"直接作为该书的副标题便能看出，在全书的结尾又再次得到强调："（对于这段历史），我们只叙述了其阴暗的一面。后来发生的事情——进步、解放（……），总之，其光明的一面，——无需再讲，说起来也味同嚼蜡。"[4]

在这本旨在揭露历史阴暗面的小说里，亚马多讲述了托卡亚格朗德从荒无人烟的地点逐渐发展成一个热闹的聚居地，又如何在强权的掠夺中惨遭覆灭的故事。小说有多个主人公，包含了印第安人与白人的混血后裔、黑人、中东移民、欧洲移民等不同种族，农民、铁匠、商贩等不同职业以及妓女、少女、家庭主妇等不同社会身份等。通过对人物群像的塑造，亚马多影射巴西社会的意图不言自明。最终，他以全体人物的死亡，祭奠了在巴西建设过程中所牺牲的大批民众。

《巴西人民万岁》与《大埋伏：阴暗面》同年出版，两者在创作过程中也有着千丝万缕的联系。在某种程度上，《巴西人民万岁》的作者乌巴尔多甚至可以看作是亚马多在文学创作上的继任者。作为一部历史小说，《巴西人民万岁》的主要情节都建立在真实历史之上，但却是站在被压迫者的立场上，对历史进行重述与改写。因此，尽管题目看似是对巴西的赞颂，全书采取的却是嘲讽批判的基调，旨在对统治阶层的历史版本进行抨击，揭露掩藏在"种族民主""混血文化"之后的暴力与迫害。

从都市暴力的升级到底层群体的发声

为了把握巴西国家立足的"根本"，以民族身份为写作重点的作家大都将目光转向了乡村。而在近几十年的都市文学范畴中，最引人注目的则是对城市暴力的书写。在某种程度上，这可以看作是对巴西"暴力"文学的延续与推进，因为早在60-70年代，以鲁本·丰塞卡为代表的作家便将焦点对准里约热内卢等大都市，通过描写灭绝人性的罪犯、暴徒，来表达对现代社会中是非不分、道德沦丧的控诉和批判。

军政府统治结束以后，随着城市化进程的推进以及贫富差距的扩大，巴西社会的主要分歧也从传统上的资本家与无产阶级之间、保守执政者与左翼革命者之间的矛盾转变为城市中产与贫困阶层、武装警察与罪犯毒枭甚至是底层居民彼此之间的利益冲突。而90年代初期巴西几次震惊世界的暴力事件——如1992年发生在圣保罗的卡兰迪鲁监狱大屠杀、1993年发生在里约热内的卢坎德拉利亚教堂屠杀与"副主教"贫民窟屠杀等——也再次为巴西社会敲响了警钟。这三起屠杀有一些共同特点，也即凶手都是政府军警，而遇难者则是囚犯、流浪汉和贫民窟的居民。这些事件让所有人意识到暴力并非只存在于文学影视之中，而所谓的"社会渣滓"也不一定是施暴者，更可能是受害者。

在震惊之余，巴西产生了一系列试图记录、解读这些暴力事件的非虚构作品，其中就包括祖恩尼尔·文图拉的《分裂之城》。这是一部影响深远的作品，不仅获得了1995年的雅布提文学奖，也成为社会学研究中探讨里约阶层分裂的经典著作。《分裂之城》出版于1994年,也即里约热内卢两次屠杀惨案的一年之后。这本书的创作主要基于作者对两个团体的调查结果:一是名为"里约万岁"的非政府组织,其目的是建设一个更为和平、包容、进步的城市;二是刚刚发生过屠杀惨案的"副主教"贫民街区,其存在常常被外界的人无视。通过对两个团体尤其是后者的探访,文图拉向世人展示了里约热内卢鲜为人知的另一面,并指出它其实是一座拥有两种现实的"双重城市"或"分裂之城"。

值得注意的是,巴西大都市的这种"双重性"与"分裂感"有着相当长的历史。为了消除贫民窟的潜在威胁,政府也一直在试图驱逐这些底端人口,最大程度地维护社会安全。在这种情况下,文图拉作品的意义在于重新审视这种行为的正当性:即为了保障大多数人的权益,是否可以强迫少数人做出牺牲。在《分裂之城》出版五年之后,由狱医德劳齐奥·瓦莱拉撰写的《卡兰迪鲁车站》进入人们的视野,其核心也是探讨刑事罪犯的权利究竟应该在多大程度上受到保护。

尽管文图拉与瓦莱拉都是站在受害者的角度,对社会底层群体抱有同情,却终归不属于这个群体。而在最近20年,巴西文学最引人注目的一个方面却是真正来自底层的声音。贫民窟的居民、犯下罪行的囚犯终于不再只是文学描写的对象,而是独立讲述的主体。并且他们的成功也绝不仅仅因为其"特殊"的身份,而是得益于其特别的视角与叙事方式。

在非虚构作品方面,仅在2001-2002年间,巴西便出版了至少四部由宣告有罪的犯人书写的回忆录,分别是若森尼尔的《囚徒日记》、安德烈·杜·拉皮与布鲁诺·赞尼合著的《幸存者安德烈·杜·拉皮》、路易斯·阿尔贝尔托·门德斯的《幸存者回忆录》以及翁贝尔托·罗德里格斯的《卡兰迪鲁的生命》。虽然在巴西文学史上,对监禁期间的回忆并不罕见,但它们大都由掌握话语权的政治犯书写。直到本世纪初期，由普通刑事犯讲述的故事才真正登上文学舞台。

而在虚构文学方面，由贫民作家撰写的作品中，最具代表性当属保罗·林斯的《上帝之城》。与此前深入贫民窟做调研的作家不同，保罗·林斯本就是"上帝之城"贫民窟的一名普通居民。尽管他青年时代就展现出对诗歌与音乐的热爱，真正使他在文学界享有一席之地的还是1997年（也即他39岁时）出版的《上帝之城》。在这部后因电影改编而风靡世界的作品中，保罗·林斯描绘了他所在社区的日常生活，并记录在社区发展过程中为抢占地盘、争夺权利而发生的贩毒、暗杀、械斗等犯罪行为。

身为"上帝之城"的一员，保罗·林斯不仅了解这里发生的事情，更了解社区成员的心理，而不是以精英的目光去审视评判这里。此外，受到俚语黑话的影响与贫民文化的熏陶，《上帝之城》也为巴西文学带来了新的语言风格，创造了另一种新的"边缘文学"范式。2005年，圣保罗人费雷斯创作了小说《罪恶树丛》，同样是以其生活的贫民窟"圆树丛"为写作背景，几乎可以看作是《上帝之城》的圣保罗翻版。

"后现代"的文学风潮

尽管以上论述主要是在政治、历史的层面上展开的，并不说明1979年后美学思潮与文学技巧不再重要。事实上，在讲到历史时政引发的文学革新时，艺术思想的变迁已经蕴含其中。毕竟，无论是对"乌托邦"等美好期许的怀疑还是对"及时行乐"的拥护与赞同，又或像若热·亚马多或乌巴尔多·里贝罗那样对官方历史进行反讽式的解构与重述，甚至是保罗·林斯等人对底层文化的接纳与其作品中展现的性、毒品与犯罪，都无一不体现出"后现代"的艺术特点。另一方面，如果要在巴西近40年来纷繁多元的文学创作中找到一个共同的特点，笼统的"后现代性"或许是唯一的答案。正如卡尔·埃里克·舒尔哈默在《巴西当代虚构文学》中指出的那样：

> 我们没有发现任何一种能将所有人整合在一起的新的"文学流派"或清晰的文学潮流。（……）这一时期文学的共同特点似乎便是其异质性，也即缺少统一的特点，除了它们的主题焦点——这些作品的关注点都是当代社会文化或者作为背景的新近历史。[5]

因此，除了巴西国内政治历史等大事件的影响之外，现代社会中的大众思维转变、全球化背景下的外来文化冲击、文学与音乐绘画、影视表演等艺术形式的交融借鉴等也都在一定程度上解释了巴西文学自1979年之后的发展变迁。而在这种种因素之中，与巴西文学传统关联最大的，当属对巴西经典文学作品或历史事件的后现代重构。与为探讨巴西民族身份而对历史的"重述"不同，这种重构建立在对历史权威的消解之上，也即通过对"何为真实"的质疑，打破过去与现在、现实与虚构、生活与文本之间的界限。

在这个意义上，希尔维阿诺·桑提亚哥1982年出版的《在自由中》表面看来是巴西著名作家格拉西里亚诺·拉莫斯出狱之后的日记，实际却是桑地亚哥对其经典作品《狱中回忆录》的仿写。但是这部"杜撰"的作品却有着极高的真实性，因为作者希尔维阿诺·桑提亚哥不仅是一名有才华的作家，同时也是一名出色的文学批评者，尤其是格拉西里亚诺·拉莫斯的研究专家。在创作这部作品之前，桑提亚哥曾花费四年时间详细了解拉莫斯的生平、作品、访谈以及他所生活的时代，对其仿写对象的经历、心理与写作习惯均了如指掌。因此，尽管《在自由中》并非拉莫斯所作，却像极了拉莫斯的作品；换言之，如果拉莫斯在出狱之后曾留下日记，就应该是这本书所呈现的样子。在书的开头，桑提亚哥甚至"伪造"了一篇序言，解释了为何拉莫斯的日记时隔多年才最终出版。可以说，除了封面上作者的名字之外，这部作品的一切都达到了"以假乱真"的地步。

《在自由中》无疑为巴西文学指明了新的方向：它既是一部小说，也是一部研究专著；既是一部虚构作品，又是一部"他传"作品；它最大程度地参照了历史，却又以文本的"拟真性"挑战了历史的权威感。凭借这部作品，桑提亚哥开创了当代巴西"关于文学的文学"潮流，设立了一套将真实人物化为虚构人物、再以"虚构"充盈"真实"的写作模式。

除了对历史的直接虚构之外，许多巴西当代作家也会通过一种"时空错乱"的叙事手法，将历史背景作为当下现实的隐喻加以表现。安娜·米兰达出版于1989年的《地狱口》是这一类别的代表性著作。《地狱口》的故事发生在17世纪的萨尔瓦多，主要人物则是历史上赫赫有名的诗人格里高里奥·马托斯与安东尼奥·维埃拉神父。然而，尽管小说的情节在巴洛克时代展开，拥有的却是当代侦探小说的内核。在某种程度上，安娜·米兰达的小说可以与翁贝托·埃科的《玫瑰的名字》联系起来，也证明了全球化浪潮对巴西文学的影响。

《地狱口》出版一年之后，鲁本·丰塞卡的长篇小说《八月》也采用了类似的叙事手法。这本书的故事背景是1954年8月的里约热内卢，当时巴西总统热图里奥·瓦加斯因暗杀丑闻，选择在自己的房间自杀。然而，由于鲁本·丰塞卡早年有在警察局工作与撰写侦探小说的经历，并且十分熟悉1954年的里约社会，因此，无论在艺术表达还是对读者的吸引力上，《八月》都要比《地狱口》更胜一筹。

新时代的巴西文学

进入21世纪之后，随着科技的进步与潮流的变迁，巴西文学创作也时时展现出新的面貌。尤其在最近十年，由于互联网的迅猛发展，从作家的写作出版到与读者的交流互动，都有了与以往不同的特点。更遑论在网络时代，每位巴西作家不仅面临着与本国写作者的竞争，更要迎接外国作品的挑战，甚至还要与影视戏剧争夺大众的注意力。

在这种情况下，唯有创作出更为优质的作品，才能巩固文学在文化艺术中的中坚地位。以此为目标，巴西当代作家沿着各自不同的路径进行探索，创造了更为多元的写作模式。从移民文化、经济危机、政治腐败等传统主题到环境保护、潮流时尚、性少数群体等时事热点，新时代的巴西文学已很难用单一的特质或趋势加以概括。

正因如此，由身份和语言构成的"巴西性"才显得尤为重要。事实上，但凡巴西最优秀的作家——无论是像弥尔顿·哈通习惯从自身地域与移民身份出发，还是像路易斯·鲁法托一般展现积极的社会意识，又或是如新生代作家米歇尔·劳布和丹尼尔·加雷拉一样刻画人的内心意识——都十分注重文学与现实的紧密关系，在吸纳当代文化的同时，从未放弃与巴西传统的精神连接。得益于这种民族性与普适性的平衡，巴西文学近年来出现了不少优秀作品，在世界文坛上也占有一席之地。

注释

〔1〕Gabeira, Fernando. *O que é isso, companheiro?* Rio de Janeiro: Codecri, 1979, p.180.

〔2〕本书的中文译本已于1991年由云南人民出版社出版，译名为《大埋伏》。

〔3〕Ribeiro, Darcy. *Testemunho*. Edições Siciliano, 1991, p.231.

〔4〕若热·亚马多著，孙成敖、范维信译，《大埋伏》，云南人民出版社，1995年，第659页。

〔5〕Schøllhammer, Karl Eric. *Ficção brasileira contemporânea*. Rio de Janeiro: Civilização Brasileira, 2009, p. 35.

《格兰塔—巴西最佳青年小说家》：
文学事件与文学标准

闵雪飞

对于沉闷的巴西文坛而言，2012年是颇不平静的一年。在这一年，英国著名文学杂志《格兰塔》开启了巴西最佳青年小说家评选。此次评选吸引了巴西国内传媒与40岁以下青年作家群体的巨大关注，共收到247份文本，最终由7人组成的评委会从中选出了20份作品。这意味着共有227位作家落选。一时间，网络与平面媒体上硝烟四起，有的作家表示没有看到作品征集通知，有些作家表示根本不知道《格兰塔》杂志是什么东西，而落选作家与落选作家的粉丝则纷纷质疑一件难以确定的事：我如此受读者欢迎，为何却得不到评委青睐？文学上的"最佳"到底有没有标准？由谁说了算？如果有，那么标准又是什么？

争论正酣之际，有评委在接受采访时透露，评委们并未看全所有的247份文本，而是在组委会已经提供的短名单中进行的遴选。短名单共有87人，全部是由出版社推荐的候选人，而以自己的名义递交作品的青年作家作品大概根本未能得见天颜。这番言语见报之后，"最佳"的争议性变得更大了。人们认为，虽然已获出版社青睐可以作为写作实力的证明，但在这场遴选中，文学还是涉嫌向商业与出版资本妥协了，一场意欲改写巴西文学版图的遴选无奈沦为了文学事件。

为这场如火如荼的"文学标准大讨论"火上浇油的是另一部青年小说家选集的出版。从各种指标上看，作家、大学教师费利佩·佩纳编选的《零下一代：20位被评论冷冻但为读者喜爱的作家》（简称"零下一代"）都是在与《格兰塔—巴西最佳青年小说家》（简称《格兰塔—巴西》）打对台戏。这部选集同样收入了20位年轻作家的作品。除了年龄之外，"零下一代"作家还共享着另一个特点：市场反应良好，却时常被评论界羞辱。他们是无可争议的"零下一代"，因为他们被评论给冻住了。编者费利佩·佩纳并不掩饰自己与"格兰塔一代"作对的意图，他在序言中公开质疑了《格兰塔—巴西》的入选标准，继而清楚地告诉大家他的标准：好读。

这并不是佩纳第一次为"零下一代"作家代言。早在两年前，他就牵头成立了一个名为"希尔维斯特勒集团"的团体，并发表了公开宣言，向评论界所代表的"文学标准"发起了挑战。该宣言共有十条，内容极具针对性：

1. 在文学中，好读并非意味着打发时间，而是指词语富有诱惑力。

2. 一切都是语言，但是叙事是文学的基础。我们的目标是讲好一个故事。

3. 巴西文学需要有更大的受众。受众多并不意味着叙事贫乏或叙事不好。我们拒绝打上肤浅的标签。写得简单这件事其实很难。

4. 我们对学院派、词语游戏与空洞的体验派没有兴趣。我们尊重这样的出品，但我们就是要背道而驰。

5. 我们关注的是为巴西文学培养黏性读者。

6. 文学不能局限在一个精英圈子内，不能任凭精英们定规则、贴标签，或凭借互相写书评、参加活动、研讨会等进行自我封赏。

7. 作家可以而且必须要努力传播其作品，包括推广、策划及其他生产过程。

8. 我们喜欢娴熟奇妙的情节。我们看重题目，它要吸引读者的眼球，让读者有欲望去读。

9. 期盼读者阅读不是我们创作的唯一目的，但我们会为有这种欲望的人留出空间。

10. 尽管巴西文学的形态多样参差，但学院批评的某一股势力却总将它划分为对立的两派。倘若不是现代派，那就一定是肤浅的。然后就没有然后了。我们拒绝这种二分主义，它只能歪曲事实、疏远读者、玷污文学界。

"希尔维斯特勒宣言"可以用一句话来概况："我们有故事性，但这并不代表我们没有艺术性；我们卖得很好，但不能因此说我们'肤浅'；我们既要大众的喜爱，也要学院批评的公正对待。""零下一代"希望填平市场反应与学院评价之间的巨大沟壑，然而，从后来的各种评论来看，"零下一代"的诉求归于失败，一向苛刻的评论界这一次还是冻伤了他们。"零下一代"只有两位作家获得了赞誉，其他作家又一次被评价成艺术性不高或者"肤浅"，而大部分"格兰塔一代"作家却获得了评论界的高度认同，在 2013-2014 年频繁斩获巴西以及很多重要的国际文学奖项。

另一个文学事件也与《格兰塔—巴西》的出版有些连带关系：巴西著名作家保罗·柯艾略朝着乔伊斯猛烈地开炮了。保罗·柯艾略在接受巴西《圣保罗页报》采访时，说"乔伊斯对文学有害，《尤利西斯》是一堆杂碎。"这番言语激怒了全世界的乔伊斯门下走狗。英国《卫报》回以直接的辱骂："科埃略（柯艾略）的作品是一盆令人作呕的自大狂杂碎汤,一坨神秘主义的大力丸,其智识、共鸣和语言的机巧,甚至还不如我昨天扔掉的那块放了一个礼拜的卡蒙伯尔奶酪。"《经济学人》则引用了两段高贵冷艳的文字,揶揄了柯艾略:第一段出自柯艾略的《炼金术士》:"你无需理解沙漠:你只要凝视一粒沙,便可从中看到宇宙的全部奇观";第二段引自萨尔曼·拉什迪:"乔伊斯用一粒沙,构建出了整个宇宙"。而在中国,连乔伊斯专家戴从容老师也忍不住了,号召大家"反对柯艾略,捍卫乔伊斯"[1]。看到全球评论界对柯艾略的种种虐待,我这位曾经的译者心中也百感交集,不禁想追问到底什么原因让这位巴西老人不计后果地说出了那番注定会引发学院派精英攻击的话语。我想,这应该是《零下一代:20位被评论冷冻但为读者喜爱的作家》出版的后果,时间上正好吻合,柯艾略为这场"文学标准大讨论"开辟了一个血腥的国际战场。该书的出版或许让他想起了自己的"冻伤史"。保罗·柯艾略在国内国外均拥有数量庞大的读者群,作品号称"比《圣经》卖得还好",但长期以来备受评论冷落、虐待。尽管他已跻身巴西文学院院士,但对于他的作品,巴西的学术精英们保持了惊人的默契,学者们仿佛早已厌倦了批评,厌倦了与普通读者较劲,干脆选择缄口不言。在佩纳重申了"希尔维斯特勒宣言"之后,保罗·柯艾略找到了为自己辩护的理论依据,选择挑战现代派的"头牌"乔伊斯,以证明自己并不肤浅。关于保罗·柯艾略,我高度认同巴西著名作家克里斯托旺·泰扎(他也是《格兰塔—巴西》评委之一)接受中国记者采访时的评价:"保罗·柯艾略是世界上最出色的'现象级'作家之一,在全球化文学与带有宗教背景的大众文学领域,他都堪称典范。然而,我不将其视为植根于巴西文学传统的作家——他是一个独立于巴西文学传统的'现象'。"[2]因此,对于这个超越了我的葡语文学知识谱系的神奇现象,我觉得它确实值得尊重,最好像巴西同行那样,少说乃至干脆不说。

无论是《格兰塔—巴西》与"零下一代"之间的对抗,还是保罗·柯艾略向乔伊斯发动的攻击，都将大众阅读与学院批评之间的矛盾再一次折射出来，同时，也充分说明了评价当代作家始终是一件艰难的事。当一个作家的写作还处于激烈的变化之中，当他还没有出产足够的文本供人做完整的考察时，给他下判断确实是一种冒险。多少伟大的评论家折在了更伟大更超前的作家手中！这正是《格兰塔—巴西》的阅读难度所在，也是它的新奇所在。这对读者是一种刺激，要求必须在动态的视野中追索文本的价值。我们关注的不仅仅是《格兰塔—巴西》中业已呈现的创作，而且还有他们即将展开的未来。

翁贝托·埃科曾经为所有正在写作博士论文的人提出一个伟大的建议：永远不要去研究还活着的作家，因为这意味着研究资料的匮乏与不靠谱。对于将"发表"视为安身立命之本的学院体制内研究者，这一条建议也永远适用，而且还应该再加上一条：永远不要去翻译还活着的作家。尽管因为种种原因，我国的小语种文学研究者必须"兼职"文学译者，但实际上，翻译只能作为研究的一个环节来处理，最好的结果是在翻译的基础上形成论文发表，否则，在国内目前的考核机制下，根本无法幸存。这也造成了我们所能去翻译的作家往往是经典化已经完成的"死人"，研究资料的相对丰富会保证论文的质量与发表。因此，翻译《格兰塔—巴西》是一个艰难的决定，翻译如此年轻还未"入典"的作家意味着翻译将只能停留在翻译阶段，没有可能向前推进形成论文发表，但是，我们认为这件事还是值得去做，因为下面两个原因：

第一，这是一次近距离地观察经典化这一动态过程的机会，这样的机会并不多。一如多年前的麦克尤恩、拉什迪、保罗·奥斯特，"格兰塔一代"中的某些作家，将会在未来进入相对稳定的巴西文学史中，而《格兰塔》杂志强大的国际影响力，已经帮助他们成为当代文坛的中流砥柱。《格兰塔—巴西》出版之后的三年中，有一些作家已经获得了巴西文学界的充分承认，比如，丹尼尔·加雷拉便以《血染须髯》获得了巴西最高文学奖雅布提大奖长篇小说三等奖的荣誉，这已经不是他第一次获此殊荣，早在2009年，年仅30岁的作家便已经获得了这个奖项。此书已由九久读书人引进，将于2019年出版。《格兰塔—巴西》中收录了这篇小说的片段，名为《窒息》。《格兰塔—巴西》最年长的作家米歇尔·劳布也以《毒苹果》获得了2014年雅布提大奖长篇小说二等奖。其他作家也因入选"格兰塔一代"而频繁出没于各种国际文学节，与国外的同行及出版社展开了充分的交流，作品已经或即将被翻译成其他语言。

第二，这是一次有益的文学交换。中国也好，巴西也好，当莫言的获奖使中国人民的诺奖情结得以释放的同时，巴西还在苦苦等待第一位诺贝尔文学奖获得者。没有出过诺贝尔文学奖得主并不必然意味着该国文学的弱势，只能证明其语言的边缘地位。在世界文学的版图中，中国和巴西在文学译介方面倒是可以彼此"共情"。因此，即便翻译不能向前推进为发表，这也是中国的葡语学者必须去承担的事。

在翻译《格兰塔—巴西》的过程中，我逐渐形成了一种认识：中国的优秀青年作家，在创作能力上，并不比同龄的巴西作家弱。我想，中国的青年作家最好都读读这期《格兰塔—巴西最佳青年小说家》，之后，他们可以对自己的创作保持更大的信心，并且能够在一个国际性的参照坐标中为自己找到位置。走向国际舞台，他们缺乏的可能只是一个类似的机会，即便文学的标准不够清晰，即便只是一场终归寥落的文学事件。

注释

〔1〕此三段见《中国乔学家戴从容：反对科埃略，保卫乔伊斯》，《中华读书报》2012年8月22日。
〔2〕见《克里斯托旺·泰扎：以"正能量"向生活复仇》，采访者刘耿，载于文学报。

马查多·德·阿西斯

(*Machado de Assis, 1839—1908*)

《沉默先生》：反叛与僭越

孙山

马查多·德·阿西斯是 19 世纪巴西现实主义的杰出代表，也是文坛公认的巴西最优秀的作家之一。他的创作历程跨越了浪漫主义和现实主义，成为巴西文学过渡时期的重要见证。其 70 年代作品，如《复苏》《子夜故事集》《手和手套》《埃莱娜》等仍以讲述传奇性和感伤性的爱情故事为主要内容，遵循着浪漫主义的创作原则。1881 年，长篇小说《布拉斯·库巴斯的死后回忆》的出版标志着马查多思想观念的重大转折，他否定了浪漫主义对社会现象所秉持的盲目赞同态度，转而开始了对社会的揭露与批判。《沉默先生》出版于 1899 年，是阿西斯从浪漫主义文学向现实主义文学的转型之作，其中既延续了前期批判资产阶级伪善的现实主义传统，又通过对心理分析这一艺术手法的出色运用，开创了巴西小说中心理分析的先河。通过对人物精神的洞悉和对叙事手法的把握，阿西斯彻底摆脱了前期浪漫主义意识形态的束缚，创作出看似无比真实却又充满谎言与欺骗的故事。

《沉默先生》通篇采用第一人称叙事手法，通过"我"即主人公本托的视角，将一切信息传递给读者。本托别名唐·卡斯穆罗，意为"沉默先生"。他是一个沉迷于自身的非典型男人形象：性格矛盾、谨小慎微、平庸无能，没有真实的观念，也不能传达准确的观念。在本质上，本托是一个无法获得读者信任的叙述者，他无法真实地叙述自己亲身经历的人与事，他所记录的一切都是经过主观加工甚至是臆造的事情。《沉默先生》的核心情节正是围绕本托的疑心展开的，即他对妻子的怀疑，其理由是妻子卡皮杜生下一子，孩子长得很像好友艾斯科巴尔。本托于是怀疑好友与卡皮杜关系暧昧。随着时间的推移，家庭分裂，卡皮杜带着孩子出走欧洲，客死他乡；儿子也在一次旅行中身亡；本托孤身一人度过凄凉的晚年，写下了该书作为对自己一生经历，特别是感情经历的回忆。

叙述者的不可信，对读者了解一个真实的卡皮杜构成了巨大障碍。但尽管第一人称男性视角的叙述声音有碍于女性以女性身份发出自己的声音，却在某种程度上有助于女性形成文本的叙述权威。阿西斯在采用本托视角叙事的同时，巧妙地将卡皮杜的行为和独特的女性思想意识渗透进小说，建立起属于女性的文本叙述权威。因此，虽然小说采用了男性叙述视角，拉开了读者与卡皮杜的距离，但是却运用内视角的方法，让读者深入到卡皮杜的内心，由此引发了读者对卡皮杜的理解与同情——最终我们不但不会谴责女主人公，反而确认了人物行为的合理性。

在这个意义上，故事真相并不在叙述者的话语之中，而是在卡皮杜的言行之中，通过这种处理方式，阿西斯将阐释真相的权利交还到了读者手中。卡皮杜以极强的行动力和智力上的优势超越了弱势的叙述者本身，取得了全书的话语权，为自己做出了隐形的"辩护"。从少女时期开始，卡皮杜就是一个僭越与反叛的女性形象，她从多个方面僭越了19世纪男权社会的行为规范和道德准则，并为自己争取到一定社会地位。然而她的僭越只是女性自我意识的体现，并不在情节上指向一种出轨的必然。相反，在某种程度上，通过对卡皮杜性僭越进行影射和指责，本托完成了男权社会对女性主体意识觉醒的报复。由此我们可以看出，19世纪巴西社会根深蒂固的传统价值理念依然是维护性别秩序的话语体系。

卡皮杜的一生极富传奇与反叛色彩。在少女时代她就已经体现出了智力上的过人之处和极强的自我意识。除了这个先天优势，后天接受的教育和知识也是卡皮杜日后反叛与僭越的深层原因。主观上的理性和自我实现的意识促使卡皮杜积极追求内在的提升，同时，客观的原因更迫使卡皮杜不可避免地僭越传统的伦理规范，努力跳出自己的社会阶层。作为普通家庭的女性，卡皮杜的生活境况并不乐观，而本托则是处在中上层阶级，拥有可观的家产。这种阶级身份的巨大差异也构成了阻碍她和本托相结合的一个障碍。少女时期的卡皮杜就已认识到了自己的处境，萌发了要改变自身经济地位的渴望。但在19世纪的巴西，现实的物质世界把婚姻变成了女人的竞技场，输掉了婚姻就输掉了整个人生。除此之外，经济个人主义的盛行，改变了既有的婚姻模式，使得外出谋生的女性的婚姻日益面临危机。她们的未来越来越取决于能否有桩好姻缘，而她们能否找到好丈夫也愈发艰难了。卡皮杜的家庭条件预示着她无法获得可观的嫁妆，自我生存和自我欲望的实现使卡皮杜不可避免地僭越传统的伦理道德和宗教规范。

客观的外部环境只是促使卡皮杜僭越的一个原因，她本性中的理智、独立、利己也是重要原因。卡皮杜的僭越是女性自我意识和父权制体系碰撞背景下的必然结果。

卡皮杜的僭越是心理上和行动上的双重僭越，她不仅在精神上成为本托不可或缺的情感依靠和人生导师，更在现实中不遗余力地为本托出谋划策，并在某种意义上推动着本托，这个缺乏谋略与行动力的男性成长。本托的弱势男性形象为卡皮杜超越父权体系提供了绝佳的出口。无论是出于爱情还是利益权衡，卡皮杜与本托之间的关系势必是不平衡的，卡皮杜将始终占据主导地位，在心理上处在一种永恒的僭越之中。

卡皮杜内在强大的女性特质更体现在她应对现实事务的能力上。卡皮杜善于察言观色，深谙人情世故，展现出惊人的行动力和内驱力。她在应对问题时的能力同本托的懦弱无能形成了鲜明的对比。本托在为卡皮杜梳头时被卡皮杜的母亲撞到，但卡皮杜"一边摇头，一边笑，没有丝毫惊慌，没有点滴的羞涩，笑得自然，笑得爽朗"，巧妙地化解了尴尬："就这样我们被她母亲抓住。我们也变成了两个截然相反的人。她用语言遮掩，我则用沉默亮出。"[1]卡皮杜过分的成熟催化了本托的成长，她开启了本托作为男人的自我认知。在同卡皮杜接吻之后，本托不断地重复："我是个男人啦"[2]。由此，卡皮杜彻底瓦解了本托的男性权威。波伏娃指出成长中的女人的两难处境："她摇摆在渴望与厌恶、希望与恐惧之间，仍在童年的独立时刻和女性的顺从时刻悬而未决。"[3]而卡皮杜以截然不同的方式对自己的处境做出反应，她"也能在她'小母亲'的处境中汲取一种权威感，这种感觉引导她反抗男性的枷锁：她准备建立一种母权制，而不是变成肉欲的对象和女仆。"[4]

正迈入现代社会的巴西普遍存在的婚姻危机促使卡皮杜千方百计找个好归属，对她而言，爱情并不是婚姻的必须，但婚姻却是女性谋得生存空间的必要条件。当本托在前往神学院试图对她立下婚姻誓言时，她并没有作出明确的回应，而是模糊地对本托说他们两人应当各自结婚。这种对婚恋的态度僭越了传统婚姻道德观，体现出卡皮杜的精明和一贯的利己主义态度。

尽管如此，根深蒂固的传统价值理念依然是维护性别秩序的话语体系，女性的社会地位并没有实质性改变，长期的不平等关系所带来的不安全感和压抑终于使本托与卡皮杜的婚姻生活发生了质变。

卡皮杜聪明、敏锐，决定自己的信念和人生，追寻着自我设定的实现。她仅仅在心理上和行动上形成了对传统男权话语体系的僭越，而在行为上还是符合既有道德规范的。而在男性思维中，逻辑往往是暴力，是一种狡黠的压迫形式，这也是本托对抗卡皮杜的僭越所带来的不安的一种方式。通过臆造和指责卡皮杜的性僭越，本托完成了对卡皮杜自我追求的否定，这也使他的人生如同奥赛罗一般真正地走向悲剧。

《沉默先生》中表现的女性僭越充分体现了巴西现代社会之初的社会文化发展情况，描写了卡皮杜作为一个新女性对自我实现和个人解放的渴求。卡皮杜试图通过僭越找到出路，打破传统束缚并且挑战19世纪女性生活模式。而本托却并不纵容妻子追求自我：父权制话语体系与女性个体的意识形态在当时的社会是不相容的，卡皮杜打破了既定的社会契约，她的思想和行为无声地僭越了夫权制社会的规范。这个家庭悲剧预示着19世纪的男性需要适应女性觉醒的新局面，并召唤读者深入思考悲剧发生的根源。

注释

[1] 李均报译，马查多·德·阿西斯著，《沉默先生》，外文出版社，2001年，第234页。
[2] 同上，第235页。
[3][4] 郑克鲁译，西蒙娜·德·波伏娃著，《第二性》，上海译文出版社，2011年9月第1版，第89页。

尤克里德斯·达·库尼亚
(*Euclides da Cunha*, 1866—1909)

《腹地》：纸、笔与勇气建立的新巴西

闵雪飞

在巴西独立之后，文学最重要的任务是为这个新生的国家寻找独立的文化身份。很多人以不同的方式投入到国家认同的构建过程中。以阿伦卡尔为代表的"浪漫主义者"发现了印第安人，在对这些美洲的原初居民与巴西风景的赞美中寻找到让巴西文化独立于欧洲文化的因子；马查多·德·阿西斯所代表的"现实主义文学"摈弃了民族神话，意欲面向现实，在城市生活与心理动态的捕捉之中为巴西文学开辟一条不用状写风景的文学路途；而尤克里德斯·达·库尼亚则将视线从沿海都市转向内陆，超越了"文明"对"野蛮"的心理优越感，通过文学之力，将想象中的敌人最终认作同胞，从而展示了一条崭新的融合与团结之路。

一如那个时代的很多人，尤克里德斯·达·库尼亚是一位多才多艺的人，他是土木工程师，曾上过专门的技术学校，一生中多次靠监理建造维持生活；他是军人，上过军事学校；也是随军记者，通过《腹地》这部报告文学作品，揭示了卡奴杜斯战争的真相；他还是地理学家，凭借《腹地》这部巨著，他不但获选巴西文学院院士，而且进入了巴西历史与地理学院；同时，他又是博物学家，用13个月的时间，亲身考察过亚马逊丛林。

因此，《腹地》不仅是一部伟大的文学作品，而且闪烁着科学的光芒，呼应着时代的思潮。那个时代，丹纳的决定论、达尔文的进化论与法国的实证主义被引入巴西，社会学、地理学等新型学科初建，"科学精神"成为了时代的追求。尤克里德斯希望借助"科学"之力探讨卡奴杜斯战争的真相。这是一个伟大的尝试，尽管一个世纪之后，我们深知"科学"并非是万能的处方。卡奴杜斯是一个位于巴西东北部的巴伊亚州内陆的小镇，1896-1897年，这个地区爆发了严重的经济危机，大批无家可归贫弱无知的民众，在"劝世者"安东尼奥的领导下，形成了一个自给自足的半宗教社区。这个社区孤绝地矗立在巴伊亚深处，政府的有效管理很难达到。这一切引起了新生的共和国政权的恐慌，他们宣称"劝世者"安东尼奥是个疯子与宗教狂，卡奴杜斯诸众是"保皇党人"，其存在严重威胁共和国的安全，必须进行围剿。在这样的宣传口径下，残酷的镇压与屠杀被视为顺理成章。共和国政权代表"进步"与"光明"，卡奴杜斯则代表"野蛮"与"落后"，同时代其他记者的报道没有脱离这套话语模式。然而，悲悯的尤克里德斯经由科学与文学，突破了这套二元对立的言语陷阱，将另一种事实置于巴西人面前：那群人并非不共戴天之敌，而是我们的同胞，是贫困与无知这个巨大的悲剧的受害者。那么，卡奴杜斯所代表的腹地人何以如此贫困与无知？尤克里德斯力图从不同的角度寻找对这个问题的合理解释。悲悯之心与对"真实"的孜孜以求使《腹地》超越了同时期其他记者的报道，成为了巴西文学史与思想史上的丰碑。

尤克里德斯试图从自然与人种两个层面出发，以科学精神讨论卡奴杜斯人悲惨处境的缘起。这部书共有三部分：土地、人民与斗争，"孤绝"（Isolamento）成为了共同的关键词。在第一部分"土地"中，尤克里德斯以科学家的严谨与优美的文学语言精确地描绘了巴西高原的地理特征，将从北大河到米纳斯南部的广袤地区的山川、河流、气候与土地状况一一呈现,尤其是圣弗朗西斯科河流域,这是腹地人的主要生活地区。同时,通过对自然的状写,尤克里德斯揭示了腹地恶劣的自然条件与旱灾频仍的现实。在第二部分"人民"中,继将巴西划分为"沿海"与"腹地"两大区域之后,尤克里德斯并没有把"腹地人"看成一个统一的整体,而是依据聚居地理,将其划分成三类,分别为:圣弗朗西斯河发源地的远征队,流域中部的牧人社区与尾端的矿工社区。这三种人尽管都是印第安人与欧洲人的混血后裔,但因居住环境的不同,而呈现出迥异的特征。尤克里德斯试图说明,当地艰难的地理条件不仅仅严重阻碍了沿海与腹地的交流,而且也造成腹地与腹地之间的内部隔绝,这是其经济与文明低下的重要原因。在对腹地人整体状况的分析与归纳基础上,尤克里德斯对"劝世者"安东尼奥这个典型的腹地人个案进行了深入的剖析,试图为他与卡奴杜斯人的宗教迷狂找到一个合理的科学解释。尤克里德斯认为,地理与政治双双把"腹地"与巴西其他地区隔绝开,没有任何文化上的交流,腹地地广人稀,内部也不容易沟通,这样,腹地人物质上极度贫乏,精神上就只能表现为一种配合环境的天主教加巫术。光靠天主教是不够的,必须得配合巫术才能对抗干旱频仍的悲惨现实。这样,神秘主义"危机"周期性爆发。第三部分"斗争"是全书的重点,在这一部分中,尤克里德斯以见证人的身份与无可争议的证据,比如政府公文、往来信件等,揭示了卡奴杜斯战争的真相。这场战争并非如政府宣传那样,是非正义的保皇党人与正义的共和党人之间的殊死对决,实际上起于一桩很小的争端。为了建造教堂,"劝世者"安东尼奥预定了一批木材,然而木材没有交付,尽管钱已经付了。这时,有谣言说安东尼奥将会攻打若赛罗城,用武力讨回木材。该城法官向巴伊亚州府求助,州府不及详查,便派来一百个兵士,未及战斗,便遭到了伏击。在州府一次次夸大其辞的汇报下,联邦政府派来了军队,共和国政府将"劝世者"安东尼奥及其率领的卡奴杜斯民众指控为反共和派与保皇党人,以此为借口,进行了围剿。本是无足轻重的经济冲突,却在不断渲染下演变成了残酷的屠杀。这就是这场战争的实质。在书的结尾,卡奴杜斯以最后一个人战死悲壮地陷落,腹地人"劝世者"安东尼奥的尸首成为了获胜者的战利品,被带到沿海的文明都市里约,迎接大众的欢呼。尤克里德斯曾经细致而深刻地剖析了"劝世者"安东尼奥的愚昧与疯狂,此时却只能发出一声叹息,质问为何没有人来研究国家的疯狂与罪恶行为?全书在此定格,所有人都被这个拷问鞭打。

任何第一次阅读《腹地》的人,都会被丰富的辞藻与细节的深入刻画所征服,这部书文学上的经典性显而易见。但是《腹地》何以又成为了巴西思想史上最重要的作品?《腹地》最大的贡献在于建立了一种新的巴西性,这种巴西性虽然也是从沿海的城市出发,将目光投向巴西内陆,但不同于浪漫主义者意图逃避到伊甸园中的理想化模式,而是完全建基于巴西的现实。对于尤克里德斯,建立真正的巴西身份必须首先直面贫困与野蛮,虽然这并不容易,且饱含痛苦。

其次,《腹地》提供了真正的知识分子吸收时代精神但不囿于流俗的典范。当同时代的沿海人用欧洲舶来的种种主义进行自我装扮,深陷于"文明"的心理优越陷阱,忽视、鄙视腹地人之时,尤克里德斯却汲取了卢梭思想的精华,尽管他始终未能突破"文明"与"野蛮"的二元对立,也未能摆脱科学至上主义,但却成功地将"腹地"融入了"巴西"的整体之中,从此,从未摆脱贫穷与卑贱的"腹地人"开始成为了巴西身份的重要代表。

最后,《腹地》留下了极为丰厚的精神遗产,体现在巴西文化与社会的方方面面。当学科越来越细分、越来越正规,巴西几代社会学家与人类学家沿着尤克里德斯·达·库尼亚开辟的道路,从社会构成、人种、文化形成等方面进一步观察腹地、阐释巴西。《腹地》的直面现实、关怀与悲悯被"地域文学"继承，成为了巴西文学史上最为重要的现实主义流派。

2010年，秘鲁-西班牙作家马里奥·巴尔加斯·略萨因"对权力结构进行了细致的描绘，对个人的抵抗、反抗和失败给予了犀利的叙述"而获得诺贝尔文学奖。1983年出版的代表作《世界末日之战》是其获奖的重要原因。这部小说的灵感来源正是《腹地》。我们在惊叹于小说大师略萨那眼花缭乱的叙事技巧的同时，也应该回到这一切的源头，亲自阅读《腹地》这部大气磅礴的作品。惊人的厚度与艰涩的科学词汇会挑战每一个人的阅读能力，但是，倘若错过了这本书，我们又怎么能真正理解巴西？

格拉西里亚诺·拉莫斯
(*Graciliano Ramos, 1892—1953*)

通俗时代的文学苦修者：
格拉西里亚诺·拉莫斯

樊星

上世纪 30 年代，巴西社会极为动荡：经济上，受 1929 年华尔街股灾影响，咖啡价格与出口量大幅下降，迫使巴西进行工业化转型；政治上，通过 1930 年起义与 1937 年政变，来自南大河州的热图里奥·瓦加斯上台建立独裁政府，推崇民粹主义；思想上，法西斯主义与共产主义针锋相对，关于传统与自由、精英与大众的争论达到了前所未有的高度。在这种背景下，巴西文学却迎来了相当兴盛的一段时期，较为落后的东北部地区更是涌现出一大批优秀作家，统称为"30 一代"或"东北部作家群体"。这些作家大多拥护共产主义与自由主义立场，将文学创作与思想斗争结合起来，致力于展现巴西现实，揭露社会问题，既要替长久以来被忽视的底层民众发声，也要将他们当作潜在的读者来考量。因此，"30 一代"作家通常采用通俗化的写作风格，立足于地方特色，广泛采用日常口语，政治立场鲜明，并具有英雄主义或者多愁善感的倾向。在这一时期的经典作家比如若热·亚马多、拉克尔·德·格罗什和若泽·林斯·杜·雷古的作品中，都不难发现这些特点。

然而,作为"30一代"中最受评论界推崇的作家,格拉西里亚诺·拉莫斯则显得颇为不同。他的作品虽然也带有浓郁的区域主义特色,却极少涉及历史事件与时局变迁;尽管对底层民众抱有同情,却从不遵循社会现实主义美学;虽然致力于对社会现实的如实记录,却更注重对"自我"的心理探究。他反对将"集体"凌驾于"个人"之上,当若热·亚马多表示现代小说应当压缩个体、推崇团体时,他却认为亚马多的作品《汗珠》中最突出的只是个别人物,尤其是作为叙述者的作者本人。他坚持作家理应书写自己亲身经历的事情,曾私下对好友若泽·林斯·杜·雷古放弃从小生活的甘蔗种植园,转而选择并不熟悉的腹地悍匪作为主题表示不满。正是由于他对自身风格的坚持,巴西文学评论界的领军人物安东尼奥·甘迪杜早在上世纪40年代便认为"格拉西里亚诺·拉莫斯以独特的方式从'东北部作家群体'中脱颖而出",并在《圣保罗日报》上连续撰写五篇专稿评论他的创作。

在主题与内容之外,真正使格拉西里亚诺·拉莫斯站上巴西文学顶峰的,还是他对语言近乎偏执的追求。与年少成名的若热·亚马多、拉克尔·德·格罗什不同,格拉西里亚诺·拉莫斯出版第一本书《卡埃特斯》时,已经年逾四旬。在此之前,他曾试图在里约热内卢探寻文学之路,却因为家庭变故不得不返回故乡所在的腹地小城,并在那里当选为市长。而最早令他享誉巴西文坛的也不是文学作品,而是他作为市长撰写的《年度工作报告》。得益于拉莫斯极为出众的语言风格,这份用于交差报账的市长报告在《政府公报》一经刊登便引起巨大反响。当地的《阿拉戈斯日报》将其称为"最有趣、最有表现力的文件",并由此引发连锁效应,不仅阿拉戈斯州的报纸竞相转载,就连里约热内卢的文化圈子也对其交口称赞。这篇报告同样引起了著名诗人兼出版商奥古斯都·弗雷德里库·施密特的重视。尽管并不认识拉莫斯，施密特还是给这位传奇报告的作者写了一封信，问他是否有已经完成或正在创作的小说，表示愿意代为出版。而拉莫斯虽然早在五年前就完成了《卡埃特斯》，却觉得并不满意，不愿意交给施密特。最后还是亚马多自作主张带走了手稿，这部小说才得以问世。

一个连政府报告都能写得别具一格的人，其文字功夫自然不在话下，但是格拉西里亚诺·拉莫斯却总觉得自己的作品不尽如人意，习惯于反复修改。他执著于精简文字，将篇幅不断压缩，这也使他的行文变得非常好辨认：他很少使用形容词和副词；如非必要，绝不使用从句；长句也尽量截短，有时一个句子只有两三个单词。评论界习惯用"干""硬""冷"等词汇来形容他的语言风格，而他自己则将对语言的打磨视为写作的基本要求，并对此有一番精彩论述："应该像阿拉戈阿斯的洗衣妇那样写作。她们洗第一遍，把脏衣服在湖边或河边浸湿，拧干，再次浸湿，再次拧干；之后漂洗，再次浸湿；用手在衣服上泼水，将衣服放在石板或干净的石头上拍打，再拧几次，直到不再滴水。这些都做完了才能把衣服晾起来。写作的人也要这样。词汇不是用来装饰的，不是为了像假黄金那样闪光；词汇是用来讲述的。"

这种拧干文章最后一点水分的做法不仅将写作变成了一份艰苦的工作，也使拉莫斯的作品与普通读者的距离越来越远。但另一方面，他的每一部作品都具有很高的水准，不仅受到文学评论家的一致称赞，更为后来的作家提供了重要的写作范本。拉莫斯一生只出版过四部长篇小说，除自然主义风格的处女作《卡埃特斯》之外，剩下的三部现代主义小说《圣贝尔纳尔多》《痛苦》和《干枯的生命》都在巴西文学史上享有重要地位。正因为如此,关于哪部才是拉莫斯最佳作品的争论才一直没有停歇。

《圣贝尔纳尔多》以腹地乡村为背景,采用第一人称的叙述方式,讲述了贫苦出身的保罗·欧诺里奥如何一步步将圣贝尔纳尔多庄园占为己有,却只能孤独终老的故事。保罗·欧诺里奥是一个孤儿,由卖甜点为生的黑女人抚养长大。直到成年时因罪入狱,才在狱友的帮助下学会识字。出狱之后,凭借精明与冷酷,保罗·欧诺里奥用不光彩的手段得到了圣贝尔纳尔多庄园,并娶了小学女教师玛德莱娜为妻。但是两人婚后却矛盾重重,难以相互理解,最终玛德莱娜自杀,保罗·欧诺里奥也感到无比空虚,选择用笔将自己的一生记录下来。在回忆过程中,保罗·欧诺里奥尽量做到坦白公正,但他毕竟文化水平不高,对事物理解片面,并有自我辩解的倾向,想要把握他的心理和叙述口吻也变得颇为困难。在心理层面上,拉莫斯主要以自己的父亲为参照(他的父亲当过小庄园主,也开过小店铺,脾气暴躁,还有点唯利是图),而语言层面上则需要花费更多的心思:既要简单直接,又不能平铺直叙,既要考虑到叙述者的生活背景与文化层次,又不能降低小说本身的文学性。因此,在小说初稿完成时,拉莫斯才会在给妻子的信中如此说道:"《圣贝尔纳尔多》写好了,但正如你见到的那样,几乎都是用葡萄牙语写的。现在需要将它翻译成巴西语[1],一种混乱的巴西语,跟城里人书上的语言非常不同,一种草莽的巴西语,有许多未曾刊登过的表达方式和我自己都未曾设想的美感。"

《痛苦》则更多以拉莫斯的亲身经历为基础,描写了一个独自在大城市谋求出路而不得的小人物。这是拉莫斯最有存在主义色彩的一部小说,从头至尾都笼罩着一股压抑的氛围,也是当时拉莫斯精神状态与巴西整体社会政治局势的写照。无论对于主人公路易斯·达·希尔瓦还是作者格拉西里亚诺·拉莫斯来说，令人痛苦的都不是利益相关的具体事物，而是一种混沌、迷茫、前途未卜的绝望，一种迅猛而强烈的挫败感。这种感觉有着强大的感染力，也因此被安东尼奥·甘迪杜称为拉莫斯"最有野心"的作品。可惜的是，这部小说初稿完成不久，拉莫斯便因政治原因入狱，失去了进一步修改作品的机会。在关押期间，由于经济拮据，拉莫斯不得不将未经修改的小说出版，《痛苦》也因此成为他文学生涯的一大遗憾——"牺牲了一个不错的主题，在我看来是这样"。

出狱之后，拉莫斯留在了曾经关押他的里约热内卢，再也没有返回东北部的故乡。1938年，他出版了最后一部长篇小说《干枯的生命》，将故乡腹地的景色、动物和人付诸纸上。《干枯的生命》是拉莫斯与"30一代"总体风格最为契合的一部作品，把贫穷、干旱、强权施加给腹地人的苦难表现得淋漓尽致。即便如此，与同时代的其他作品相比，这部小说的独特性依然显而易见。首先，《干枯的生命》并非一个线形展开的故事，各个章节之间相互独立，有些部分甚至可以打乱次序阅读。这样一来，苦难似乎成为一种宿命，没有终结的可能。在这部小说里没有英雄人物，没有乌托邦，也没有能够应许的未来，有的只是无措的腹地畜牧人与他们朴质却晦涩的内心。其次，拉莫斯对文学语言有种一贯的苛求，不愿为了表现真实而将底层人民不顾语法颠三倒四的对话直接搬到小说里去。《圣贝尔纳尔多》的保罗·欧诺里奥尽管粗俗，却还认得些字，而《干枯的生命》的法比阿诺一家则连话都说不好。既然故事的主人公难以用语言表达心中的思想，拉莫斯便将直接对话改为间接引语，在不损伤真实性的前提下保证了语言在语法上的合理性。

自30年代末期开始,拉莫斯便转向了自传与回忆录的写作。在创作虚构作品时,他遇到的阻碍多源于自身的严格要求,而回忆性质的文字由于涉及现实的人、事、物,使他必须面对周围人的责难。由于在自传《童年》中揭露了父母老师曾经的暴力行为,拉莫斯家乡的亲友专门写信给他表达不满。更麻烦的还是讲述他被捕经历的《狱中回忆录》:一方面,当初下令逮捕他们的瓦加斯势力依然当权,并实行了独裁统治;另一方面,他所加入的巴西共产党希望他能夸大监狱中的苦难,为意识形态斗争出一份力。而拉莫斯却坚持做到不偏不倚,他既写下了狱中遭受的痛苦,也记下了一些军官狱卒对他的善意帮助;既描述了一些政治犯所受到的刑罚,也对他们的天真虚荣进行了批评。在撰写《狱中回忆录》期间,他不仅要重新面对痛苦的经历,还要担心独裁政府的迫害和巴共同僚的审查。然而,面对重重困难,他却并未退却,而是将讲述事实当作自己的责任。如他所言:"没有人享有完全的自由:我们首先受制于句法,最终受制于社会政治条例办事处,但是,在语法与律令约束的窄小空间内,我们依然能够有所行动"。仿佛在他看来,无论政府的法条还是党派高层的命令,都跟语言规则一样,是必须面对的困难,而非听之任之的借口。

《狱中回忆录》一直到拉莫斯去世之后才得以出版,也成为他第一本可以称之为"畅销"的书。而其余作品也只在他成为经典作家之后,才逐渐拥有更多读者。可以说,读拉莫斯的书从不会让人感到愉悦,但真正喜爱他的人却百读不厌。在巴西文学第一次打破精英垄断、转向普通大众的30年代,拉莫斯并未向通俗文学妥协,但他对文字的认真与赤诚,却对后来的巴西作家产生了重要影响——正如贝尔纳尔多·基尔森[2]在60年代所断言的那样:

在新一代作家的虚构作品中,格拉西里亚诺·拉莫斯的身影几乎无处不在。

注释

〔1〕与葡萄牙的葡萄牙语相比,巴西葡语的在发音、部分词汇和语法规则上均有所不同。格拉西里亚诺·拉莫斯在这里所说的"巴西语"其实就是巴西普通民众尤其是乡村地区日常使用的语言,与合乎语法规则的欧式"葡萄牙语"有很大差异。

〔2〕贝尔纳尔多·基尔森(Bernardo Gersen),巴西作家、译者、文学评论家。

克拉丽丝·李斯佩克朵

(*Clarice Lispector, 1920—1977*)

克拉丽丝·李斯佩克朵的隐秘生活

闵雪飞

> 克拉丽丝,
> 你自一个神秘而来,
> 向另一个神秘而去。
> 我们依然不知道神秘的本质。
> 或许神秘并没有本质,
> 是克拉丽丝在其中漫游。
> ——卡洛斯·特鲁蒙特·德·安德拉德

这是巴西诗人卡洛斯·特鲁蒙特·德安德拉德献给克拉丽丝·李斯佩克朵的小诗片段。在克拉丽丝留给世人的诸般印象中,神秘性是其中最持久的一种:她不同寻常地出生,又出人意料地死亡;她的书写中浸透了神秘,一如她非凡的美貌。当我们仔细地阅读克拉丽丝的作品,会发现她的生命与写作呈现出罕有的一致。她的作品或是对过去生活的回忆与反思,或是对未来之生活一语成谶的预言。卡洛斯·特鲁蒙特在这首诗中提示我们,克拉丽丝是一位神秘之中的漫游者。她一生中经过很多地方,游览、生活、书写、创造。对于这位生命与写作极其一致的作家,我们只能以这些地点与生活片段作为参照与原点,来评述她的作品与创造性生活。

从乌克兰到巴西

　　1920年12月10日,克拉丽丝·李斯佩克朵出生于乌克兰小城切切利尼克。她的父母皆为俄国犹太人。克拉丽丝的出生是一种承诺:当时,她的母亲罹患了一种十分严重的怪病,无法治愈。当地有一种迷信思想,认为怀孕会让病人痊愈。克拉丽丝携带着这个使命降临人世。关于她不同寻常的出生,她自己评论道:"我是拯救的承诺,然而我失败了。"她的降生并没有治好母亲的疾病。或许,这种使命未遂的隐痛正是克拉丽丝一生致力于探索存在之本真的真正原因。由于当时苏联实行反犹政策,李斯佩克朵一家决定移民美洲。1921年,尚在襁褓之中的克拉丽丝跟随父母与两位姐姐移居巴西。

　　克拉丽丝·李斯佩克朵一家初抵巴西,投奔在阿拉戈斯州生活的舅父。阿拉戈斯地处巴西东北,是具有独特文化意义的地理名词"腹地"的组成部分。1924年,克拉丽丝与家人移居伯南布哥州,在州府累西腓度过了童年,当时母亲病重,家中的经济状况非常糟糕。在短篇小说集《隐秘的幸福》中,克拉丽丝用大量的笔墨再现了这段艰苦而又不失温情的时光。《狂欢节琐忆》里,克拉丽丝描绘了一个家境贫寒的小女孩,从来只是狂欢节的旁观者,看着其他人欢乐地装扮成动物或植物。就在她平生第一次可以装扮成玫瑰时,母亲病危了。她穿着玫瑰纸衣,向药店飞奔而去。在最接近幸福的时候,幸福却迟迟不至。这个充满期待却又不得不接受苦涩宿命的小女孩正是克拉丽丝童年的真实写照,她在书写中对命运与幸福的反思,是一种从少年时就开始的习惯,而并非命运突然的转折。在累西腓居留期间,她开始大量阅读书籍。囿于家庭环境,克拉丽丝的阅读没有经过精心选择,也不可能有条件具有任何价值导向性。成名后她谈起自己少年时期的阅读,说自己什么书都看,"我开始阅读,我吞吃下书籍。"她把陀思妥耶夫斯基与通俗爱情小说放在一起阅读。在短篇小说《隐秘的幸福》中，克拉丽丝用第一人称讲述了一位穷困的瘦女孩的故事，这正是她少年时代阅读的写照：瘦女孩酷爱读书，却无钱买书。同班有一位胖女孩，父亲是书店老板。她拥有瘦女孩渴望的一切，却对瘦女孩充满妒意。有一天，她找到了一个绝妙的机会，可以长久地折磨瘦女孩。她有瘦女孩一直渴望阅读的《小鼻子轶事》，她承诺会把这本书借给瘦女孩，让她每天上门去取，但每一次都说已经借给别人了。有一天，胖女孩的母亲发现了这件事，她很生气，因为这本书一直在家中，从来不曾借给别人。在她的支持下，瘦女孩永远拥有了这本书。瘦女孩抱着这本书回到了家里："我回到家，却没有立即开始阅读。我装成没有这本书的样子，这样，待一会儿我才会大吃一惊。几个小时之后，我翻开书，读上几行美妙的文字，又把书合上，在家里转了转，我又拖延了一会儿，去吃了些黄油面包，装成想不起书放在哪里了，接着找到了它，打开它看了一会儿。为了这隐秘的东西，为了这幸福，我制造了并不存在的困难。对我而言，幸福总是隐秘的。好像我已预感到这点。费了我多少工夫啊！我生活在云端，又是自豪，又是羞愧。我是一个娇贵的女王。"幸福总是隐秘的，少女时代克拉丽丝因阅读而拥有的这种隐秘的幸福，在成年之后被写作继承。克拉丽丝继续阅读，有一天她读到了黑塞的《荒原狼》，这本书对她的影响很大。短篇小说《索菲娅的祸端》讲述了13岁的小女孩索菲娅对成年男子的复杂情感，从中，我们可以清晰地看到黑塞这本小说的影响。此时，克拉丽丝逐渐萌生了当作家的想法："我原以为书籍是像树木与动物一般自然生长的事物。我不知道这一切之后竟有作者的存在。读了很多故事后，我发现了这一点。我说：'我也要当作家'"。当地的报纸有专门为孩子提供的副刊，克拉丽丝也曾投稿，然而她的文章从未中选。很多年之后，她忆起这段最初的文学历练，说："别的孩子写的是故事，而我书写的是梦"。从少年时代开始，克拉丽丝通过叙述关注的内容，就已经不是情节本身，这几近一种生命的本能。

克拉丽丝 15 岁时，母亲去世，全家人移居里约热内卢，家庭经济依然窘迫。三年之后，父亲去世，克拉丽丝与长姐伊莉莎同已成家的二姐塔尼娅共同生活。高中毕业后，克拉丽丝进入巴西大学（现里约热内卢联邦大学）法律系学习，期间开始在报纸上发表文章，同时着手创作第一本小说。克拉丽丝毕业后放弃了法律专业，转而从事记者工作。传记作家、研究者娜迪娅·巴特亚·高特力在研究与分析大量一手资料的基础上，指出克拉丽丝最感兴趣的科目是刑法，毕业论文做的也是刑法方面的题目，正如她的同班好友所说：什么是刑法？刑法就是文学！克拉丽丝好奇的并非是法理，而是人性与善恶之间的关系，实际上她真正希望探究的依然是本质性的"存在"问题。因此，克拉丽丝·李斯佩克朵的弃法从文是非常自然的选择。

欧洲与美国

1943 年克拉丽丝·李斯佩克朵与大学同学毛瑞·古格尔·瓦伦特结婚，婚前获得巴西国籍。在向总统瓦加斯请求归化的信件里，她曾写下这样的话语："这位 21 岁的俄国女性，在巴西度过的时光离 21 年只差了几个月。她不懂一个字的俄语，她用葡语思考、交谈、写作、行动。她把葡语当成职业，并在其中包纳了未来的所有计划——短期或是长期（……），我曾做出这一切，因为我与这个国家真正相连，除了巴西，我再没有另外一个祖国。未来，我想在安全而稳定的情况下工作、进修、做些不可或缺的未来规划。阁下的签名将会使一个事实上的境况转变为法律。总统先生，请相信我，您的签名会延长我的生命。有一天，我会证明我没有浪费它。"克拉丽丝之后在不同的场合表达了她只有一个祖国——巴西，她只有一种语言——葡萄牙语。她的确践行了申请信里的承诺,终身以葡萄牙语为母语,用自己的书写丰富了巴西的写作生态。

1943年,克拉丽丝出版处女作《濒临狂野的心》,这部作品在巴西国内引起很大的反响。作品讲述了一位叫作约安娜的孤女的生活。全书可以分成两部分:1. 未成年的约安娜:对父爱的渴望、成为孤儿、对一位老师"绝望的爱"、与收养她的舅母之间的对抗、对她自身的发现,等等。2. 成年后约安娜与奥塔维奥之间不幸的婚姻:对于约安娜,奥塔维奥是一个未知的个体,这既吸引她,又让她抗拒。约安娜越来越在两种身份中感到撕裂:城市中产阶级家庭主妇与试图寻找自我的个体。这种撕裂在发现丈夫与莉迪亚的出轨行为时达到了极点。在这部作品中,约安娜的回忆与其真实的生活交替出现,彼此织连,这种文学手段使约安娜既成为了观察者,又成为了参与者。对于这部小说呈现出的技巧与文学水准,评论家的看法不尽相同,但不约而同地肯定了克拉丽丝·李斯佩克朵创作手法的独特与新颖。

必须指出的是,克拉丽丝的生活与书写神秘的一致性在这部小说中得到了充分的体现。这部她结婚之前便已创作完成的小说,也是她未来生活的暗示。很多年之后,在婚姻失败之后,她的丈夫曾给她写过这封感人至深的信件:

> 我写信给你,希望求得你的谅解。(……)也许我应该写给约安娜,而不是克拉丽丝。对不起,约安娜,我没有给你支持与理解,你的确有权利期待我这样做。在结婚之前,你曾对我说过你不适合结婚。我不该把这当成耳光,而是应该把它理解为你在乞求帮助。在这件事和其他很多事上,我都没有帮到你。然而,我从直觉上从来没有不相信克拉丽丝、约安娜和莉迪亚在你身上共存。我排斥约安娜,没有向

她伸出援手，因为她的世界让我不安。(……)然而，莉迪亚是克拉丽丝的另一个侧面，她"对于愉悦绝不害怕，毫无内疚地接受了它"。原谅我，亲爱的，因为我竟然没有劝服约安娜，她和莉迪亚其实是克拉丽丝身上的同一个人……

因为丈夫在外交部供职，克拉丽丝在国外生活的时间长达16年，先后在那不勒斯、伯尔尼、托奇（英国）和华盛顿停留，期间只短暂回国两次。克拉丽丝在国外生活期间，与密友、作家卢西奥·卡尔多索保持着频繁的通信，在她的文学生涯中，他是最有力的支持者与鼓励者。丈夫驻华盛顿期间，克拉丽丝也与美国知识界与文学界的很多人有着密切的往来。在这一阶段，克拉丽丝共出版了两部小说：《光》与《围困之城》，然而这两部作品没有引起舆论反响，克拉丽丝在与姐姐塔尼娅的通信中，对评论界的平淡反应表示出相当程度的不解与沮丧。同一时期，克拉丽丝完成了《黑暗中的苹果》与短篇小说集《家庭纽带》的创作，但作品未获出版商的青睐，这两部作品迟至1960年与1961年才获出版。与几乎同时期崛起的作家吉马良斯·罗萨相比，克拉丽丝早期的文学生涯并不是一帆风顺的。

回归

1959年，克拉丽丝与丈夫离婚，之后返回巴西，定居里约热内卢。离婚之后，克拉丽丝依靠写作为生，创作小说之外，还为多家报纸杂志撰稿。克拉丽丝需要抚养两个孩子，经济比较紧张，为了多挣一些钱，甚至为女演员伊尔卡·苏亚雷斯充当影子写手，为她在《晚报》的女性专栏供稿。克拉丽丝去世之后，她为报纸撰写的稿件结集成书，以《世界的发现》这个名字出版。

60年代以降，克拉丽丝的写作才能逐渐获得公众承认。1962

年，小说《黑暗中的苹果》获得卡门·多洛雷斯奖。1964年，克拉丽丝发表了《G.H.的受难》。这部小说讲述了一位中产阶级女性一场神秘主义色彩的经历，最终改变了她对自己与生活的看法。小说的主人公G.H.在衣柜门下面发现了一只死去的蟑螂，这件无助轻重的小事引发了她的"顿悟（epiphany）"，陷入到不可自拔的意识流动之中。清醒之后，她与之前的她不一样了。与其他之前发表的作品不同，这部作品是以第一人称叙述的，主人公既是叙事者，又是叙事活动的中心、自我反思的主体。《G.H.的受难》以精练的篇幅讲述了个体的抗争故事，是克拉丽丝最具代表性的作品。

1967年9月14日，由于吸烟不慎引起公寓火灾，克拉丽丝不幸受伤住院，她的右手受到严重伤害，终身未能恢复。这场悲剧对克拉丽丝的生活造成了重大影响，也在她的写作中留下了深刻的痕迹，在她为报社撰写的专栏文章里，火灾造成的肉体与心灵痛苦显而易见。此外，面对写作，克拉丽丝拥有了新的态度，不再执着于处理主题与表达之间呈现的种种张力，而是更加强有力地突出对"自我"的反思。

1968年，克拉丽丝与其他巴西知识分子参加了反对军政府的抗议活动。1975年，因短篇小说《蛋与鸡》浓重的神秘主义色彩，获得世界第一届巫术大会邀请。克拉丽丝非常开心地参加了大会，并在会场上宣读了《文学与魔法》一文。这一事件某种程度上强化了作家的神秘主义色彩。1976年，因其出色的文学成就，克拉丽丝获得联邦大区文化基金会奖。

在生前出版的最后一部小说《星辰时刻》里，克拉丽丝刻画了一位从贫穷的阿拉戈斯移居到里约热内卢的东北女孩玛卡贝娅的艰辛生活。接近生命终点之时，克拉丽丝选择用这个人物与这部作品回望最初的落脚点，从而为自己的生命作结。克拉丽丝在这部作品中，第一次讲述了一个有开端、发展与大结局的故事，克拉丽丝借叙事者 S.M. 罗德里格之口，说出自己对"词语"与"故事"关系的看法："这就是一切，是的，故事就是故事。但首先要知道这点，以后才不会忘记：词语是词语的果实。词语必须与词语相像。我的首要任务是接近它。词语不可修饰，也不能艺术性地空洞，词语只能是它自己。好的，其实我也希望获得一种细微的感受，这种细之又细不会在绵延无尽的线中折断。同时，我也希望接近最粗重最低沉、最庄重最泥土的长号。没有任何理由，只是因为写作时神经紧绷，我竟无法自控，从胸膛里发出大笑。我希望接受我的自由，不去考虑很多人会考虑的事：存在是蠢人的事，是疯狂的病例。因为看起来就是这样。存在没有逻辑。"这部小说虽然具有情节，但戏剧感依然通过语言的张力而得以呈现。在"情节剧"的伪装下，克拉丽丝力图揭示的是"情节剧"的不可信，她关注的并非是个人的偶然性命运，而依然是普遍性的存在问题。

1977 年 12 月 9 日，克拉丽丝在生日前夕因子宫癌去世。这是克拉丽丝在作品《生命之水》中已经预告的死亡。第二年，密友奥尔加·博雷里根据她遗留下来的手稿整理出版了作家最后的作品《吹息之间的生命》。在《星辰时刻》中某些令我们困惑的表达，如"这一牙儿西瓜真细啊"、"这是个木匠活儿"等等，都可以在这部遗著中找到确实的解读。

对于这位终生漫游于神秘之中的作家，或许，对其作品的深入阅读，是破解其神秘性的最好方式，正如她自己所说："词语会慢慢地将我去神秘化，它迫使我不去撒谎。"当我们通过阅读踏入克拉丽丝的世界，所有隐藏的意义便会自然而然地浮出。

关于《星辰时刻》：如何画出一只完美的蛋？

闵雪飞

巴西女作家克拉丽丝·李斯佩克朵被评价为一位"把写作内化为一种终极命运"的作家，的确，很少有人像她那样呈现出生活与书写的高度契合。随着 20 世纪 80 年代以来女性主义批评家重写文学史的诉求，作为第三世界女性文学的代表，克拉丽丝获得了欧美学界与翻译界的颇多关注。一位作家的经典化有着复杂的过程，通常是多种合力共同作用的结果。但倘若一定要剥离其中所有的"附加"价值，仅以审美来观照，她也无愧于巴西、拉美乃至世界文学史上最伟大的女作家的称号。克拉丽丝的魅力源自于她的无法归属，作为巴西文学史上最著名的"游牧之人"，很难把她安置于任何团体或文学流派之中。她的一生是各种方向的"出埃及记"。她原籍乌克兰，犹太教是她的文化之根，襁褓时便离开了故土，祖国对于她是异国。虽然她在各种场合强调自己是个巴西人，但在她生前，因为她怪异的外国姓氏与生理缺陷造成的特殊发音方式，再加上她随夫驻外去国 16 年的自我流放，世人对她的观感多停留在"异旅人"的印象上。创作上她逃避一切文学成规，拒绝传统叙事，不以情节取胜，没有开端、高潮与结局，不关心再现，只书写存在。她独立于当时统治巴西文坛的"地域主义"，在浪漫／象征主义与现实/自然主义两大文学传统的缝隙之间开疆拓土，她在写作中全然不状写巴西的风景，然而她的全部写作就是巴西。即便她把葡萄牙语视为母语，那高度诗化与譬喻化的书写语言始终属于"少数人的语言"，很少有人像她那样写。因此，对于这位拒绝一切标签与定位并在边缘之中开花结果的作家，倘若必须"强加"给她某种清晰可辨的特征，那应该是"逃逸性"。她在生命与写作的双重意义上成就了"逃逸"这种艺术。

然而，1977年，文学生命与真实生命终结之际，凭借《星辰时刻》的发表，这位巴西文学伟大的"逃逸者"完成了一场回归。《星辰时刻》讲述了一个名叫玛卡贝娅的东北部女子一生的命运。玛卡贝娅是阿拉戈斯人，两岁时父母双亡，虔信宗教的姑母在暴力与压制中把她抚养成人。后来，玛卡贝娅从穷困的东北部移居大城市里约热内卢，一个"一切都与她作对的城市"。她找了一份打字员的工作，薪水微薄，却深感骄傲，虽然因为力不从心，经常遭遇解雇的威胁。她没有任何爱情经验，直到遇到奥林匹克。奥林匹克同样来自东北部，他野心勃勃，渴望社会地位的上升。他告诉玛卡贝娅，他想成为议员。而她的梦想是成为"电影明星"，这也是小说标题《星辰时刻》的源起。奥林匹克毫不犹豫地抛弃了个人条件乏善可陈的玛卡贝娅，转而追求她的同事格洛丽亚，因为她是真正的里约人，可以帮助他实现命运的翻转。

这本问寻"身份"的小说里，对镜自照是建构身份的一种途径。玛卡贝娅在镜中看到了作者及叙事者S.M.罗德里格的形象。这个神奇的叙述者以第一人称出现，正式进入小说，成为书中人物，塑造人物形象，言说他们的孤独。玛卡贝娅与男友分手后揽镜自照，用口红涂满了嘴唇，仿佛找到了她所希望的身份：成为玛丽莲·梦露，一颗璀璨的超级巨星。

在格洛丽亚的劝告下，她寄望于塔罗牌的神力。经由塔罗牌师卡洛特夫人之口,她意识到自己生命的卑微。塔罗牌师的话让她第一次有勇气企盼未来:出门之后,她的生活会彻底改变。她会嫁给一个外国人,金发,"眼睛或蓝,或绿,或棕,或黑"。玛卡贝娅满怀希望地走出塔罗牌师的家门,讽刺而又悲戚的一幕出现了:她被一位金发男子驾驶的豪华奔驰撞倒。濒死的那一刻,幻觉的"星辰时刻"终于出现了,所有的卑微升华成了璀璨。

在这场关于个人生命的真实悲剧里,克拉丽丝的回归从三个层面上展开。首先,这是对童年与记忆的回归。克拉丽丝出生在逃离的路上,乌克兰的那个小小的村庄不是她记忆中的故乡。最早的落脚点阿拉戈斯才是她记忆的原点。生命的烛火将熄之前,克拉丽丝的目光深情地回望广阔的东北部,一如玛卡贝娅一般干旱、空洞、贫瘠的腹地,那也是在尤克里德斯·达·库尼亚与吉马良斯·罗萨书写中不朽的巴西腹地。玛卡贝娅的经历中有大量的作家童年的投射:无父无母的孤儿、童年时并不丰裕的生活、压制性文化下长大的背景、从偏僻小城移居里约的辛酸经历,等等。不同于克拉丽丝擅长描写的城市中产阶级女性,玛卡贝娅矮小、丑陋、贫穷,不讲卫生,营养不良,卑微到甚至无法觉察到自己的卑微。"那个女孩不知道自己是什么,就像一条狗不知道自己是狗。她只是模糊地意识到身体里的一种缺失。如果她是那种会表达的生灵,她会这样说:世界在我的外面,我在我的外面。(……)她仿佛是那种从来不知道自己是什么的女孩,脸上的表情似乎在祈求原谅,因为她占用了空间(……)路上没有人看她,她就像冷掉的咖啡"。穷苦、卑微、善良,这些"腹地人的遗产"我们也在克拉丽丝的生命里体验。对于作品中的自传成分,克拉丽丝一直闪烁其词,不肯正面回答,直到晚年的一次采访,她引用福楼拜的名言"包法利夫人就是我"坐实了评论家的判断。而且,如果我们相信哈罗德·布鲁姆"没有文学,只有自传"的论断,很大程度上,我们可以把这篇小说看成克拉丽丝对人生初始片段的反观，是站在终点对起点的凝望。

其次，克拉丽丝折回了她的犹太之根，在犹太文化中寻找力量与源泉。在这部作品中，宗教主要以回音的方式迂回出现。关注这一层面可以使我们更好地理解克拉丽丝对主要人物性格的赋予。玛卡贝娅，这个"没有人叫的名字"，源出《圣经·旧约》中英勇起义的马加比七兄弟，是勇敢者与反抗者的同义词。表面看来，毫无自我意识的玛卡贝娅既不勇敢，也不知反抗，与那七兄弟之间毫无共同之处，这仿佛是克拉丽丝的反讽，但实际上，通过这个名字，玛卡贝娅悲剧一般的死亡接近了七兄弟的英勇殉难。最后一个兄弟就义之前，马加比人的母亲说："不要怕这个屠夫，却要证明你配得上做你六个哥哥的弟弟。你要勇敢面对死亡，以致我将来能靠着上帝的恩慈，重新得回你和你的兄弟"。这样的一个名字，本身就是一种不言自明的抗争。玛卡贝娅是受人轻贱的，奥林匹克十分不满意他与玛卡贝娅的爱情，因为他觉得她没有高贵种族的力量。她的死亡是一种殉道，最终证明了她真的属于那个"顽固反抗"的种族，从而完成了从卑微到高贵的上升。

最后，它回归成一种对现实主义文学遗产的继承。克拉丽丝初涉文坛之时，评论界认为她是伍尔夫或乔伊斯式的作家，但她始终否认这些作家的影响。她自陈的文学先师是黑塞、陀思妥耶夫斯基与马查多·德·阿西斯。《星辰时刻》是克拉丽丝唯一的具有社会承诺性质的作品，其主题与风格与其他作品有着相当大的差异。借用书中人物与叙述者罗德里格的话，"我将背叛我的习惯，尝试一个有开头、中间和"大结局"的故事，结局之后是静寂与飘落的雨。"这部作品之所以成为最受读者欢迎的一部，多少也与此相关。20世纪70年代跨国资本逐渐进入巴西，玛卡贝娅与奥林匹克都来自最为贫困的东北部，移民到大城市里约，承受着极大的社会不公，成为了残酷的现代化与城市化的见证人和牺牲品。在她之前写的专栏文章中，针对严重的社会不公与压榨，克拉丽丝有过克制的揭露与控诉，而在《星辰时刻》中，卑微的玛卡贝娅被车撞死的一幕把控诉推向了顶点，"玛卡贝娅倒地时仍有时间张望，汽车彼时尚未逃走，卡洛特夫人的话应验了，因为那车一等一的豪华。她被撞倒不算什么，她想，不过是被推了一下。她的头撞向路的拐角，倒在地上，脸慢慢地转向阴沟。头上涌出一股鲜血，出人意料的红与丰富。这说明无论如何她都属于那个固执反抗的渺小种族，有一天，也许她会呐喊出对权利的诉求。"作为最底层的人物，玛卡贝娅从不曾表达，也不知道该如何表达，但她的死亡与汩汩而出的鲜血凝化了所有的诉求与呼喊。就像克拉丽丝偏爱的"寂静"意象，无欲无言的反抗比声嘶力竭的呼喊更有力。作为创造者，克拉丽丝对于人物命运的走向是无力控制的，玛卡贝娅必然走向死亡，然而她以同情心与爱安排了一个在幻觉一般的陶醉中死亡的"大结局"："她牵挂未来吗？我听着词语与词语的音乐，是的，就是这样。就在此刻，玛卡贝娅感到胃部剧烈的恶心，她几乎想吐，她想吐出的不属于身体，她想吐出辉煌的物事。一千个角的星星。"

然而，《星辰时刻》在某些意义上的回归无法掩盖克拉丽丝一贯的反叛，甚至在这部小说中，形式上的叛逆有着更深刻的呈现。对于写作的思考贯穿了克拉丽丝的全部文学生命，这使得她大部分作品都具有"元小说"性质。《星辰时刻》中实际上包含着两个层面的叙事：玛卡贝娅的悲惨遭遇与罗德里格的写作之痛。通过叙述者罗德里格的介入，克拉丽丝把写作的悖论与写作者的困境袒露于读者眼前。罗德里格的身份是作者、创造者，然而造物者是无力的，罗德里格在小说中最大功能是与读者交流自己的叙事，用尽全部方法否定与嘲笑自己的写作。作为创造者，他甚至无法创造出一个开始，因此在小说的开头（如果真有开头的话），我们阅读到罗德里格这样的自陈："世间的一切都以'是的'开始。一个分子向另一个分子说了一声'是的',生命就此诞生。但在前史之前尚有前史的前史,有'不曾',亦有'是的'。永远有这些。不知道为什么,可是我知道宇宙从来不曾有开始。"此处的"从来不曾有开始"的判断与后文里"我将背叛我的习惯,尝试一个有开头、中间和'大结局'的故事"之间现出一种对抗性的张力,因此有必要思索一下这句话的真实性。这是一种事实?还是克拉丽丝在故弄玄虚?这到底是一种反叛,还是既有习惯的深化?对于创造者自己来说,这也是无法回答的问题,所以我们看到了一个从头到尾在困境中挣扎的作家。他并不知道该书写了什么:"关于什么的?谁知道呢,也许以后我会知道。就像我写的同时也被读。"他也不知道该如何书写:"我没有开始,只是因为结尾要证明开头的好——就像死亡仿佛诉说着生命——因为我需要记录下先前的事实。"因此,在这里,借由罗德里格对开始的困惑,我们意外地获得了一个确定的时间点:结束,或与结束同质的死亡。

《星辰时刻》发表的 1977 年是一个确定的时间点,它意味着一种终结,就像我们知道这一年是克拉丽丝生命的终结一样。然而,开始总是神秘的。正如我们不确定何时是世界的起源,直至今日,依然无法确定克拉丽丝·李斯佩克朵真实的出生年份:由于移民管理的混乱,她呈交的身份资料上出现了三个出生时间:1920,1924 与 1925 年,她终身不吐露自己的真正生辰,传记作者对此也莫衷一是。这仿佛是一种隐喻:相比既定的死亡,所有事物的出生则充满着种种不定与神秘。是先有蛋还是先有鸡?人类的生命初始于受孕的一刻还是呱呱坠地之时?前史的前史究竟是不是还有前史?一如克拉丽丝生辰的神秘,对于出生,我们始终无法确定起点,也许在出生之前便已出生。这是克拉丽丝真实的生命轨迹,亦是她对写作的理解与内化。写作之于克拉丽丝,是一种流动的生命形态。当我们把她的书写与她的生命画上等号,蓦然发现写作/创造的起源是世界上最模糊不清的神秘。把写作比为"画蛋"并不是一个新奇的比喻，那么，人类到底是在什么时候画下了这枚蛋？《蛋与鸡》是克拉丽丝一篇极具神秘主义性质的文章，很多评论家把这篇文章看成对书写的隐喻。在这篇被法国女性主义理论家西苏定位为"Egg-Text"的文中，克拉丽丝这样说："蛋是马其顿人的创造。它在那里被计算，是最为艰苦的自然而然的结果。在马其顿的海滩上，一个男人手拿树枝画出了它。然后用赤裸的足抹去。"为了凸显蛋及其喻体书写的神秘，克拉丽丝将对于她来说至为神秘的三样事物奉献给蛋："我把开始奉献给你，我将初次奉献给你。我把中国人民奉献给你"。关于蛋的形成，亦即书写的过程，她无法清晰地形塑，仅以模棱两可的语言描述："蛋可能是三角形，在空间里滚呀滚，就变成了蛋形"。她似乎想用这样的话语映射作品与作者之间的关系："为了让蛋穿越时光，鸡才存在。母亲就是干这个的"。她也仿佛在用这样的话语呼应罗兰·巴特的"作者已死"："当我死去时，人们从我身上小心地拿出蛋。它还活着。"

这一连串宛如谶语般的"扯蛋"是克拉丽丝对书写的体认：书写是神秘的，也是困难的，不啻为一种生命的冒险。同时，这也是一种反讽，是对现代叙述复杂性的质疑与作者地位和能力的自嘲。"蛋依然是马其顿首创的蛋，而母鸡永远是更为现代的悲剧。"《星辰时刻》无疑是那只结构完美的洁白耀眼的蛋，通过叙述者即人物的罗德里格对自我写作的剖析，这一幕关于作者本身的更为现代的悲剧这样展现在读者眼前：

罗德里格说他写作不是因为这个事件或者这个女孩的缘故，而是因为一种不可抗拒的力量。作者是那些"在黑暗中寻找词语"的人。叙述者是全知全能的，因为他创造了一种命运。他是全知全能的，因为他仿佛知道人物所有的一切，但这种能力又是有限的，因为全部的真相只能随着书写被逐步展现出来："我要讲的看起来很简单,谁都能写。但书写是艰难的。因为我必须得让那几近熄灭的我已看不清的一切重新变得清晰可见。在泥沼中,那双十指染泥的手僵硬地摸索着不可见"。他有些犹豫,因为他自己也不确定故事的走向。由于他对他设计的主角的命运感到负疚,所以在每一页书写中都会推迟她的死亡:"我将竭尽所能不让她死。但我真心想让她沉睡,我自己也想上床睡觉。(……)她可能并不需要死亡,谁知道呢?有时,人需要小小的死亡,而自己并不自知。"他无法说出具体的创作过程,他无法确定到底是谁在书写:"写出这个故事将是非常艰难的。尽管我和这姑娘毫无干系,然而我将不得不通过她,在我的骇然中书写下我自己。事实拥有声响,但事实与事实之间亦有私语。私语让我震撼"。罗德里格在主人公与作者之间建立比较,消遣并消解作者的伟大:"她是处女,她不害人,谁都不需要她。另外,我现在发现——谁也都不需要我,我写出的这些东西,别的作家一样会写。别的作家,是的,但一定得是个男人,因为女作家会泪眼滂沱。"

这段话语固然是对作家身份的讽刺,但凭借它,克拉丽丝坚定地把自己隐藏在罗德里格身后,她又一次实现了逃逸。对于罗德里格,"只要我有疑问而又没有答案,我都会继续写作",他的写作是为了脱离一种不可理解的困境,虽然这意味着进入更大的写作困境。然而,"逃逸"能否拯救生灵?《一只母鸡》是克拉丽丝另一篇著名的"鸡/蛋"文,文中,为了避免被杀的命运,母鸡用尽一切方式逃逸,但终于被捉,无法豁免被端上餐桌的命运。然而她在匆忙之中下了蛋,一只洁白的完美的蛋。这蛋成了她的拯救。克拉丽丝用一生的逃逸接近了这只母鸡。创造是一种拯救。创造拯救了创造者本身。这种创造是完全无意识的:"如果她(母鸡)知道体内有蛋,会自我拯救吗?如果她知道体内有蛋,会失去母鸡的状态"。而且,要求创造者完全的松弛状态,因为"如果不是这般漫不经心,而是全神贯注于体内创造的伟大的生命,她们会把蛋压碎"。之后,创造者(作者)便可以死去,不会对创造本身发生影响,就像《一只母鸡》中的母鸡,生下了蛋,与那家人过了很久:"直到有一天,他们杀了她,吃了她,很多年过去了。"就像《蛋与鸡》中的"我",是"蛋"的携带者:"当我死去时,人们从我身上小心地拿出蛋。它还活着。"就像《星辰时刻》中的罗德里格,玛卡贝娅的死亡导致了他的死亡:"玛卡贝娅杀了我。终于,她摆脱了自己,也摆脱了我们。你们别害怕,死亡不过一瞬间的事,很快就过去了,我是知道的,因为我刚刚随那女孩死去。原谅我的死亡。我无法避免,人要接受一切,因为之前已经吻过墙壁。"

随着书中人物玛卡贝娅与罗德里格的死亡,故事结束了。但死亡是小说的结局吗?死后的他试图用一个疑问句再次消解这个观念:"与你们想要的相比,这个结局是不是很宏大呢?"

罗德里格并没有给出明确的说法。为了寻找答案,我们要认真阅读小说的最后几行,即通常意义上的结尾:

那么现在——现在我只剩抽根烟回家可做了。上帝啊!只有此时我才想起人会死。但——但我也会死吗?

别忘了现在是草莓季。

是的。

世界开始于一声"是的",最终以"是的"结束。这一只因为种种矛盾而呈现出尖锐三角的书写之蛋,终于在不可言说中滚成了完美的蛋形。然而,凭借这一声"是的",真的可以确定结束吗?这一声"是的"到底是历史(故事)的开始,还是前史的结束?依然是一个如蛋一般神秘的事件。罗德里格预设的那个大结局到底是什么?我们真的可以用1977年来界定克拉丽丝生命的终结吗?

一次采访中,克拉丽丝留下了这样的话语:"好的,现在我死了……但,让我们拭目以待,看我是不是会重生。此刻我已死去。我正在坟墓中说话。"

所以,那一声"是的"是躺在坟墓中的罗德里格所说的吧。或者,那是重生的罗德里格所说,为了下一个故事的开始。

克拉丽丝去世后一年,遗作《吹息之间的生命》由朋友整理出版,她从坟墓中与读者对话。她作品的每一次再版,每一次阅读,每一次阐释,都是她的重生。

伟大的结局就是没有结局,是把每一个结局都变成开始,是蛋与鸡相生的循环往复。

偶然是幸福的真义

——评短篇小说集《隐秘的幸福》

闵雪飞

因为神秘莫测的命运,克拉丽丝·李斯佩克朵"偶然地"成为了葡语作家。她本该成为一位俄语作家,因为她出生在后来归属苏联的乌克兰一个小小的村落。她也可以成为英语作家,倘若美国的亲戚先给他们一家人发出邀请函。她也可以如同辛格一般用意第绪语创作,因为她是犹太人的后裔,家中说意第绪语,父亲是一位犹太信仰的践行者与犹太复国主义的支持者。然而,因为神圣的命运的意志,她的父母决定移民巴西,尚在襁褓之中的她来到了南美,归化为巴西人,终生以葡萄牙语作为书写语言。

甚至连她的出生也全然是一种"偶然"。如果不是因为她的母亲得了怪病,克拉丽丝·李斯佩克朵本来不会出生。当地人认为再生一个孩子可以治愈这种病。克拉丽丝·李斯佩克朵携带着这个伟大的使命出生,然而她并没有成功:母亲的病终身不愈,直至死亡才让她得到解脱。或许正是因为自身生命这诸多的神秘与偶然,克拉丽丝·李斯佩克朵才会终身通过书写探索一个本质性的问题:存在。

1943年,她发表了处女作《濒临狂野的心》,获得了巴西文学评论界的盛赞。评论家安东尼奥·甘迪杜与塞尔吉奥·米利埃先后撰文，认为这部作品的语言非常独特，叙事技巧也很新颖，呈现出与当时占统治地位的"地域小说"截然不同的风格。著名评论家阿尔瓦罗·林斯断言这部小说是伍尔夫与乔伊斯的文学传统在巴西的第一次"经验"。虽然他称赞了克拉丽丝的写作风格新颖独特，但却认为这种没有开头、中段和结尾的小说在结构上不完整，她的创作是一次"不完整的经验"。这种批评暗指克拉丽丝对伍尔夫和乔伊斯不成熟的模仿，受到了克拉丽丝·李斯佩克朵的强烈反对，她当时便写信给阿尔瓦罗·林斯，表明虽然"濒临狂野的心"这句话出自《一个青年艺术家的肖像》一书，但这是朋友的建议，在她写作这本书之前，的确没有读过乔伊斯，也没有读过伍尔夫。

今天，克拉丽丝·李斯佩克朵在巴西国内与国外均实现了充分的经典化，经过一个相对较长的时间段，我们可以洞悉克拉丽丝·李斯佩克朵的开拓性意义，而阿尔瓦罗·林斯的这番即时的"印象式"评价仿佛是一位伟大评论家偶然的失手。这样的事例在文学史上并不鲜见，尤其发生在开创风气的作家身上。阿尔瓦罗·林斯看到了克拉丽丝·李斯佩克朵的新颖，但是他无法去为这种新颖提供解释，更无法为她在巴西文学中寻找到一个准确的位置。反倒是当时只有20多岁的安东尼奥·甘迪杜敏锐地发现了克拉丽丝·李斯佩克朵的独特语言与风格产生的原因，这便是使葡语在思考这个层面获得延伸与增长。在散文《葡萄牙语》中，克拉丽丝·李斯佩克朵将葡语定性为一种"不擅长思索"的语言，她的独特语言运用与写作手法完全是为了挣脱语言的桎梏，这是一种必需，而不是单纯的模仿。克拉丽丝·李斯佩克朵提供了一种新的资源，让葡语这一种"不擅长思索"的语言在抽象与形而上学的维度上获得了新的发展，这是克拉丽丝·李斯佩克朵为葡萄牙语——这偶然成为她的母语的语言——所做出的第一个贡献。或许，正是执着地找寻存在与坚持在思考层面上展开书写让克拉丽丝·李斯佩克朵具有了与乔伊斯及伍尔夫"偶然的"相似性。

克拉丽丝·李斯佩克朵为葡语与巴西文学所做出的第二个贡献，便是对文学主题的拓展。19世纪末期，巴西文学巨擘马查多·德·阿西斯不满足于当时流行的浪漫主义文学[1]，通过其高度发展的现实主义文学，为巴西文学开辟了一条城市文学的新道路，从此，巴西作家知道了如何不去状写巴西的奇异风光便可以书写出"巴西性"，这正是是巴西文学的独特性，在拉美的西语国家文学中，城市文学未曾发展到这样的高度。克拉丽丝·李斯佩克朵同样不去状写巴西的风景，她让当时流行"地域主义"的巴西文坛看到了一种新的书写方式，要求作家去探寻人类最为幽深的内心世界。克拉丽丝·李斯佩克朵通过她的尝试向所有人证明，全然向内的书写也是一种现实主义写作，甚至是更为真实的现实主义写作，这种"现实"或者"真实"不是能够表现（represent）的，而是要通过对语言的复杂运用使其揭示（reveal）出来。而且，克拉丽丝的创新并不止于此，从她之后，主题不再是一个让巴西作家焦虑的问题。对于克拉丽丝·李斯佩克朵，无所谓好的主题或坏的主题，也没有大的主题与小的主题，在对事物真实性的探察中，她消灭了所有二元对立，对于她，一切都可以成为主题：一枚蛋、一只蟑螂，一只死去的老鼠。克拉丽丝·李斯佩克朵之所以消弭了主题之间的差异，是因为唯有这样，才能够将漂浮于人世间的存在之真实表达出来。表达是真正重要的事，也是非常艰难的事，因为真实无法表达，一旦能够表达，那就不再成为真实。克拉丽丝·李斯佩克朵一生致力于通过各种方式，把她探寻到的真实尽可能真实地表达出来，从这个意义上说，她实现了罗兰·巴特所定义的作家的真正使命：不去表达可以表达之事。

小说集《隐秘的幸福》充分显示了克拉丽丝·李斯佩克朵语言的复杂与主题的广泛。《隐秘的幸福》出版于1971年，与《家庭纽带》共同构成了克拉丽丝·李斯佩克朵短篇小说代表作。《隐秘的幸福》中大多数文章在《外国军团》与《一些小说》这两本集子中已经发表过，虽然都是短篇，但大多非常复杂，具有深厚的哲学意蕴。需要注意的是，虽然克拉丽丝·李斯佩克朵的文本具有很强的哲学气息，而且，从哲学/形而上学角度研究克拉丽丝也是一种既定的范式，但克拉丽丝·李斯佩克朵与同样探索"存在"的萨特之间有很大的区别：克拉丽丝·李斯佩克朵文本中的哲学性不是学院派的，是自发形成的，基本上是一种本能。《隐秘的幸福》中的文章虽然主题彼此相异，表现方式也不尽相同，但隐约指向了一个共同的方向：探寻自我抑或自我意识的建立。这是克拉丽丝·李斯佩克朵致力于内心探寻的必然结果。《蛋与鸡》一向被认为克拉丽丝·李斯佩克朵最神秘的文章，甚至她自己也半开玩笑地说她也不懂。学者埃莲娜·西苏视这篇小说为"Egg-Text"，里面确实凝缩了克拉丽丝·李斯佩克朵所关注的一切要素：起源、时间、真实、存在、母性、表达、自我意识，等等。在《索菲娅的祸端》与《外国军团》这两篇最具代表性的短篇小说中，我们可以看到在克拉丽丝的笔下，小女孩的自我意识是如何开始形成的。《男孩素描》也具有同样的特征：男孩的自我意识在无限绵延的一瞬间中渐渐形成。一定程度上，《讯息》与《进行性近视》也可以归到这一类中。《爱的故事》与《蛋与鸡》并《家庭纽带》中的《一只母鸡》组成了克拉丽丝·李斯佩克朵的"母鸡三部曲"，《爱的故事》主要讲述了一个小女孩在自我意识真正形成之前，将母鸡看成同类的故事。《世间的水》本是长篇小说《一场学习与欢愉之书》中的一章，但克拉丽丝·李斯佩克朵太爱这个主题了，便提取出来，成为了独立的短篇小说。在克拉丽丝·李斯佩克朵的写作中，水是非常重要的意象，这是由水的特性决定的，在这篇小说中，水之寒冷与无尽喻示着孤独与自由。但水还有其他特性，比如水滴之圆润可以让人联想到蛋，联想到环形，联想到非线性的一切，因此，水是与克拉丽丝·李斯佩克朵的时间观紧密相连的,《星辰时刻》中玛卡贝娅喜欢钟表的嘀嗒声，因为那嘀嗒仿佛水滴就要滴落，其联系正在于此。对于克拉丽丝·李斯佩克朵，水是一切之诞生的隐喻，比如人，就伴随着水出生；水也寓意着终结，比如《星辰时刻》中的玛卡贝娅在血泊之中死亡，从水到水正是一种环形结构，没有开头也没有结尾。水也是自我意识产生的催化剂。《世间的水》中主人公勇敢地潜身入海，让水进入到身体之中;《初吻》中少年喝过喷泉的水，意识到自己成为了一个男人;《爱的故事》中女孩喝过鸡血汤，具有了成长的意识，这一切皆出自克拉丽丝·李斯佩克朵为水赋予的这种特性。由于克拉丽丝·李斯佩克朵的意图是发现真实并将真实诉诸文字，上文那一句简单的"自我意识的建立"甚至不能概括以此为基本特征的小说，她对于内心世界的挖掘是多角度的，与其独特的表达共同结合成为了一个复杂的文本，因此，解读的方向始终是开放的。而最令她重视与焦虑的"表达"问题，不仅仅构成了形式，而且形成了内容。在《隐秘的幸福》中，我们也可以看到很多表述，比如，在《第五个故事》与《以我的方式写的两个故事》之中，我们可以看到克拉丽丝·李斯佩克朵对于表达之创造力的笃信。而在《索菲娅的祸端》与《讯息》的文本中，我们也可以看到从不同角度展开的"表达"的艰难性。

克拉丽丝·李斯佩克朵从来不煲制心灵鸡汤，但一如所有的文字大师，她也留下了丰富的精神资源。成为她的译者与研究者，成为这份遗产的直接受继人，这是一种饱含苦痛的幸运。对于我而言，这些隐秘的幸福主要体现在三个层面：

（1）对于"真实"的找寻是很多人希望的，然而这需要勇敢才能去实现。克拉丽丝·李斯佩克朵借用无数人物之口表示，她宁可接受真实的丑陋，也不去接受不真实的美，这当然会导致痛苦。在作品中她不断地呼吁这种找寻与接受的勇敢，对于她，能够那样去写作，也是一种勇敢。克拉丽丝·李斯佩克朵还告诉读者,自由不是随便能得到的,伴随真正的自由而来的,是绝对的孤独。人必须得有勇气进入那无尽而寒冷的孤独之中,才能获得极致的自由。她的这些话语自然不能让人立即获得勇气,但至少是一种信念的加强,因为接受真实而导致的痛苦与为了体验自由而经历的孤独也不再是不可忍之事。

(2)克拉丽丝·李斯佩克朵在作品中对于一切二元对立进行了消解,包括善与恶、好与坏、爱与恨、心灵与身体、感觉与思考、幸福与不幸,等等。通过将"感觉"与"思考"同一起来,在某种程度上,克拉丽丝·李斯佩克朵接近了费尔南多·佩索阿的异名阿尔伯特·卡埃罗。关于"幸福"这个很多人心目中的终极命题,克拉丽丝·李斯佩克朵用两个与时间相关的问句完成了消解:幸福之后是什么?幸福是一个瞬间?还是一种绵延?当"幸福"与"不幸"在本质上完成了同一,当"幸福"的最高性和终极性消失,真实便越发呈现出来,很多矫情的"不幸"也就变得可忍。

(3)关于"表达"与"交流",克拉丽丝·李斯佩克朵曾这样说过:"书写永远是表达无法表达之事,就在字里行间你真正要表达的东西消失殆尽,无以言表永远大于可以言表。书写必须穷尽所有表达,失败的宿命成就了它的创造。"这番话语正印证了我之前屡次表达的观点:作家其实是那位推石上山的西绪福斯。如果作家真正想表达的东西与他用语词实现表达的东西之间总是无限趋近却无从一致,那么我们为什么要追求翻译的等同?或许翻译的创造性,就存在于那尽力趋近而却无从实现的等同之中。而译者的使命,就在于穷尽所有等同的可能与尝试中。

注释

[1]这种与印第安人神话联系紧密的文学形式正是我们中国读者尤其熟悉的拉美魔幻现实主义的一个重要来源。

以我之"恶",成我之"识"

——从《隐秘的幸福》谈女性成长

闵雪飞

《隐秘的幸福》是巴西著名女作家克拉丽丝·李斯佩克朵的代表作品,既是一篇短篇小说,也是收入这部小说的短篇小说集的标题。对于中国读者,克拉丽丝·李斯佩克朵并不是一个熟悉的名字,但是在世界的范围内,她是毫无争议的第一流作家,很少有作家像她一样,能够达到文体、思想与生命意识的高度统一。

《隐秘的幸福》出版于1971年,其中的小说,虽然主题不同,但隐约指向了一个共同的方向:探寻自我,建立自我意识,亦即个人成长。《隐秘的幸福》同时也是一部具有很强自传性的作品,尤其是《狂欢节琐忆》《隐秘的幸福》与《索菲娅的祸端》这三篇代表性作品,某种程度上,是作家根据真实的童年生活写成的。因此,我们会以"存在"为基础,以"善""恶"与知识之间的关系出发,解读《隐秘的幸福》,给大家引向一条不同于男性成长的女性成长之路。

克拉丽丝·李斯佩克朵童年时,母亲病得很重,家中的经济状况非常糟糕。这一点可以在以第一人称叙事的《狂欢节琐忆》中清楚地看到。这篇小说的主人公是一个八岁的小女孩。由于家境贫寒，她从来是狂欢节的旁观者，没有参加过任何化装舞会，只能看着其他人欢乐地化装成动物或植物。终于有一次，幸运降临在她身上，朋友的母亲用多余的皱纹纸把她装扮成了一朵玫瑰。就在她几近装扮完之时，母亲病重。她不得不穿着玫瑰纸衣，向药店飞奔而去，成长的美梦就此破灭。这个充满期待却又不得不接受苦涩宿命的小女孩正是克拉丽丝·李斯佩克朵贫苦而又不失温暖的童年的真实写照。通过这个短小的故事，作家也揭示了一个小女孩"自我之识"的过程。小女孩具有很强的成长欲望，渴望被装扮，渴望成为一朵玫瑰，因为她已经无法忍受小女孩的处境，对童年感到羞耻，意欲长大成人："我迫不及待地要从这弱不禁风的童年里走出，她用鲜艳的唇膏涂我的嘴唇，往我的脸上抹胭脂。这样，我觉得我自己又漂亮又女人，我从孩童里逃了出来。"面对母亲病情突然加重这一起偶然的不幸，小女孩精心策划的成长之梦只能暂停，她只得接受依然停留在童年时刻的现实。"我跑着，身上穿着玫瑰，脸却没来得及戴上少女的面具，把我暴露于众的童年生活遮隐。"这是一个心酸的瞬间，在小女孩最接近幸福的时候，幸福却迟迟不至："我跑着，跑着，在拉环、彩带与狂欢节的喧闹之间，我茫然无措地奔跑着。其他人的欢乐吓坏了我。"这种突如其来的挫败与旁人的快乐形成了鲜明的反差。很显然，有着这样生活经历的克拉丽丝·李斯佩克朵必然会对庸常的幸福概念产生怀疑，她不禁质问："命运掷出的骰子有道理可言吗？它太无情了"。通过书写童年的真实经历，克拉丽丝·李斯佩克朵质疑了幸福的终极性，重申"偶然性"才是一种必然的人生命题。

这部小说集还收入了另外一篇与"玫瑰"相关的小说，这就是《百年宽恕》。在这两篇小说中，"玫瑰"都是成长的象征。小女孩的童年是"蓓蕾"，而盛开的"玫瑰"则代表着成长。在《狂欢节琐忆》中，小女孩渴望通过装扮成玫瑰的方式，实现自我变形，生成一朵玫瑰，从而获得个人的成长与认同。在《百年宽恕》中，也是通过"玫瑰"，小女孩实现了成长与个人认同，但与《狂欢节琐忆》略有不同，整个过程被具体化为小女孩的"偷花"行为。至此，我们进入了克拉丽丝·李斯佩克朵对"恶"的书写之中，"偷花"属于偷盗行为，无疑是一种"恶"。然而，在克拉丽丝·李斯佩克朵的笔下，"恶"并不具有道德判断价值，而是促发"自我意识"产生的最主要的因素。与"恶"相联系的是"欲望"。在小女孩这里，"长大成人"的渴望首先表现为对"玫瑰"的觊觎，我们可以看一下文中的这个场景，女孩发现"花坛里有一支孤独的玫瑰半开半合，颜色是娇嫩的粉红。我呆住了，艳羡地注视着那朵高傲的玫瑰，她还没有长成女人。就这样，我发自内心地想要这朵玫瑰。我想要，哦！我真的很想要！"女孩急于在自己与玫瑰之间建立联通的关系，从而让自己内化成"玫瑰"，实现成长："我想嗅她的香气，直到感受到浓郁馨馥里的黑暗。"之后，女孩下定决心，要去实施"采撷"这种实质上属于"偷窃"的"恶"的行为："现在我终于站在她面前。我停了片刻，这真危险，因为近在咫尺的她更美丽。我终于折断了花茎，玫瑰刺破了我的手，我吮了吮指头上的血珠"。通过"恶"，女孩终于"拥有"了玫瑰："我对玫瑰做了什么？我让她成了我的。"通过"偷花"这种特殊的"恶"，她最终实现了成长的欲望。并且，"我不后悔：偷玫瑰和番樱桃的小贼可以得到一百年的宽恕。就像那番樱桃，她宁愿等别人摘下，也不愿贞洁地死于残枝。"

从《百年宽恕》中，我们可以注意到克拉丽丝·李斯佩克朵的写作特点，她并不愿意具体地描成长的完整过程，而是喜欢选取一个关键性时刻，或者说，一个具有神秘性的突发事件，用以凝缩成长过程的种种心理矛盾。

"偷书"也是克拉丽丝·李斯佩克朵经常书写的"恶行"。一如

"玫瑰"是成长的象征，书籍作为承载知识的物体，象征着"识"。对书籍的占有，某种程度上，是获得"自我认识"能力的重要途径。在克拉丽丝·李斯佩克朵的处女作《濒临狂野的心》中，女主人公约安娜便是一个偷书贼。约安娜从小父母双亡，被叔婶收养。叔婶企图将她培养成如同自己的女儿阿曼达那样循规蹈矩的堪称模范的女性，但是约安娜却从心底拒绝。她更期待认识真实的自己，并以此为基础，自主决定今后的生活，而不是被种种社会规范所定义。在书店里，她和婶娘之间爆发了一次激烈的冲突。婶娘发现约安娜若无其事地拿了一本书，没有付钱，不禁大骇，质问她为什么要偷书。在婶娘的眼里，"偷盗"是十恶不赦之事，规矩的女孩子不能做。然而约安娜却回答婶娘，偷书只为"快乐"，想做就做了，也不觉得是罪。

实际上，一如小女孩通过"偷花"而实现成长，在约安娜的"偷书"行为中，体现了她对知识与知识权力的渴求。首先，她的目标不是其他宝贝，而是书；其次，她的目标不是具体的哪一本书，而是任何一本书都可以，这就使得这种行为从不可饶恕之"罪"变成了一种为了获取知识权力而实施的譬喻性挑衅行为。偷窃这个词，对于约安娜和婶娘，具有不同的意义。对于婶娘，亦即约安娜想挑战的世界的代表，"偷窃"是一种恶，一种罪，需要上帝宽恕，这是一个具有伦理价值的词。婶娘对这个词非常害怕，以至于说不出口。然而对于约安娜，她却可以平静地毫无愧疚地说出"偷"这个词，因为对于她"因为喜欢，所以去偷"，而这个行为"并没有什么不好"，而且她未来"只有在想偷时才偷"。通过僭越性的"偷盗"，以及轻飘飘地说出"偷"，而且既不害怕也不心怀愧疚，约安娜打破了约定俗成，消解了"偷窃"在传统社会中所被规定的负面意义，从而建立了一种新的可能，可以利用平凡的词汇，开创出未知的新意义。

《隐秘的幸福》和书也有着密切的关系，主要讲了一个买不起书的瘦女孩是如何占有一本书的。在解读这篇作品之前，我们需要先来了解一下对克拉丽丝·李斯佩克朵少年时代影响最大的三个作家：首先是巴西儿童文学巨擘蒙特罗·洛巴托，就是《隐秘的幸福》中瘦女孩特别想读的那本书《小鼻子轶事》的作者。接下来是德国作家赫尔曼·黑塞，在读了他的《荒原狼》之后，克拉丽丝·李斯佩克朵第一次知道世界上有个职业叫作作家，她想：那我也可以成为作家。最后是新西兰的女作家凯瑟琳·曼斯菲尔德，也就是我们中国读者非常熟悉的徐志摩的密友"蔓殊菲儿"。

　　克拉丽丝与凯瑟琳·曼斯菲尔德的"偶然"结缘对《隐秘的幸福》的写作有着巨大的影响。克拉丽丝年少时因为家贫，只能借书，无法随心所欲地购买书籍。15岁时，她做家教，第一次挣到了钱，平生第一次萌发了想买书的欲望。突然，她无意中看到了柜台上摊开的一本书，里面有一句话立即攫获了她，使得她完全不能停止阅读，而且让她觉得："这本书就是我的！"这便是是凯瑟琳·曼斯菲尔德的名著《Bliss》，中文译作《幸福》。克拉丽丝的短篇小说《隐秘的幸福》可以视为对曼斯菲尔德的《幸福》的致敬之作。在这部作品中，克拉丽丝·李斯佩克朵依然用第一人称讲述了一位穷困而瘦弱的女孩的故事，某种程度上，依然是她的自传：瘦女孩酷爱读书，却无钱买书。同班有一位胖女孩，父亲是书店老板。虽然她不喜欢读书，却拥有瘦女孩所渴望的一切，而且对瘦女孩充满妒意。有一天，她找到了一个绝妙的机会，可以长久地折磨瘦女孩。她有瘦女孩一直渴望阅读的蒙特罗·洛巴托的《小鼻子轶事》，承诺会把这本书借给瘦女孩，让她上门去取。但每次瘦女孩满怀期待地登门，她都说书正好借给别人了，让瘦女孩明日再来。瘦女孩太渴望这本书了，因此默默忍受着折磨，每日都上门承受侮辱。有一天，胖女孩的母亲无意中发现了这件事，她很生气，因为这本书一直在家中，从来没有借给别人。在她的支持下，瘦女孩永远拥有了这本书。瘦女孩抱着这本书回到了家里，感受到了极其强烈的幸福，书中是这样形容的：

> 我回到家，却没有立即开始阅读。我装成没有这本书的样子，这样，待一会儿我才会大吃一惊。几个小时之后，我翻开书，读上几行美妙的文字，又把书合上，在家里转了转，我又拖延了一会儿，去吃了些黄油面包，装成想不起书放在哪里了，接着找到了它，打开它看了一会儿。为了这隐秘的东西，为了这幸福，我制造了并不存在的困难。对我而言，幸福总是隐秘的。好像我已预感到这点。费了我多少工夫啊！我生活在云端，又是自豪，又是羞愧。我是一个娇贵的女王。

我们可以感受到瘦女孩极度的幸福。经过长久的折磨，她终于占有了这本书，也就是说，占有了"知识"。虽然与约安娜相比，"瘦女孩"占有知识的手段不是通过偷，但是从某种意义上来说，《隐秘的幸福》依然是一篇关于恶与识的作品，更确切地说，是不同寻常的"善"与"恶"之间的故事。表面看来，胖女孩是"恶"的，瘦女孩是"善"的，两者之间是对立关系，但实际上，她们共同构成了孩童的世界，代表的是同一种欲望：渴望拥有不拥有之物。她们彼此既对立又依存：胖女孩是加害者，她施恶的起因在于嫉妒，她嫉妒瘦女孩与其同类，因为她们拥有她不拥有的东西：消瘦与一头柔顺的头发。这是一种欲望，渴望拥有不曾拥有之物的欲望。而瘦女孩是受害者，善与无辜的象征，但受苦的原因也是因为欲望：她希望拥有胖女孩才有的那本书。当最终，在胖女孩母亲的帮助下，她拥有了自己想拥有之物时，内心的欲望获得了满足，最后，瘦女孩认为："我不再是一个有了书的小女孩，而是一个有了情人的女人"，克拉丽丝·李斯佩克朵通过这个结尾，将瘦女孩的欲望实现打上情色的标签，瘦女孩也因此完成了从女孩到女人的全过程。

除去胖女孩的"恶"之外，瘦女孩的"善"也很特别，这是一种具有强烈的救赎意味的"善"。瘦女孩每日到胖女孩家去报到，除去无法遏制地获得书籍这一层强烈渴望的原因之外，这种自愿受苦是一种具有宗教意味的牺牲。通过承受瘦女孩的"恶"，瘦女孩以类似于基督一般的受苦来拯救他人，而这种痛苦也是"快乐"或是"幸福"产生的来源。在这篇小说中，作家通过亲身的经历，又一次探讨了"幸福"的主题。幸福这个从凯瑟琳·曼斯菲尔德那里继承的主题，被克拉丽丝·李斯佩克朵赋予了"隐秘"的特征：幸福本身并不具有稳定性，实际上，幸福的程度是与期待得已实现的困难程度高度相关的。幸福是一种拥有，也是一种承受。"在后期的长篇小说中，克拉丽丝·李斯佩克朵以更多的笔墨展开了对"受苦/快乐"这个主题的讨论，"幸福"这一主题得到了拓展与深化，形成了她所追求的"存在真实"不可或缺的一部分。

此时，我们可以转向对《索菲娅的祸端》的解读，因为它既涉及对知识的占有，又有"善""恶""识"之间的转换，而且最重要的是，涉及对于真正想做之事的庄严选择。这篇同样具有自传特点的短篇小说以第一人称讲述了小女孩索菲娅的成长故事。"索菲娅"这个名字本身便承载着意义，其希腊词源意味着"智慧"，并直接指向德尔菲神庙中的著名神谕："认识你自己"。小说的核心是九岁时的索菲娅与已去世的老师之间的往事。尽管老师颓唐且丑陋，但幼小的索菲娅却被他吸引。这是一种奇异的爱，表达爱的方式是破坏课堂秩序与不认真学习。索菲娅以为老师很讨厌她，然而有一天，一件事情的发生改变了两人之间的关系。老师给学生们讲了一个勤劳致富的故事，让学生们写成作文，索菲娅为了快速交差，改变了这个故事的道德主旨，将这个故事写成了一个"不劳而获"的故事，没有想到却因为丰富的想象力而获得了老师的赞赏。对于年幼的索菲娅，这个事件的发生使得她真实感受到了存在之价值以及随之而来的快乐与痛苦。而且，也让她认清了自己的使命与志愿：成为一名作家。因此，《索菲娅的祸端》是一个三重认同的成长故事：认同为人、认同为女性、认同为作家。

刚才我们提到了克拉丽丝·李斯佩克朵的三位文学先师，其中一人是德国作家赫尔曼·黑塞。大约12岁的时候，她读到了《荒原狼》，获得了神秘的阅读体验。克拉丽丝后来回忆说："我原以为书籍是像树木与动物一般自然生长的事物。我不知道这一切之后竟有作者的存在。读了很多故事后，我发现了这一点。我说：'我也要当作家'。"黑塞让她萌生了当作家的想法。之后她便马上写了一篇小说，但是没有完成。

《索菲娅的祸端》的书写既是对黑塞的致敬，也补足了年少时未完成作品的遗憾。索菲娅对于作家身份的认同依赖于对创造之"恶"的完全承认。对于索菲娅，文本，或者文学生产，所产生的后果完全出乎她的意料。索菲娅改写故事的初衷有两个：一为迅速交差，二为激怒老师，这两个理由都是恶的，而且，从伦理的角度而言，索菲娅改写后的故事鼓励不劳而获，也是恶的。但是老师却对她说："你的作文很好"。索菲娅因这句话而进入了恐惧和惶惑之中，这是一种猛醒，因为她对于"小说"或"虚构"的"邪恶与诱惑之能力"有了顿悟。这些恶之因素结出了善之果实，索菲娅与老师的身份又一次发生了互转，老师成为了诱惑者与拯救者，索菲娅成为了被诱惑者与被拯救者。"顿悟"之后的索菲娅又恢复了平静，但这种平静与顿悟之前有着重大的区分，通过书写提供的诱惑，索菲娅意识到自己的"利爪"或自身的恶所能带来的力量，正是这种力量，使她成为了"造物之王"。以此，索菲娅完成了自我救赎，对于写作的本质与后果具有了自觉的意识，并凭此认识到了自己的最后一个身份：作家。在这部小说的结尾处，当索菲娅感觉到在自己身上，有尖利的爪子正在生长之时，索菲娅的形象便和荒原狼重叠在一起，当那只原始而又野性的狼在她的身体里塑形时，她坚定了从事文学的志愿。

　　克拉丽丝·李斯佩克朵一生中创造了无数的女性形象，在《隐秘的幸福》中，我们见识了想化装成玫瑰的女孩，偷玫瑰的女孩，为了阅读而忍受侮辱的瘦女孩，以及为了拯救老师而被老师拯救的女孩索菲娅。她们以童稚的"僭越"之恶，撬开了那扇阻隔她们认知自我与世界的沉重的大门。克拉丽丝·李斯佩克朵还创造了青年的约安娜与洛丽，中年的 G.H. 和安吉拉，等等。这些不同年龄的女性，绝不甘心循规蹈矩，而是以"僭越"谋求真正的自由。当僭越之"恶"引向真实，它便变成了真正的善，从而导致完全完整的幸福。幸福是一种拥有，也是一种承受。"幸福"不全是接受，而且也是施舍。当克拉丽丝忍受着指尖里长出利刺的痛楚，写下这些文字时，她感受到了施予者的隐秘的幸福。而我，将这一切传达给大家的人，也是幸福的。

若热·亚马多

(Jorge Amado, 1912 - 2001)

隐形的巴西：论若热·亚马多在中国的译介

樊星

在巴西文学史上，若热·亚马多占有极为特殊的地位。在写作题材与表现技法上，文学评论界对他褒贬不一；而他在意识形态层面所经历的几次转向，更是在巴西知识分子中引起了剧烈反响。然而无论他在巴西文学界如何饱受争议，都无法掩盖这样两个事实：他曾是并依然是巴西民众阅读最多的作家之一；在世界范围内，他对巴西文化的传播有着不可估量的作用。

作为一种文学现象，若热·亚马多的重要性不可忽视。在上世纪30年代，巴西文盲率高达70%，文学几乎只是大城市精英阶层才会关注的话题。但年仅二十几岁的若热·亚马多却凭借《可可》《死海》与《沙滩船长》等六部小说赢得了外省普通大众的喜爱。他成功地将反抗精神、左翼思潮、乌托邦理想与民俗传统等元素杂糅起来，结合巴西东北部特有的历史与社会现实，创造出具有浪漫主义色彩的社会批判小说。这种杂糅的风格是他为大多数批评家所诟病的原因，因为左翼思潮与民俗传统在某种程度上相互排斥，而浪漫主义色彩又会削弱社会批判的力度。但也正是其作品中暗藏的矛盾因素，使得二战结束以后，无论资本主义还是社会主义国家都将他作为巴西文学的代表予以翻译、推介。

近十几年来，对若热·亚马多在世界各国译介史的研究层出不穷，每项研究都从相对独立的角度勾连出文学翻译、世界权力格局与巴西形象之间的关系。无论是希望借由他理解"南美邻居"的美国，还是利用他作为政治宣传的苏联与其他社会主义阵营国家，又或是遭到重创之后将其构造的乌托邦世界作为一条新出路的法国，若热·亚马多似乎总有办法满足不同体制在不同时期的需要，在占据畅销书榜的同时传播巴西文化，并成为社会学家、人类学家、历史学家等专家共同的研究对象。

但是在中国，尽管从20世纪50年代起对亚马多的翻译数量不逊于任何一位拉美作家，其作品中所蕴含的巴西文化却从未得到真正彰显。直到今天，在中国的文学视野中，巴西仍然近乎一个隐形的国家。

拉美文学汉译史上的亚马多

在中国，若热·亚马多的译介首先是在拉美文学译介的大环境下展开的。在《"边境"之南：拉丁美洲文学汉译与中国当代文学》（以下简称：《"边境"之南》）中，滕威梳理了从建国后到20世纪90年代末期的拉美尤其是西语美洲文学汉译的历史演变，重点突出了50-70年代对拉美左翼革命文学的建构，80年代由"文学爆炸"和"魔幻现实主义"引发的拉美热，以及90年代之后文化市场化造成的拉美文学译介的衰颓。在这本书里，滕威细致考察了国内外历史背景、意识形态国家机器与民间思潮对拉美文学汉译的交互影响，对各阶段译介过程中的遮蔽、误读与错位进行了透彻的分析。《"边境"之南》的论述侧重于西语美洲文学，因此对使用葡语写作的亚马多只是略有提及，但亚马多在中国的译介过程并未超出拉美文学汉译的大框架，只是由于其作品数量庞大、内容驳杂，加之作者的创作生涯前后延续70余年，而葡语文学研究者的数量又十分有限，因此对亚马多作品的误读也更为严重。此外，如果西语美洲作家群体在中国的代表人物从50年代至今经历了一系列变化的话，对于巴西来说，若热·亚马多仍是迄今为止唯一合格的代言人。

在《"边境"之南》的附录里我们可以看到，1949-1999中国大陆共出版了36部巴西作品，其中若热·亚马多的作品占14部，不仅在巴西作家中无人能及，在所有拉美作家中也高居榜首。再考虑到巴西的36部作品中，有6部属于儿童文学，还有一些文学价值存疑的作品，比如时任巴西总统的若泽·萨尔内创作的《水之北》及其幕僚萨莱斯所写的《钻石梦》。因此可以毫不夸张地说，若热·亚马多占据了中国巴西文学译介的半壁江山。正是亚马多在巴西文学界这种"一枝独秀"的现象，使得不少人对亚马多在中国的译介情况产生兴趣。我曾于2011年在澳门召开的世界葡语研讨会上做过"亚马多中国接受史"的发言，并于2012年在巴西的《文化批评》杂志上发表了《亚马多在中国的翻译》一文。北京外国语大学的张剑波也在2013年圣保罗大学的《翻译文学杂志》上撰写了《亚马多中国接受史》一文。2014年，北京大学的王思维完成了硕士论文《从"和平斗士"到"百万书翁"——若热·亚马多在中国》。这篇论文以亚马多1952年、1957年与1983年三次来访中国为主线，详细分析了亚马多在中国不同时期与社会文化背景下的"翻译"与"重写"，以及在这之中所投射出的中国意识形态话语变迁。

和当时被译介到中国的大多数拉美作家一样，亚马多是以革命作家与共产党员的身份进入中国的。他在1951年获得了苏联颁发的斯大林和平奖，并于1952年受萧三及中国作协之邀访华。可以说他和聂鲁达一样，是中拉之间"民间外交"的重要桥梁。上世纪50年代国内共出版了三部亚马多的作品，分别是：《无边的土地》《饥饿的道路》和《黄金果的土地》。这三部小说均写于亚马多对巴西共产党内工作最为积极的时期，后两部更是加入了直接的共产主义宣传。

从苏共二十大赫鲁晓夫秘密报告导致的拉美共产党内部分裂、中苏交恶再到文革，进入60年代之后，亚马多和巴西一道从中国读者的视野中消失了，直到80年代才得以回归，这也正是国内"拉美热"兴起的时间。尽管在回归之后，亚马多被唤作"中国人民的老朋友"，对他的介绍与定位却都与30年前有了很大不同。译者与出版界有意淡化了对亚马多前期意识形态浓重作品的引介，在80年代国内翻译的10部亚马多的小说中，9部都是作者退出巴西共产党之后的作品，唯一的例外是《拳王的觉醒》。曾经的无产阶级斗士由此变成了颇有异域风情的乡土作家。这一时期翻译的第一部亚马多作品是《金卡斯之死》，发表于1981年的《世界文学》杂志。对于这部小说的选择，主要是考虑到它几乎不涉及情色描写，这在亚马多后期作品中极为难得。80年代中期出版环境进一步放宽之后，亚马多最畅销的两部小说《加布里埃拉》与《弗洛尔和她的两个丈夫》得以在中国出版，后者更是屡次加印，一共卖出了15万册。

然而，与加西亚·马尔克斯、巴尔加斯·略萨等拉丁美洲"文学爆炸"主将不同，若热·亚马多在80年代的中国遭遇了他在巴西一直以来的境遇：深受读者欢迎，但却无法打动文学圈和评论界。当西语美洲文学的追随者们已经沿着"寻根文学""先锋文学"两条不同的道路探索中国文学的可能性时，亚马多的读者却还在对《弗洛尔和她的两个丈夫》的香艳场景津津乐道，译者也要在前言后记反复提及这一点，根据立场不同对其中的两性描写进行解释或抨击，甚至就连专门的评论文章也从未对亚马多的作品进行过深入分析。

从90年代开始，随着拉美文学出版在中国的整体衰退，亚马多的翻译热潮暂时停止，中国研究界对他的关注更是越来越少。继

1991年《大埋伏》出版之后，直到2014年才有《沙滩船长》的中译本问世。

对亚马多与巴西的误读

从单纯的文学技巧来看，亚马多并不特别出众，其作品的冗长、人物性格的简化还经常受到评论家的批评。真正使他在文学界立足并长盛不衰的，除了巴西国内外读者的喜爱之外，主要在于他对巴西民俗的理解和对文化元素的发掘。因此，无论在巴西、美国还是欧洲学术界，对亚马多的研究都绝少涉及文学理论，反而从社会学、人类学或广义的文化研究角度来分析亚马多的创作及其意义。而在中国的译介过程中，却对亚马多作品真正蕴含的文化问题避而不谈，只是反复强调这些作品反映了巴西的"现实"。而这些未经甄别的现实，更多只是中国人自己的想象罢了。

上世纪50年代的翻译工作者更倾向于将亚马多笔下的巴西与解放前的中国相类比，中文翻译也有意无意地将巴西社会带入到中国现实中，比如将巴西共和国成立之后才逐渐兴起的大种植园主翻译成封建地主。而《黄金果的土地》中所描写的美国对巴西的经济操控也被理解成"巴西从封建社会转入资本主义社会的过渡"。由于当时的意识形态特点，对亚马多的出身、巴西共产党的力量等都有许多不实描述，但随着文革结束，这些颇有时代特色的误解倒是基本消失了。

进入80年代以后，中国已经有了几位优秀的葡语译者，转译现象很少发生，翻译的准确度也比50年代有了很大提高，但对亚马多作品中巴西社会的解读却仍然只流于表面。为了和政治挂帅的50年代拉开距离，西语美洲文学的汉译开始了对"纯文学"和"审美价值"的探讨，对亚马多的介绍似乎也延续着同样的套路。但因为亚马多本来就缺乏现代性的写作技巧，又没有诺贝尔文学奖的光环，对他的分析几乎仅限于"人物饱满""情节生动"这样的层面之上。而当中国研究者将亚马多的作品比作一幅幅"巴西风俗画"时，甚至连"种族平等""宗教融合""热情开放"这些标签化的巴西符号都没有指明，这也许是因为中国人口绝大多数为汉族、一直坚持无神论教育、对两性话题又比较保守的缘故吧。而这造成的结果是，国内对亚马多的研究大多抓错了重点。

隐形的巴西

在巴西文学院的就任演说中，亚马多曾将巴西文学传统划分为以心理描写见长的"私人小说"和反映国家历史变迁的"社会小说"，其代表人物分别是马查多·德·阿西斯与若泽·德·阿伦卡尔，并表示自己是阿伦卡尔的坚定追随者。在 70 余年的创作生涯中，亚马多不仅在努力记录着巴西现实，同时也在向全世界展示着他的巴西理想——宗教自由、种族平等、性别解放。尽管这些理想至今也未能完全实现，但却被巴西与其他许多国家所接受，并在一定程度上推动了巴西在这些方面的进步。从亚马多的小说里，可以看到非洲宗教如何与欧洲天主教相融合形成了独属于巴西的坎东布雷教，这种泛神论信仰又如何从世纪之初的社会毒瘤变成了后来的巴西名片；可以看到东北部可可种植园主与腹地悍匪的权力关系，以及这两者如何随着 30 年代"新国家"的镇压而从历史上消失；可以看到外来移民如何在巴西立足扎根；也可以看到巴西妇女地位的变迁。

然而，在亚马多已经有如此之多中译本的情况下，这些丰富的文化资源却很少能被揭示，使得许多读者忽略了亚马多作品中最有价值的元素，失去了借由文学作品进一步了解巴西文化的机会。加上亚马多的中文译介一直隐藏于"拉美文学"译介的帘幕之下，他对巴西身份的探讨在国内也一直没有引起重视。

另一方面，亚马多能否真正成为巴西文学的代表，也是非常值得商榷的。在他之前，马查多·德·阿西斯开创了巴西现实主义文学，对巴西大都市中居民的精神状态进行了深刻剖析，建立起了边缘化的巴西文学与处于中心地位的欧洲文学之间的联系。尤克里德斯·达·库尼亚则率先记录了腹地人的生活信仰，其杰作《腹地》被誉为对"巴西的第二次发现"。与亚马多同时代的巴西作家中，格拉西里亚诺·拉莫斯毫无疑问更受到巴西国内外评论界的青睐。在亚马多之后，吉马良斯·罗萨和克拉丽丝·李斯佩克朵也已经在文学界收获了更高的声誉。在这种情况下，提起巴西文学便想到亚马多或许并非由于他深入人心，而是因为在当今中国的文学语境中，巴西仍只是一个隐形者而已。

《奇迹之篷》：书写真实的奇迹

樊星

在巴西，若热·亚马多的名字可谓家喻户晓。从1931年出版第一部小说《狂欢节的国度》到2001年去世，在长达70年的文学生涯中，亚马多创作了包括小说、戏剧、诗歌、传记在内的30余部作品，深受巴西国内外读者的喜爱。与此同时，他也是与中国结缘最深的巴西作家。早在1952年，亚马多便应邀来过中国。1953年，其代表作《无边的土地》中文版问世，并于1958年、1992年两度再版。迄今为止，亚马多的作品已有15部被译成中文，是拉美作家群体中当之无愧的巴西代表。

作为曾经最畅销的作家，亚马多在巴西文学评论界一直饱受争议。赞扬者称他的作品最大限度地反映了巴西现实，笔下人物丰富生动，充满生活气息；批评者则认为其创作肤浅冗长，人物过于脸谱化，情节描写也常常重复。不仅如此，亚马多小说中鲜明的政治倾向也一直是各阵营争论的焦点。对于评论界的各种评价，亚马多通常并不在乎，甚至坦言自己的作品缺乏"深刻"的内涵，并自视为一名不太具有想象力的作家。但是，无论评论界还是亚马多本人，都非常强调其虚构作品与社会历史的紧密联系。从发表处女作《狂欢节的国度》开始，亚马多的名字就一直与"见证""记录""现实"等词汇联系在一起。在第二本小说《可可》的题记中，这名巴伊亚小说家更是直接表明自己对真实的追求："我力图在这本书中，用最低限度的文学性与最高限度的真实性，来讲述巴西巴伊亚州南部可可庄园工人的生活。"可以说，无论是其早期作品《儒比阿巴》(又译《拳王的觉醒》)《无边的土地》还是后期的《加布里埃拉》《弗洛尔和她的两个丈夫》，亚马多的文学创作都根植于巴伊亚州的历史与传统，在展现地方风俗的同时针砭时弊，在真实的社会背景中进行创作。

因此，无论在巴西国内还是国外，学界对亚马多作品中蕴含的社会学人类学元素都非常重视，并将之视为巴西特定时期的历史见证。而国外的普通读者也都将亚马多的作品看作一扇了解巴西的大门，深受其中异域风情与文化特色的吸引。可以说，通过文学创作，亚马多向世界呈现了巴西。尽管这个巴西有一定的虚构成分，却从未远离过现实的基石。正是在这个层面上，《奇迹之篷》在亚马多小说中占有独一无二的地位。这部作品出版于1969年，从很多方面来看，它都并非亚马多随意创造的一部小说，而是巴伊亚社会发展的如实记录。也许对于国外读者而言，它更像一则不可思议的传奇故事，充满了神秘、冒险与奇思妙想；但倘若读者了解巴西历史，或生活在巴伊亚，就会发现书中的一切都如此熟悉，甚至难以分辨小说与现实的界限。更重要的是，在小说里，亚马多对影响巴西身份建构的两个重要话题——种族融合与民主进程——进行了探讨，在回溯历史的同时，也以巴西知识分子特有的斗争姿态，参与构建了新的历史进程。

《奇迹之篷》的叙述在两个层面分别展开，相互穿插。第一个层面是主人公佩德罗·阿尔杉茹捍卫种族融合的斗争，第二个层面是阿尔杉茹诞辰100周年的纪念活动。对于两个层面的时间选择，亚马多都有着精准的把握。第一个故事开始于19世纪末20世纪初，于1943年阿尔杉茹去世时结束。第二个故事则发生在1968年的军政府独裁时期，也就是这本小说出版的前一年。

葡萄牙殖民与奴隶制度一直被认为是巴西各种社会问题的根源，而亚马多所在的萨尔瓦多因为曾是非洲贸易的中心，各种矛盾也显得更为尖锐。由于巴西1888年才废除历时三个世纪之久的奴隶制度，20世纪初期许多知识分子仍将大批黑人与混血儿视为低等种族，将巴西在文化上的落后归咎于混血与种族融合。甚至当亚马多发表处女作《狂欢节的国度》时，也在作品中表达了类似的观点。除了文化上的偏见之外，政府当局也将非洲宗教等集会形式视为政治上的不稳定因素，认为这些黑人、穷人、卡波埃拉拳师极有可能从事颠覆政权的革命活动，从而颁布法令，对非洲宗教进行镇压，逮捕迫害相关人员。《奇迹之篷》的故事正是在这种背景下开始的。为了能够更好地还原历史，小说中的相关描写在很大程度上依照了历史记载或者民间传说：如书中提到"非洲使团"阿佛谢[1]确实是第一个走上街头的阿佛谢，"非洲沼泽"阿佛谢也真实存在，作者引用的许多歌谣也都来自于民间创作，胖子佩德里托与圣父普罗考皮奥的故事可谓家喻户晓，更不用说书中关于坎东布雷宗教仪式、非洲诸神奥里沙以及巴伊亚美食的精确描绘。

不仅如此，小说最重要的两个人物——主人公佩德罗·阿尔杉茹与种族主义者尼禄·阿尔格鲁——也都有其历史原型，分别是曼努埃尔·格里诺[2]与尼纳·罗德里格斯[3]。作为一名非洲后裔，曼努埃尔·格里诺不仅是画家、作家、废奴主义者，更是一位研究非洲文化的人类学先驱。尼纳·罗德里格斯则和小说里的尼禄·阿尔格鲁一样，是一名法医学家、精神病医生、巴伊亚医学院教授。从各个层面上看，阿尔杉茹与阿尔格鲁的争论都与格里诺与罗德里格斯的论战有很多相似之处。罗德里格斯是巴西犯罪学的先驱，继承了意大利犯罪学家龙勃罗索的理论，认为黑人与混血儿是病理上的"生来犯罪人"。小说中的阿尔格鲁不仅秉承了罗德里格斯的思想，甚至连其著作的题目——《混血、退化与犯罪》《热带国家混血民众的精神与心智退化》《人类种族与巴西刑法责任》《病理人类学：混血儿》——都与罗德里格斯的分毫不差。而故事主人公佩德罗·阿尔杉茹与曼努埃尔·格里诺的相同点不仅在于他们对非洲文化的肯定，还体现在其他种种细节：比如他们都在坎东布雷宗教中拥有头衔，都积极参加工人运动，就连阿尔杉茹所写的四本小书也都能在后者的著作中找到出处。

随着小说情节的推进，佩德罗·阿尔杉茹与里迪奥·库何等人的斗争初见成效，种族融合的观点开始为越来越多的人接受，两场跨越种族的婚礼就是其最有效的证明。而在历史上，从20世纪30年代开始，以吉尔贝托·弗雷雷的《华屋与棚户》为代表，对于巴西非洲文化的社会学研究逐渐增多，巴西知识分子也更为关心底层有色人种的命运。与此同时，如坎东布雷、阿佛谢、桑巴舞等富有非洲特色的文化符号也成为巴西民族性构建的重要元素。而将阿尔杉茹去世的时间选在1943年纳粹德国失势的时刻，也无疑是对种族主义的最后一击。1946年，在弗雷雷的支持下，作为政府议员的亚马多提交了捍卫宗教自由的提案并获得通过。然而，坎东布雷信徒刚刚获得自由祭祀的权利，1964年的军事政变便开启了独裁统治的时代。因此，在《奇迹之篷》中出现的对于暴力行动、审查制度的嘲讽控诉，并不只是为了表明作者的政治立场，更是对军事独裁，尤其是1968年底颁布的审查法令最直接的反抗。

正是出于反抗的需要，作品必须更加正视现实。与同时期的《夜间牧羊人》（1964）和《弗洛尔和她的两个丈夫》（1966）相比，《奇迹之篷》反倒少了一些魔幻色彩。本来，从1958年出版《加布里埃拉》开始，亚马多已经很少在作品中引用长篇论述。但在《奇迹之篷》中，亚马多却采用了他早期小说创作中惯用的方式，引用大量真实的文献资料，清晰坚定地表达自己的立场。因此，尽管小说的题目是《奇迹之篷》，但这里的"奇迹"却并非超自然力量，而是真实生活。尽管在作品前半部分多次描写到神灵附体、占卜预言，主人公却在最后承认神灵降临的奇迹不过是"单纯的癫狂状态"，"是苦难、无知与原始恐惧造成的"。但这并不意味着生活中没有奇迹，在整部小说中，作者至少四次提到了真正的"奇迹"。第一次，是阿尔杉茹一生的挚爱罗萨在跳舞。罗萨是一位黑人美女，跳的又是坎东布雷的宗教舞蹈，这是黑人艺术的奇迹。第二次，是在阿尔杉茹教子塔代乌大学毕业的当晚，作为坎东布雷圣母的玛耶·巴散与曾经游历欧洲各国的伯爵夫人莎贝拉共同起舞。尽管玛耶·巴散是个黑人，莎贝拉是白人，她们却有一个共同的混血孙子，这是文明交汇的奇迹。第三个奇迹，是混血儿塔代乌与金发姑娘露的婚礼。尽管没有得到女方家庭的支持，混血男孩与白人女孩依然结为连理。而且在婚礼当天，女孩的外婆赶到现场为新人祝福。婚礼之后，随着塔代乌社会地位的提高，女方家庭也愉快地接纳了他。这是摒除偏见的奇迹。而最后一个奇迹，则是罗萨的混血孙女。她继承了罗萨的非洲血脉，又拥有欧洲的湛蓝眼睛。她自信、美丽、聪颖、热情，这是种族融合的奇迹，也是巴西最值得称道的奇迹。

与种族融合相对应的，还有宗教融合，它既是亚马多作品的重要主题，也是理解巴西文化特点的基石所在。这一点，从佩德罗·阿尔杉茹的名字上就能表现出来。佩德罗来源于《圣经》，而阿尔杉茹（archanjo）的意思则是大天使。但他同时又叫奥茹欧巴，是坎东布雷教义中雷神"桑构"的眼睛。他死后既能享受非洲"拿构"的葬礼，又能安葬在基督教的陵园。除此之外，小说还提到了风雨神"烟散"就是圣芭芭拉，钢铁神"奥贡"就是圣安东尼奥。这是因为在殖民时期，黑人宗教被葡萄牙殖民者视为巫术，遭到禁止。为了保留自己的信仰，黑人奴隶不得不将非洲宗教中的自然神与天主教圣徒联系在一起，从而在礼敬神祇的同时避免遭受迫害。然而，随着时间的推移，非洲宗教与天主教之间相互影响，使得巴西的坎东布雷早已不同于非洲，黑人也拥有了自己的教堂。而对巴西文化融合最直接的说明，还是小说最开始的一段话："在梵蒂冈的'选中之人'与坎东布雷的黑人之间有一项共同点，就是混融的血液。阿格纳尔多的奥绍熙是腹地的悍匪，圣像雕刻家手中的圣乔治不也一样吗？圣乔治的头盔更像一顶皮革帽，巨龙参加了雅加雷与卡阿波拉的三王节游行。"

天主教、非洲宗教、腹地悍匪这三样迥然不同的元素融合在了一起，而倘若联系到早期巴西统治阶层对宗教融合所施加的种种阻力，联系到腹地悍匪寻求正义的反抗精神，将它称之为奇迹也不为过。《奇迹之篷》与亚马多的其他作品也都或多或少地包含了这三种元素。

最后，在故事的另一个层面，也即阿尔杉茹诞辰 100 周年之际，亚马多对当时社会的种种问题都进行了嘲讽，其中包括对军事独裁的控诉、对学术骗子的揭露、对唯利是图的批判以及对美国霸权的反思。更有趣的是，正如上文提到的那样，1968 年底，巴西颁布了严格的审查法令，然而在 1969 年，《奇迹之篷》这样一本明显反对军事独裁的作品依旧得以出版。事实上，并非只有这一本书，在军政府统治期间，仍有不少类似的作品出版问世。这大概也是巴西的奇迹。

注释

〔1〕即狂欢节期间坎东布雷的节日游行队伍。
〔2〕曼努埃尔·格里诺（Manuel Querino, 1851-1923）是一位非洲裔的巴西知识

分子、画家、作家、废奴运动领袖,也是最先记录巴伊亚非洲文化的人类学先驱。在那个普遍认为黑人是低等种族的年代,格里诺致力于捍卫非洲文化,认为巴西的"漂白"计划毫无必要,因为非洲同样参与缔造了巴西文明,黑人同样能够从事精细的工作。

〔3〕尼纳·罗德里格斯(Nina Rodrigues, 1862-1906)是一名巴西法医、精神病学家、医学院教授、人类学家与民族志学者。他被视为巴西犯罪人类学的奠基人,也是巴西最早研究黑人文化的学者。他的观点如今看来充斥着种族主义与种族歧视,在当时却被认为是科学先进的观点。

《金卡斯的两次死亡》：狂欢化的死亡

樊星

若热·亚马多是 20 世纪巴西文坛的代表人物。从 1931 的《狂欢节的国度》到 1992 年《土耳其人的美洲大发现》，亚马多共创作长篇小说 20 余部，其作品被翻译为 49 种文字，深受巴西国内外读者的喜爱。他善于将巴西尤其是巴西东北部巴伊亚州的民俗传统融入文学创作中，在展现社会问题的同时表现巴西民族的身份特质。

《金卡斯的两次死亡》出版于 1959 年，是亚马多唯——部中篇小说，水准却绝不输于他最知名的长篇作品。在创作时间上，这本书和《加布里埃拉》一样，是亚马多从"承诺文学"向"民俗文学"的转型之作，其中既延续了前期批判资产阶级虚伪道德的左派传统，也开拓了辛辣幽默的超现实主义叙事风格。通过对巴西精神的洞悉和把握，亚马多彻底摆脱了前期意识形态的束缚，创作出这个·匪夷所思却又无比真实的故事。

小说的主人公金卡斯本名为若阿金·苏亚雷斯·达·库尼亚，曾是国家税务局的模范职员，是一个有头有脸的人物。金卡斯正是若阿金的昵称，在抛弃光鲜的资产阶级生活、自愿成为流浪汉之后，金卡斯失去了象征家族的姓氏，并因在酒桌上喝到水尖叫，成为了众人口中"因水叫喊"的金卡斯。正如题目所传达的那样，主人公在这部小说中死了两次：第一次，他是一本正经的若阿金，死在了床上，由医生开具死亡证明，由爱慕虚荣的亲属为他穿衣打扮，准备棺材，筹备葬礼；而第二次，他才是人人爱戴的金卡斯，由他亲自安排自己的身后事，选择月光下的大海作为新的归宿。而倘若从葡萄牙语直译过来，这本书的题目其实是《死亡与"因水叫喊"的金卡斯之死》，可见只有第二次才是独属于金卡斯的死亡。

借一名公职人员之死来讽刺资产阶级的虚伪、揭露社会对人的压迫是文学中常见的主题，其中不乏托尔斯泰的《伊凡·伊里奇之死》、契诃夫的《小公务员之死》这样的名作。如果亚马多将着力点放在这种共性的死亡上面，充其量只算是这些杰作的巴西翻版；而亚马多的才能却正体现在他对第二次死亡的刻画上，这是具有巴西精神的死亡，也是一种特殊形式的反抗。当金卡斯的女儿找人为金卡斯换好衣装，让他躺在棺材里为他守灵时，一度认为金卡斯已经回到她的控制之中，然而她却看到金卡斯脸上仍带着放荡不羁的笑容，并且似乎听到了金卡斯对她和其他亲人的谩骂。之后由于亲人的精明和冷漠，为金卡斯守灵的任务也交到他的四位朋友手中。这四个人和金卡斯说话，喂金卡斯喝酒，甚至帮他脱去了束缚的鞋子衣服，将他带到了大街上、酒吧里和渔船上。可以说，在最终投身大海之前，金卡斯虽拥有死亡证明，却并非一名死者。甚至在纵身跃入海洋之后，他的冒险也仍在继续。

生与死的界限消失了，高雅与低俗也调换了位置。事实上，正是以《金卡斯的两次死亡》为分界线，亚马多开启了一种反其道而行之的写作模式。金卡斯是亚马多创作的第一个"反英雄"人物，也是其后期作品中众多酒鬼、赌徒与流浪汉的原型。在他身上，可以看到《弗洛尔和她的两个丈夫》中的瓦迪尼奥、也能够看见《奇迹之篷》里阿尔杉茹的影子。透过金卡斯这个形象，亚马多打破了既定的社会秩序，构建了一种"倒置"的价值体系：世俗标准下的生命变成了一种禁锢,而死亡则演化成一场庆典。因此在金卡斯去世的那天,他的几位朋友却说"今天是他的生日"。

这种"倒置"与巴西狂欢节有着相同的精神内核。正如巴赫金在研究拉伯雷时阐释的那样,狂欢节庆典塑造了一个与日常生活不同的"第二个世界"和"第二种生活",原有的社会等级消失了,流氓骗子成了主角。[1]或许正因为狂欢精神在巴西民族性中的重要地位,"反英雄"才会成为巴西文学一个无法忽视的传统。在巴西现实主义的开山之作《布拉斯·库巴斯的死后回忆》中,马查多·德·阿西斯用反讽的口吻讲述了一个失败者的一生;在现代主义代表作《马库纳伊玛》中,马里奥·德·安德拉德又塑造了一个无比懒散的没品英雄。

但对于巴西的狂欢本质,还是亚马多展现得更为精准贴切。亚马多的故乡巴伊亚是巴西的狂欢之都,桑巴和狂欢节游行都起源于那里。在巴西狂欢节上,国王是个乐天的胖子,王后是一个性感女郎;相应地,在亚马多后期的作品里,国王是喜欢吃喝玩乐不知忧愁为何物的流浪汉,王后则一定是坚强果敢而又充满情欲的混血姑娘。而拥有"巴伊亚的流浪汉之王""萨尔瓦多的酒鬼统帅""市场斜坡上衣衫褴褛的哲人""庸俗舞厅的参议员""优秀流浪汉"等头衔的金卡斯,则是亚马多作品中当之无愧的第一任"狂欢节国王"。

因此,如果传统意义上的死亡是一场悲剧的话,金卡斯之死则无疑是一场闹剧。金卡斯嘲笑他的家人虚伪愚蠢,而他的家人也嘲笑他不修边幅。他是嘲笑者,亦是被嘲笑的对象,但他对此毫不在意,因为在狂欢化的外衣之下,生活已经变成一场游戏,而这场游戏的胜利者必然不是被社会规则捆住手脚的人,而是在酒席上鲜有敌手、在牌桌上左右逢源的"金卡斯"们。被忽视的边缘人物由此成为万众瞩目的焦点,默默无闻的劳苦大众由此获得前所未有的话语权。对巴西而言,狂欢不仅是对现实的戏仿,更是全民参与共建的乌托邦。在种族层面上，狂欢节极大地促进了对黑人艺术与非洲宗教的传播与认可；在社会层面上，主题桑巴游行在历史初期便成为底层人民表达诉求的途径。可以说，狂欢既是巴西民众斗争的形式，也是他们斗争的成果。

巴西民族的这种狂欢精神几乎深入骨髓，所以亚马多才可以把金卡斯的故事讲得如此顺畅自然，仿佛街头路人偶然说起的一桩逸闻轶事。而亚马多也常说自己并非一个大作家，而只是一个"讲故事的"。他从不发明创造，他如此讲述，只因为在他的故乡，人们就是如此思考行动的。他赋予金卡斯狂欢化的死亡，也可以说是巴西式的死亡。正是由于这种书写方式与巴西精神相契合，亚马多才会一直受到巴西读者的喜爱，金卡斯也才能甫一出场就成为巴西文学中的经典形象。

注释

[1] 巴赫金，《巴赫金全集第六卷：拉伯雷的创作与中世纪和文艺复兴时期的民间文化》，河北教育出版社，1998年，第6页。

《沙滩船长》中的简单与浪漫

樊星

若热·亚马多从来都不是一个深刻的作家,但这并不影响全世界读者对他的喜爱。在巴西,他曾是仅有的两个可以单纯依靠写作为生的人,他的作品吸引了识字不多的底层人民,彻底改变了只有精英阶层才读书的文化格局;对外国读者而言,他是了解巴西文学与文化的桥梁,甚至许多著名的社会学家、人类学家都将他的作品当作解读巴西的重要途径。在他的作品里,很难见到文学批评家所热衷的象征、隐喻、心理分析,只有简单的情节与直白的表述。虽然他描写的都是现实题材,但在本质上却是一个十足的浪漫主义者。

在 1937 年出版的《沙滩船长》中,亚马多的这两大特质——简单与浪漫——可谓被发挥到了极致。这本书以一群巴伊亚流浪儿为主人公,讲述了他们的生活、苦难、勇气与无助。和亚马多的其他作品一样,《沙滩船长》中人物也都具有鲜明的性格特质:勇敢机智的领袖"子弹"佩德罗、爱好绘画而又嗜书如命的"教授"、受到基督教召唤的"棒棒糖"、朴实强壮的"大块头"若昂、纯洁坚强的孤女朵拉、崇尚土匪之道的"干旱再临"、花花公子"猫儿"、悲观冷漠的"断腿"。正是他们与其他许多无家可归的流浪儿,组成了令警察与富人倍感头痛的"沙滩船长"团体。倘若在亚马多的其他作品中，这类标签化的人物设定会因为缺乏深度而备受诟病，但在《沙滩船长》中他们却恰如其分地反映了那个年龄段孩子的精神状态。尽管故事的叙述者反复强调他们只在年龄上是孩子，其他方面都与成人一样，他们抽烟、喝酒、赌博、偷窃、和妓女睡觉，但却时刻展现着他们单纯的一面。他们善恶分明，只要真心对待他们就能赢得他们的信任与友爱；他们无所畏惧，可以毫不犹豫地为了自己心中的正义以身犯险，决不妥协。从更本质的层面上说，他们不过是一群缺少人疼爱的孩子，而他们近乎偏执的性格或者梦想，更像是这种缺失的替代品。

最能体现这一点的，莫过于"旋转木马的时光"这一章。无论是残忍的腹地土匪还是年少的沙滩船长，仅仅一个老旧褪色的旋转木马就足以使他们忘记生活的苦难，尽情享受眼前的幸福时光。当旋转木马的音乐声响起，沙滩船长们觉得自己才是城市的主宰。因为"原先他们没人疼没人爱，可此时他们相亲相爱，如同兄弟一般，这音乐疼他们爱他们"，足以让他们忘记那些看似烙印在性格深处的东西，重新变成一个个单纯的孩子。而当深夜降临，其他孩子都回家之后，他们终于也能坐一次旋转木马。此时的他们"忘却了与其他孩子的不平等，忘却了他们无家可归，无父无母，如同成年人一样偷窃为生，在城里像贼一样被提防。骑在木马上伴着灯光旋转，他们忘却了戴有柄眼镜老妇人的话语。群星闪耀，月光如水，不过这个巴伊亚的晚上最亮的，还是那巨型日本旋转木马上蓝、绿、黄、红的灯光。"

这类充满诗意的描写，在《沙滩船长》中并不罕见。亚马多一向善于利用巴伊亚的自然元素——月光、微风、沙滩、大海——营造出美妙、神秘而又伤感的气氛。但其作品中的浪漫主义色彩并不在于单纯的景色描写，还在于对人物与情节的理想化构思。年少的沙滩船长们虽然性格追求各有不同，但都在某方面具有出众的天赋:"猫儿"在赌桌上难逢敌手,"教授"在绘画方面无师自通,"棒棒糖"能够感受到天命的召唤,最终成长为一名方济各修士,"子弹"佩德罗更是多次与警察斗智斗勇,并顺利从少管所逃出。他们一方面展现着惊人的智慧、原则与勇气,一方面又背负着恶名,遭受着歧视。可以说,这些主人公都是不断冒险的英雄人物,他们的斗争与激情始终伴随着小说情节的发展,其中能够明显地看到巴西传统文学与民间传说的影响。

然而,作品本身的简单浪漫却并不与其复杂的现实意义相冲突,反而在某种程度上增强了这种困境的内在张力。因为在亚马多的作品尤其是前期作品中,关注的不是个体意义上的人,而是总体意义上的社会。这样一来,人物内心的复杂程度反而退居到了次要位置。《沙滩船长》的主人公只是一群单纯的孩子,除了基本的温饱之外,他们追求的只有爱与自由,而这些是社会本就该赋予孩子的。但即便在如此简单的设定之下,孩子们的需求都无法得到满足,因为受到各方面的制约:警察与司法部门的暴力腐败,天主教义的保守偏见,富人的自私伪善,媒体的推波助澜……造成这一切的是社会整体的权力结构,而非区区几个反面人物。因此,即使若泽·佩德罗神父拥有至高的美德与自我牺牲精神,即使战舞大师"上帝之爱"与坎东布雷女祭司都心怀善意,却因为他们本身的贫穷卑微而无法给"沙滩船长"任何实质性的帮助。换言之,即使底层人民已经达到了最理想化的状态——聪慧、无私、团结一致,他们依然没有任何希望脱离悲惨的命运。

正是这种对社会现实一针见血的指控,使得《沙滩船长》1937年一经出版便遭遇政治审查,并被当众焚毁。亚马多本人也于同年年底被捕入狱。但"禁书"的名头却给这本书带来了更多声望,吸引许多读者私下传阅。由于政治原因,《沙滩船长》直到1944年才开始再版,迄今已经拥有120多个版本,是亚马多最受欢迎的小说之一。在这本书最新版本的后记中,巴西著名作家弥尔顿·哈通写道:"《沙滩船长》主题的当代性令人吃惊。这本书深入探讨的社会问题在巴伊亚以及巴西与拉美其他许多城市依然存在。如今读来仍令人动容。"即使对巴西社会不甚了解,只要看一看《街童》与《上帝之城》等电影,就知道弥尔顿·哈通所言非虚。从《沙滩船长》到《上帝之城》,尽管故事发生的时间推后了几十年,地点从古老的殖民首都巴伊亚变成了现代的旅游城市里约热内卢,穷孩子的命运却没有丝毫改善,而随着武器枪支的泛滥,暴力程度更是有增无减。如今,巴西街头的流浪儿更可能受到贩毒集团的控制,由于缺少家庭引导与学校教育,只能在犯罪的深渊中越陷越深。

而在简单浪漫的艺术渲染之下,这部 70 多年前被视为离经叛道的小说比单纯的纪实作品包含了更多温情。与贫民窟的孩子们相比,"沙滩船长们"生活在一个我们更容易接近和想象的世界,也能唤起更多的同情与道义上的责任感。作为巴西第一本反映流浪儿生活的文学作品,这本书并没有用骇人听闻的场景去博人眼球,对暴力与情色的描写也更加克制,甚至就连朵拉与"断腿"的去世都显得更加柔和而富有诗意,他们一个死于无名的热病,一个"像马戏团里的空中飞人一样"摔在了地上。其他许多孩子更是在某种程度上实现了自己的理想:"教授"成为了全国知名的画家,"棒棒糖"如愿以偿成为了修士,"猫儿"与"干旱再临"分别变成了赌徒骗子与江洋大盗,虽然并不光彩,但也因此登上报纸,得到了大家的关注,而"子弹"佩德罗更是加入了工人斗争的队伍,成为了一名无产阶级领袖。

亚马多以这种方式预言了"沙滩船长"的未来,也预言了他自己之后的创作道路。在他后期出版的所有小说里,总少不了土匪、赌徒与革命者的影子,神父和知识分子的形象也会时时闪现。而书中唯一的女主人公朵拉则幻化成了亚马多作品中的多位女主人公:

她们或者是加布里埃拉与弗洛尔太太那样的女友、妻子,或者是特蕾莎·巴蒂斯塔与季叶塔那样的英勇斗士。更重要的是,《沙滩船长》中的流浪儿渐渐变成了亚马多笔下的流浪汉,使这位巴西文豪能够在晚年自豪地声称:"我是一名书写妓女与流浪汉的作家"。

因此,尽管从情节构思与写作技巧上看,《沙滩船长》并非亚马多最出色的作品,但它却像一粒种子,一方面引发了社会与艺术界对巴西流浪儿童的关注,一方面又成为了亚马多之后几十年文学创作的灵感源泉。在受众层面上,这则简单浪漫的故事也具有强大的生命力,它同时赢得了成人与孩童的喜爱,历经几十年仍魅力不减。

拉克尔·德·格罗什
(*Rachel de Queiroz, 1910—2003*)

构建女性解放之路：论拉克尔·德·格罗什的文学世界

马琳

20 世纪 30 年代是巴西文学史上一个非常重要的发展阶段。以这一时期为起点，"地域主义"成为了巴西文学的主流。一批出身于巴西东北部地区的优秀作家陆续为巴西文坛贡献大量以真实笔触描绘东北部地区自然风貌及社会生活的文学作品。其中的代表作家包括巴伊亚州作家若热·亚马多，帕拉伊巴州的若泽·林斯·杜·雷古，阿拉戈斯州的格拉西里亚诺·拉莫斯以及"伟大的塞阿拉夫人"——拉克尔·德·格罗什。

对于现当代巴西文学而言，拉克尔·德·格罗什是一位具有划时代意义的作家，享有崇高的文学地位。1977 年，拉克尔成功入选巴西文学院，成为该机构自建立以来的首位女性院士。1993 年，拉克尔成为首位获得卡蒙斯文学奖的女性作家。对于她的创作，巴西文学界泰斗级评论家阿尔弗莱德·博斯曾总结道："（拉克尔·德·格罗什）以细致的心理描写来展现女性如何面对自身所处的依附与弱势地位。她的小说讲述了女人如何对抗在传统思想下将她们囚禁起来的家庭及社会大环境。"

拉克尔·德·格罗什出生在塞阿拉州首府福塔莱萨，其父丹尼尔·德·格罗什是当地的一名法官，母亲克劳蒂·弗兰克林·德·格罗什与巴西 19 世纪著名作家若泽·德·阿伦卡尔有亲属关系。拉克尔五岁那年，包括塞阿拉州在内的巴西东北部内陆地区遭遇严重干旱，拉克尔一家被迫于 1917 年迁往里约热内卢，两年后返回。随后，拉克尔在寄宿学校学习四年后获得教师资格。她返回父母的农庄，并在那里阅读了大量书籍，尤其是关于社会主义、马克思主义以及俄国革命的著作。1929-1930 年间，拉克尔凭借童年记忆，以 1915 年发生的严重旱灾为素材，创作了第一部小说《一五年》。这部作品 1930 年在福塔莱萨出版，成为作家最重要的代表作。

《一五年》的故事有两条主线，一条讲述放牛人西古·本托一家因干旱而被迫进行长途跋涉，经历饥饿与死亡；另一条讲述女主人公贡赛桑的成长过程，侧重于她对爱情和生活的把握与抉择。作家在小说中表达了她对于现实及女性处境的关注。她笔下的贡赛桑带有一定的自传性。和作者一样，在一所中学教书的贡赛桑也喜好阅读，博览有关女性解放以及社会主义思想的书籍，不想遵循社会对女性的期望而早早结婚生子。学校放假时，贡赛桑来到祖母的农场，在那里见识到了干旱对农民生活造成的巨大灾难。在个人感情方面，贡赛桑对表哥文森特抱有好感，但文森特是典型的腹地男人，两人之间的巨大差异使他们几乎无法沟通。贡赛桑最终放弃了这段感情，在旱情逐渐缓解之后，她决定继续独自在城市生活。

《一五年》具有强烈的社会意识，批判了社会对于东北部难民这一弱势群体的不公正以及对女性的压迫，得到了众多作家和文学评论家们的认可，并使拉克尔于 1931 年获得格拉萨·阿拉那基金会设立的文学奖。《一五年》在收获赞赏与好评的同时，也受到过置疑。拉克尔在传记回忆录《那么多年》中提到："我们这个圈子里的一个人，一位作家、诗人，他很优秀，只是人品不太好，他在《一五年》逐渐被认可之时写了一篇文章批评这本书，还以假名散布谣言说这本小说其实是由我父亲丹尼尔·德·格罗什所著。"作为一位女作家，拉克尔的语言风格并不具有明显的女性气质，这也许是令那位她不愿提及姓名的男作家产生置疑的原因之一。然而，拉克尔的写作就是要突破这种男性垄断的局面，她曾在《克鲁塞罗》杂志上发表文章指出："在巴西，人们认为女性参与写作是奇闻异事，是时候摒弃这种思想了。当我们谈论到女性作家时，不要再不以为然地笑着耸肩，更不要把'写得和男作家一样'这句话当成是对女性作家的赞赏。优秀的作品并不必须出自男人之手。女性文学已真实存在，有一批优秀的女作家正在书写着女人的故事。"拉克尔自身便是这样一位优秀的女作家，她始终坚持以女性角色为中心，在描写东北部人民生活疾苦的同时，重点展现女性的社会生存状况以及女性为了自我实现而做出的尝试与努力，并尖锐地批判了父权社会加之于女性的种种束缚。

拉克尔是积极的政治活动家。政治对她的生活与文学创作均造成了重要的影响。《一五年》出版同年，拉克尔为领奖在里约热内卢停留了两个月，期间秘密加入巴西共产党。"东北部小说派"的几位代表作家都与共产党有着或多或少的联系，拉克尔更是接受里约党组织的任务，直接参与了在福塔莱萨建立工农联盟的活动。在这一段经历的影响下，她分别于1932年及1937年创作小说《若昂·米格尔》和《石子路》。一如"地域主义"的其他代表作家，拉克尔的作品同样具有强烈的社会承诺特点。在《若昂·米格尔》中，穷人若昂·米格尔因遭受不公正判决而入狱，失去了工作和恋人。作家以若昂的经历来抨击社会对于穷人的不公以及性别歧视等现象。作为资产阶级进步知识分子，拉克尔对于穷人这一社会弱势群体有着同情与责任感，她认为知识分子应当与工人阶级和穷苦农民联合起来。而在这些弱势群体中，女性则处于更加弱势的地位，拉克尔始终坚持认为女性应当不畏传统思想压迫，积极参与政治活动，发出自己的声音。小说《石子路》便清晰地反映了这一点。

《石子路》与巴西20世纪30年代社会主义运动有着密切联系。拉克尔把自己受命在福塔莱萨建立工农联盟的经历写进小说，展现出在革命组织中知识分子与激进工农群众之间的冲突。故事以里约记者罗贝托到达福塔莱萨为开场，作为资产阶级知识分子，他从当地的"革命同志"身上感受到了明显的敌意与排斥。若昂·亚格斯是当地一位已放弃革命的知识分子，而他的妻子——主人公奈奥米却仍在坚持。她认为女性应该有权利独立选择与决定自己的生活。奈奥米最终离开家庭，跟着罗贝托搞革命，她因此受到众人指责，失去了工作。在小说结尾，罗贝托入狱，已有身孕的奈奥米继续坚定地走在她所选择的"石子路"上，怀着新生命与新希望。奈奥米这个女性形象的独特性在于她要求思想解放，勇于追求自身幸福，充分体现了拉克尔在社会主义理念与运动的影响下，更加深入地展开了对女性身份与地位的思考。

《石子路》中罗贝托面临的种种尴尬局面正是拉克尔在党组织中切身体会过的。1932年，党组织要求拉克尔将《若昂·米格尔》的文稿上交接受审核，通过之后才允许出版。由于不能认同审核小组提出的极端意识形态的修改意见，拉克尔退出了党组织，但并未因此停止参与政治活动。1939年，作家因参与政治运动被捕入狱三个月，其后搬到里约热内卢，并在那里发表了小说《三个玛利亚》，这是她最重要的作品。从这部小说开始，拉克尔的叙述视角由外部转向内部，用第一人称进行叙述，开启了一个新的书写阶段。

《三个玛利亚》是作者最具有自传性的一部小说，讲述了三个名字都是玛利亚的女孩从学生时代到成年之后的故事。主人公玛利亚·奥古斯塔在寄宿学校遇到玛利亚·若泽和玛利亚·达·格洛丽亚，彼此成为好友。学校教育她们如何成为"守规矩的好女人"。毕业后，玛利亚·若泽和格洛丽亚分别选择了父权社会为女性规划的两条路：前者成为修女，后者嫁为人妇。向往自由生活的玛利亚·奥古斯塔则离开家到福塔莱萨找工作，生活的疲惫以及工作上的失意让她逐渐明白，女人若想实现自由与独立，定要承受巨大的社会压力。奥古斯塔转而尝试在爱情中实现自我，但两段恋情均以失败告终。她在理想与社会现实之间挣扎，无法找到平衡，最终选择回家。拉克尔在书中运用了大量心理描写来表现主人公对各种社会问题的思考，借由这本小说批判社会强加给女性的模式化教育。《三个玛利亚》被认为是拉克尔的创作进入成熟阶段的标志。

《三个玛利亚》发表后，拉克尔暂时停止小说创作，重新开始参加政治活动。1948年，作家发表短篇故事集《少女与老妇：故事及回忆》。两年后，拉克尔在《克鲁塞罗》杂志上连载发表小说《金鸡》。这是作者第一次不以福塔莱萨为创作背景，而是把笔尖指向当时的文化与政治中心——里约热内卢。故事讲述鳏夫马里亚诺在里约的一座岛上独自抚养女儿，后来他结识了向往城市灯红酒绿的女人娜扎莱。《金鸡》可以被定义为一本"流行读物"，从文学性上来讲，确实低于作家的前三本小说。不过，它对里约的腐败、对贫苦女性如何发展自身的问题亦有所涉及。直到1985年,《金鸡》才最终被整理出版为一本小说。

进入20世纪50年代,拉克尔开始尝试不同的文学体裁,包括戏剧、故事以及儿童读物。1953年,她写就戏剧作品《兰比奥》,讲述巴西东北部的传奇人物悍匪兰比奥及恋人玛利亚·布尼塔的故事。悍匪是极具巴西腹地区域特色的人物形象,也是腹地文学中的一个重要主题。他们反对独裁政府的统治,并不仅仅是普通强盗。玛利亚·布尼塔这一女性人物抛弃了家庭,追随兰比奥及他的悍匪团在腹地游走,对抗政府军。《兰比奥》在里约、圣保罗以及福塔莱萨上演,好评如潮,被《圣保罗报》评为年度最佳戏剧作品。1957年,巴西文学院将马查多·德·阿西斯奖颁发给拉克尔,以表彰她一直以来优秀的文学创作。第二年,拉克尔从宗教故事和诗人曼努埃尔·班德拉的民谣中获取灵感,创作戏剧《修女玛利亚》。故事发生在塞阿拉州的北茹阿泽鲁,修女玛利亚帮助神父赛西路组织群众,反抗上校西古·劳佩斯在当地的统治,因此被捕入狱,为给神父通风报信,她将身体献给看守她的中尉以求释放。与作家其他小说中的女主人公相比,修女玛利亚代表着重大突破。修女身份并未限制她为理想而奋斗,她在危急关头自我牺牲,实现了人生价值。从另一个角度来讲,玛利亚为达目的毫不犹豫地以性为手段,不掺杂感情,而中尉却黯然神伤,这与传统两性关系中的男女处境正相反,是对传统的颠覆。

在距离《金鸡》连载过去二十几年后,拉克尔于1975年出版了《朵拉·朵拉丽娜》,再次以小说形式回归对于女性自我实现这一主题的探索。小说由"夫人""戏剧团"和"指挥官"三部分组成。"夫人"这一部分讲述朵拉和母亲在庄园中的生活,母亲控制一切,朵拉出于占有欲与表兄劳林度成婚。母亲与表兄的背叛以及后者的死亡促使朵拉决定离开。她四处游荡，并在这一过程中寻找自我。第二部分"戏剧团"讲述朵拉进入剧团，化身为女演员奈丽·索瑞，在舞台上熠熠生辉。这令她有生以来第一次感受到自身的价值。在与指挥官阿斯莫多相识后，朵拉离开剧团。第三部分主要描述朵拉的婚后生活，直到阿斯莫多病逝，朵拉重新回到庄园。此时她已变成一个成熟、独立的女人，懂得如何平衡理想与社会现实对于女性的要求。朵拉接手母亲的庄园，开启一个新的轮回。朵拉与《三个玛利亚》的女主人公都以回归家园为结局，但相比于玛利亚·奥古斯塔，朵拉的回归甚至可以用"凯旋"来形容。拉克尔在《朵拉·朵拉丽娜》中塑造了一位更加具有现代女性风范的女主人公，将她的成长与转变细腻地展现给读者，在探讨女性应该如何寻找自我、实现自我的路上又向前迈进了一步。

　　作家笔下最具有突破性及进步性的女性人物是她最后一部长篇小说《玛利亚·莫拉回忆录》（1992）中的女主人公——悍匪玛利亚·莫拉，这是一个真正获得自由与独立、生活在社会规则与法律之外的女性。作家以朵拉为雏形，以英国女王伊丽莎白一世的故事做基础，将时空定位于19世纪的巴西东北部地区。年仅17岁的玛利亚·莫拉在经历家庭变故后离家出走，成为悍匪头领，领导一群男人在腹地边抢劫边向本该由她继承的土地进发。最终，她在应得的土地上建立起堡垒，并通过驯养牲口来稳定经济。玛利亚·莫拉是作家笔下唯一通过获取经济力量、占有土地来达到自我实现的角色。她不因自身欲望而感到羞耻，拒绝婚姻，拒绝做母亲，只想拥有权利，过自由的生活。如此独立的女性形象在当时的社会现实下并不真实存在，只活在传说中，是一种极其强大的象征力量。《玛利亚·莫拉回忆录》受到评论界与普通读者们的一致好评，成为众多评论家和学者们的研究对象。巴西作家及评论家安东尼奥·霍阿伊斯称这部作品展现了拉克尔在语言运用及人物心理描写方面的大师级水平。学者弗朗西斯科·卡尔瓦留认为玛利亚·莫拉这一人物在继承东北部文学作品中传统女悍匪形象同时又有所突破。在《玛利亚·莫拉回忆录》发表后的第二年，拉克尔荣获葡语文学界最具权威性的卡蒙斯奖，这一奖项再次证明了拉克尔毕生的创作在葡语文学界所占据的重要地位。2003年12月4日，拉克尔·德·格罗什因病在位于里约热内卢的家中去世。

综上，从第一部小说《一五年》开始，拉克尔·德·格罗什一直致力于展现女性在父权社会下所面对的压力与挑战，尤其是在社会问题更加严峻的东北部地区。在拉克尔的作品中，阻碍女性自身发展的社会因素反复出现，每一位不想被传统价值观束缚的女主人公都在挣扎中寻找着自己的出路：贡赛桑不顾种种压力选择独自在城市生活，并且抚养难民的孩子；奈奥米在众人的指责中义无反顾地选择离开家庭献身革命；玛利亚·奥古斯塔因过于理想化而在出发之前缺乏准备，在寻求自我实现的过程中仍会被一些保守观念所扰，无法真正获得自由；朵拉努力在理想与社会现实中寻求平衡，在一定程度上达到了自我实现；玛利亚·莫拉游离于法律之外，获得经济独立，拒绝婚姻与生育，不因自身欲望而感到罪恶，象征着彻底的女性解放。由此可见，在拉克尔的作品中，女性形象一直在发展、进步，逐渐变得更强大、更独立，她们面临着同样的社会压力，都经历过理智与情感的挣扎，有成功亦有失败，从自我意识的觉醒到付诸行动，从在理想和现实之间寻求平衡到不向一切妥协。这些女主人公都或多或少带有拉克尔自己的影子，她一生致力于参与政治，不曾因任何困难而退缩。拉克尔·德·格罗什对于东北部社会问题的展现以及对女性在社会中自我发展的深刻探索使她当之无愧地成为巴西文学史上最伟大的作家之一。

鲁本·丰塞卡

(*Rubem Fonseca,* 1925—)

"巴西奇迹"：天堂或地狱

符辰希

巴西，茨威格笔下的"未来之国"，战火纷飞、生灵涂炭的年代里，奥地利作家在这片南美绿洲看到了平等与包容、和平与希望；巴西，暴力与纷争是它的另一张名片，从推翻帝制到20世纪的两场独裁，巴西在枪弹与血泪的洗礼中，承受着蜕变的阵痛。一次次，这个国度与"巴西崛起"的期许擦肩而过，渐渐成为"永远的未来之国"。今天，当我们提到巴西，与炫目的桑巴足球、明丽的里约海滩齐名的是贫民窟层出不穷的毒品交易、黑帮枪战、腐败警察与犯罪分子间的暴力升级。鲁本·丰塞卡正是这样一个暴戾巴西的描绘者。

鲁本·丰塞卡1925年出生于里约热内卢，年轻时就读于前巴西大学法学院，后从事警察行业多年，在警校专长于心理学研究。得益于早年经历，丰塞卡的小说多以直白、干枯的叙事语言表现巴西城市生活中"暴力"的存在，其独特的写作风格，在出版之初为作者惹来了极大的争议，但终于在2003年为丰塞卡带来了葡语文学的最高荣誉——卡蒙斯奖。虽然不直接触碰政治议题，丰塞卡笔下那个属于杀手、疯子、妓女、穷人的边缘社会却无时无刻不与独裁政府所粉饰的太平世界构成巨大的反差与深刻的反讽。因此，当我们阅读丰塞卡，透过那个令人作呕、被色情与暴力所扭曲的世界，我们看到的，不只是一个罪恶满盈、耸人听闻的现实世界，还有孕育它、掩盖它、鄙夷它、抛弃它的虚伪强权。

独裁时期的抗争与写作

1964年3月31日，一场军事政变推翻了左派总统若昂·古拉特领导的民主政府，开启了长达21年的军事独裁统治。1968年12月，席尔瓦总统发布了《第五制度法案》，宣布无限期中止国会，并陆续颁布一系列法令增加总统和军队的权力，强化新闻审查制度，严禁报道任何示威抗议行动。《第五制度法案》的颁布深刻影响了巴西的政治空气，它意味着军政府对异己的迫害达到空前残暴的程度，因此被称为"政变中的政变"。怀有民主诉求或左派思想的文武官员、知识分子、社会活动家在独裁的高压下溃不成军，或隐忍沉默，或拿起武器成为游击战士。

独裁时期政治恐怖的风向也实时影响着巴西文学的发展光景。从1964年到1968年间，相对宽松的文化管制与新闻审查仍为知识分子留存了较为自由的表达空间，这一时期堪称巴西民众抗议文化的黄金年代。但是，随着《第五制度法案》的出台与政治大清洗的开始，一批作家、艺术家、学者或锒铛入狱，或流亡海外，不可避免造成了一段时期的文化真空。同时，诚如巴西作家伊格纳西奥·德·罗耀拉·布兰当所言，审查者成为"后《第五制度法案》时期"写作的一个重要新元素。知识分子与审查制度斗智斗勇的前沿阵地首先是报纸，当审查者"枪毙"稿件时，一些报社不会补上备选稿件，而是选择大板块留白，将隐藏幕后的审查者暴露于天日之下。后来，官方不再允许"开天窗"，圣保罗州某报社又在删稿处登上16世纪葡萄牙诗人卡蒙斯的史诗《卢济塔尼亚人之歌》，明眼读者一望便知。当与时事风马牛不相及的卡蒙斯也被禁止，报社干脆在遭到审查的重要版面讽刺性地刊登菜谱。

70年代，军政府的两大动作对当时的巴西文学界造成了巨大的冲击，其一是雷纳托·塔帕若斯的被捕，在其半自传小说《慢镜头》中，作者对游击抵抗的直接描述让当局无法容忍；其二是1976年的一道禁书令，对两部1975年出版并畅销一时、誉满巴西的著作禁止发行并收缴撤回：布兰当的《零》和鲁本·丰塞卡的《新年快乐》。

据布兰当自述，《零》的创作灵感来源于他在报社的工作经历。独裁恐怖之下的巴西，每天每家报纸的每篇文章，都要通过审查者的层层过滤才能排版发行，而在布兰当办公室的一张空桌上，就这样堆满了厚厚几摞被审查者否决的稿件。一次整理办公室时，布兰当本要一次性处理掉这些"垃圾"，可一念之差又让他把这些无法得见天日的文字偷偷存下，他意识到，这些被审查制度阉割的报道，这些独裁者眼光中不和谐的音符，其中那个被遮掩、被忽略、被禁声的现实才是时下真正的巴西。而《零》的写作，恰有很大一部分直接取材于这些毙于审查者之手的"垃圾"。

与《零》一同遭到封禁的是鲁本·丰塞卡的短篇小说集《新年快乐》，联邦警察部在禁令中指斥这两部作品包含"有损道德、伤风败俗"的内容。除此之外，政府爪牙亦不遗余力在舆论阵地中攻讦两位作家，尤其对于丰塞卡，其创作主题中频繁出现的暴力与色情元素，更为当权者提供了政治、道德"双杀"作者的借口。参议员迪纳特·马里兹曾公开贬损丰塞卡的作品，称："这是档次极其低下的黄色刊物，即便在这个国家最偏远落后的角落也很难找到。"

以道德名义打压文艺作品虽在任何极权社会早已见怪不怪，军政府当局这一粗暴举动仍在巴西文化界引起了强烈反响。上千知识分子发表联合宣言抗议审查，签字者不乏文化名流。作家、诗人杰拉多·梅洛·莫朗对丰塞卡的遭禁表示震惊，并讽刺说，如果《新年快乐》有悖伦常、法理难容，当局应当将但丁、塞万提斯、莎士比亚这些世界文学史上的一流作家也统统拘捕。

在为丰塞卡鸣不平的诸多抗议声中，最引人注意的是阿弗兰尼奥·科蒂尼奥，这位德高望重的巴西文学院院士于1979年专门撰写《文学中的色情》一文为鲁本·丰塞卡辩护。他在文中开宗明义地强调："评价一部文学作品的首要原则是看它的艺术成就。"而在我们可以称之为"情色文学"（literatura erótica）的谱系中，我们应当区分赤裸裸描写性行为的低级黄色与含有艺术价值的情爱文学，后者的范畴可以涵括莎士比亚这样的世界文学巨匠，以及巴西文学的"开山鼻祖"马查多·德·阿西斯。科蒂尼奥引用阿西斯为例进一步阐明，一部作品是否算作情色文学与其是否使用敏感字眼或是否直接表现性爱场面无必然关联。阿西斯的《沉默先生》《布拉斯·库巴斯的死后回忆》与《子夜弥撒》等经典作品都可划归为情色文学，乃是因为性与爱构成了推动叙事发展的核心，而非因为作者使用了什么色情词汇或描写了什么淫秽场面。因此，那些审查者与道学家所指摘的元素并不必然与文学作品的艺术品质相互排斥，科蒂尼奥借机反问道："莎士比亚写下'whore'与鲁本·丰塞卡打出'puta（婊子）'这个字眼到底有什么区别？"

在解开围绕丰塞卡的诸般政治构陷与道德诬蔑后，我们方能看清，作者赖以在巴西军事独裁时期的抵抗文学中独辟蹊径的是其优秀的文本质量与背后尖锐的社会批评。在一个国旗上书写着"秩序与进步"的国家，在一个暴政雇佣审查者粉饰太平的年代，鲁本·丰塞卡试图用最直白的语言，速写出一幅地下世界的可怖图景，还原一个堕落腐化、暗流汹涌的巴西。正如德国人指着《格尔尼卡》问毕加索："这是你画的？"毕加索回答："不，是你们画的"，丰塞卡小说中展现的色情与暴力也无不是强权者的创造。

暴力与色情：悲惨世界的真实色彩

鲁本·丰塞卡一生创作类型多样，包含短篇小说、长篇小说、电影剧本等等，其中最以短篇小说见长。诚如巴西诗人、批评家卡洛斯·内加尔的观察，丰塞卡的热情（pathos）更多倾注于短篇小说的写作，"因为这是一个简洁、直接的灵魂，在长篇小说的拖沓中难免生厌……短篇小说是智慧的极限。"从1968年《第五制度法案》出台到1979年军政府开启民主化进程，这段政治现实最紧张、最黑暗、最恐怖的时期，丰塞卡出版了两本后来成为其代表作的短篇小说集：《新年快乐》与《索取者》，收录其中的同名短篇小说就展现丰塞卡笔下的暴力巴西而言最具代表性。两个故事都以极端凶残、冷漠的暴力犯罪为核心，主人公皆来自生活绝望的社会底层，他们虽不属于巴西庞大的文盲人口，但现实却无情地把他们排挤到了社会边缘，于是暴力不仅是他们满足生存需求的必要手段，更成为了他们抵抗边缘化的无声语言。在丰塞卡的大多数叙事中，暴力是这些社会边缘人唯一可以轻松获得并自由使用的武器与资源，恰如迪欧尼西奥·达·席尔瓦所言，"除了边缘性，他们一无所有，这就是暴力之路。"

这些作品中，丰塞卡不仅运用极具冲击力的语言让读者领略到令人毛骨悚然的犯罪现场，并且努力还原出施暴者扭曲、不堪的日常生活。例如，在小说《新年快乐》中，杀虐上演前，故事先从几个"主犯"的生活环境写起：边远贫困的街区、破旧污秽的楼道、臭气熏天的房间、食不果腹的日子……当几位主角从这样的境遇里走出，扛着枪走上街头，接下来发生的一切虽骇人听闻，却也尽在情理之中：闯入一场新年派对，抢劫珠宝，胡吃海喝，强暴妇女，甚至打光好几发子弹只为看看能不能把人粘在墙上。比描述这一切暴行更有力的，是作者对施暴者心理的准确把握和直白表达。《新年快乐》中，当遭到打劫的上流社会中有人试图安抚暴徒情绪，让他们随便吃随便抢、只要不伤人时，却激起了劫匪心中更大的不平与愤怒：

> 狗娘养的东西。吃的、喝的、珠宝、钞票，这些对他们来说都是九牛一毛。在银行里，他们拥有的多得多。他们眼里，我们不过是糖罐里的三只苍蝇。

贫穷、饥饿与性压抑让这些绝望的"动物"必然诉诸暴力，然而报复的快感也不过是一时的泡影。贫民窟里走出的歹徒很快认识到一个令人沮丧的现实：一次暴行只能缓解一次他们的饥饿与愤怒，横亘在这个社会当中的经济鸿沟远不是新年派对上的一点儿吃食所能填平的。枪弹所能抢走的，不过是上流社会的九牛一毛，因为"在银行里，他们拥有的多得多"。万般沮丧之下，施暴者意识到，要实质性伤害到这些遭人嫉恨的权贵者，只剩一种可能——剥夺每个人最基本、最平等的权利：生命。达·席尔瓦对丰塞卡笔下这类人物的总结甚为精悍到位："杀戮，即生存。"在一个贫富悬殊、民怨沸腾的社会里，当实现公平的一切出口都被堵死，底层与边缘诉诸暴力则不再是为了抢夺，而是一种绝望的抗议，是一种被排挤、踩踏到绝境时不计后果的反击。

不过，暴力并非穷人的专利。小说《夜游》的主人公工作体面，有家有业。妻子和儿女都清楚他有晚饭后开车兜风的习惯，只是没人知道，他的乐趣在于，每晚把车开到行人稀少的街区，路上随机寻找一个行人，将其撞飞后逃之夭夭。如果说贫民窟劫匪的犯罪动机尚可以理解，《夜游》中的汽车杀手则怪异得令人发指。小说以第一人称视角，描述了一桩荒唐的罪行，一具毫无道德感与同情心的冷漠灵魂。选择目标下手时，男主人公只是一心在盘算，怎样撞人自己才能获得最大的放松与快慰；而回到家中，他不无自豪地抚摸自己的爱车，赞叹自己的车技，然后若无其事地跟家人道了晚安，第二天在公司还要忙碌。在极其简短的篇幅里，作者不仅揭露了上层社会中同样暗中发酵的暴力倾向，更用"豪车撞人"这样一个简单的情节，构建了一个阶级倾轧的社会隐喻，而犯罪者的心安理得与逍遥法外更大大增添了现实的残酷与令人不安。由此可见，丰塞卡所表现的暴力，并非社会边缘分子的特权、专利，而是如达·席尔瓦所言，乃整个"社会结构中的一个常数"，只不过一些人的暴力比另一些人的更受体制保护罢了。丰塞卡多部作品的主角曼德拉克警探，就是一个"体制化暴力"的化身，作为一个系统内的执法者，他欺上瞒下、玩世不恭、以暴制暴、以黑吃黑，完美诠释了什么叫作"绝对的权力滋生绝对的腐败"。

因此，鲁本·丰塞卡为我们讲述的骇人故事，并非个别心智不全、仇视社会之徒的极端案例，而是强权统治下巴西社会必然要遭遇的悲剧，一个同时属于穷苦人与特权派、施暴者与受害者的悲剧。一方面，以"安全与发展"为指导思想的军人政权利用威权统治创造了所谓的巴西奇迹，1968–1973年间实现了每年11.2%的经济增长；另一方面，社会财富分配严重不均的现象贯穿了军政权时期的始终，抛弃公平的经济发展在巴西社会中撕开了至今仍未愈合的裂痕。穷苦底层走投无路，辈出亡命之徒；中产阶级为了起码的体面疲于奔命，整日怨气满腹；特权者为了巩固自身利益，更不惜举起枪。由此观之，鲁本·丰塞卡的"暴力小说"，虽很少涉及制度议题，本质上却无一不是独裁这口高压锅里此起彼伏的"内爆"现象。丰塞卡用其高超的文学技巧极力表现的，不仅是巴西社会生活中日益寻常的暴力，更有其背后道德与价值体系不可挽回的崩坏。如果一个社会里，不分阶层、不分地域，处处可见对"恶"的执迷，那么可以说，它的每一个故事，每一种荒诞，都在指向暴政这一毒瘤。

至于丰塞卡小说中的"情色",作者的本意并不在哗众取宠或污染视听。乔治·奥威尔在《一九八四》中说,"做爱本身就是一种造反",一次高潮就是对党的一次打击。在作为公共话语场的文学空间里,专治者所极力禁止的,准确说,并不是性爱本身,而是性爱的表达,因此,鲁本·丰塞卡作品中露骨的情色描写,自然构成了对"道德正确"的军政权最直接的挑战。

丰塞卡似乎对自己的小说在读者中激起的反响与争议早有预见,在选集《新年快乐》的末尾,作者为自己安排了一场虚拟的"采访",对于情色、暴力、审查等出版后可能面对的话题给出了正面的回应。"小说"中的采访者问作者,是否视自己为一个黄色作家,作者直接回答道:"是的,我的书里满是没有牙的穷苦人。"的确,"没有牙的人"在丰塞卡的故事里,既是具体的小说人物,也是一整个社会阶层的隐喻。在《新年快乐》与《索取者》中,故事的主角癞子和"索取者"都"碰巧"没牙齿。那为什么说是无牙者的黄色文学呢?因为丰塞卡试图在最后这一篇自白中重新定义"色情"。世界各地的儿童都听过这样一个童话:约翰和玛丽被狠心的父母丢在森林里让狼吃掉,但聪明的他们一路留下记号,找回了家,最终又和家人幸福地生活在一起。丰塞卡说,这才是真正的"色情"(pornografia),"因为这个故事里充满了下流、欺诈、可耻、猥亵、鲁莽、肮脏和卑鄙"。判定一篇作品是否黄色下流不应以是否使用"脏话"为标准,因为一个丧失体面却依然禁忌重重的社会虽藏污纳垢,却在语言上虚伪地避免着某些字眼。"人们不惜一切避免说'奋':'他们睡觉,做爱(有时用法语词),发生关系,同房……我曾有个法学教授,说话委婉到每次要用拉丁语:*introductio penis intra vas*'。"

语含机锋、话里藏刀的丰塞卡,显然是试图在内容与语言的双重层面挑战与颠覆权力者设下的藩篱。带着语不荒诞死不休的劲头，作者进而发挥道："应该设立'全国脏话日'。压制所谓色情文学的一大危险在于，它为审查辩护，并扭曲了这个制度。他们声称，有些字眼毒害如此之大，以致完全不可以写出来。所有阻碍言论自由的企图都会利用这一论断。"在选集《新年快乐》"满纸荒唐言"的末尾，作者至此终于"图穷匕见"。

丰塞卡：黑暗文学的意义

《新年快乐》甫一面世，一年内就售出三万本，占据畅销书排行榜数周之久。有人将丰塞卡作品的广泛接受归功于其"警察小说"的体例，然而时间证明，丰塞卡的成功是一个不可脱离时代背景孤立解读的文化现象，需要更多智识层面的关注。在工业化的社会背景与后现代的文化语境下，当所谓精英文学与大众文学的分野不再泾渭分明，鲁本·丰塞卡在后现代作家与独裁时期文学的谱系中独辟蹊径，脱颖而出，凭借的不仅是独到的选题与角度，更重要的原因依然在于其对写作品质与文学语言的追求。同时代的文学批评家们注意到，当整个巴西社会在两极分裂，雅文化与俗文化彼此疏远时，丰塞卡却在努力寻求拓展其话语的作用范围。

也许正是出于这样的考量，作者才力图探索一种直接、客观、冰冷的语言来表现极端暴力或淫秽不堪的社会现实，并且对市井污言毫不避讳。然而，丰塞卡在艺术上的创新与实验，在获得承认与荣誉之前，除了异见知识分子的寥寥附和，更多引来的是社会舆论的争议与军独当局的封禁。评论家达·席尔瓦一针见血地指出："各式各样的审查总是迫害当代作家，经典作家往往可以幸免于难。显然，历史不用多久就会将当代作家变为经典作家。"今日，独裁政权已崩塌廿载，作家已获得包括卡蒙斯奖在内的各种奖项的承认，20世纪70年代军政权对鲁本·丰塞卡的道德攻讦与粗暴审查，已成为历史的一面镜子，其中映照出的，不仅有国家权力的逻辑，还有写作者通过文学顽强抗争的见证。

归根结底，丰塞卡小说中的色情与暴力元素，不过是被强权者利用的肤浅借口，它真正的锋芒在于：这些或荒诞或恐怖的故事触到了当政者的痛处。批评家麦克姆·希尔维曼总结道："在这样一个令人窒息的地下世界中，丰塞卡创造的人物淹没在阴谋诡计中，有时甚至落入自己设置的陷阱。其中的主要原因，不可避免地要归于这个堕落腐化的社会，而人性只会加剧它的丑恶。"因此，边缘人的愤怒与暴力，社会上上下下的变态"性"趣，成为1964年后巴西城市生活中无法视而不见、避而不谈的主题。无需高谈阔论政治的形而上学，也不用歌颂少数头破血流的志士仁人，丰塞卡用他笔下的里约热内卢，表征了一个深刻分裂的巴西，一个伦常颠倒的社会，一个水火难容的世界。正如希尔维曼所言，"鲁本·丰塞卡所叙述的巴西，是个内战一触即发的国度"。在花团锦簇的巴西奇迹之下，丰塞卡用一个个令人读罢发寒的故事，向全社会严肃地发问：这是一个怎样的巴西？属于谁的巴西？为了谁的巴西？

第三编

非洲

非洲葡语文学的发展历程：
殖民文学、民族文学及超越

王渊

尽管葡萄牙是最早和南部非洲建立联系的欧洲国家，但在巴西独立以前，非洲的殖民事业并不受里斯本宫廷的重视，葡萄牙语在非洲的使用也长期局限在狭小的上层圈，因此一直到19世纪才有了用葡语写作的非洲葡语文学。

从19世纪中叶到20世纪初期，在非洲葡语文学中，殖民文学和用葡语表述的非洲文学两条传统并行发展。殖民文学笔下的非洲充满了意识形态化的异域风情，其人物和情节的内核仍旧是欧式的。但随着历史进程的发展和与外界交往的增多，珍视自己非洲性的作家群体逐渐感受到殖民主义的残酷与不公，从而希冀通过拥抱本地传统来颠覆文学中的殖民主义。以科尔德罗·达·马塔、小安东尼奥·德·阿西斯为代表的安哥拉人，选择通过研究本地风俗和编纂本土语言词典作为这一事业的开端，由此非洲葡语国家的文学从业者逐渐开辟出自己的道路。然而，这几十年的文学作品虽然开始关注非洲本土，但并没有形成真正意义上的理论框架。非洲的历史、社会、人物仍然大多作为客体出现，依旧摆脱不了对接受葡萄牙父权的渴望。因此，这一时期的作家通常被视为民族文学的先驱，而非真正意义上的参与者。

　　具有成熟纲领的本地化文学运动的真正开端要等到 1936 年，这一年具有里程碑意义的《光明》杂志在佛得角创刊。按照部分学者的看法，其他四国的国家文学开端分别为：1. 圣多美和普林西比：1943 年弗拉西斯科·若泽·滕雷洛（Francisco José Tenreiro, 1921-1963）的诗集《圣名之岛》；2. 安哥拉：1951 年创刊的文学杂志《启示》；3. 莫桑比克：1952 年创刊的文学杂志《穆萨霍节》；4. 几内亚比绍：1977 年出版的选集《为了奋斗的人坚持！》。这些民族文学的萌芽试图通过对本地主题的探讨，寻找民族的精神特质。在《光明》杂志里，文学主题就主要与佛得角身为岛国的隔绝性、人民的流放和异化、移民、怀念与渴望相关。在这些作品中，白人殖民者从主角降为配角，扮演的角色从正面沦为反面，乃至完全自场景中消失。白人作者愈发感觉到需要在肉体肤色和精神肤色之间达成和解，比如安哥拉《启示》一代的白人诗人安东尼奥·雅辛托就曾写下"我的诗歌／是白人的我／骑在黑人的我身上／走过人生"。从 19 世纪黑人的自卑情节到 20 世纪白人对于自己没有黑皮肤的愧疚，反转的趋势体现了文学主体性的改变。

　　在这些本地文学运动的初期，作家们还没有将文学审美独立的诉求和政治上与殖民母国的割裂明确联系起来，像《光明》杂志就曾被部分作家指责逃避现实，因为编辑部没有明确提出民族自治乃至独立的纲领。20 世纪 60 年代，形势有了重大转变：1961 年起，安哥拉、莫桑比克和几内亚比绍三地相继爆发争取独立的战争，葡萄牙"新国家"政权派兵镇压。在连年的战火中，文学政治化的倾向愈发明显。比如莫桑比克最伟大的诗人若泽·卡拉维尼亚在这一时期的创作中，写出的便多为"我是一块煤！／我必须要发热／用我燃烧的火焰将一切都焚化"一类的诗句。直到 1975 年在政治上赢得独立，这一时期的非洲葡语文学，除了少数代表葡萄牙官方殖民主义立场的篇目外，主要围绕着三个文学情景展开。首先是游击战。安哥拉作家佩佩特拉的《马永贝森林》是游击战文学的杰出代表，因为书中除了表达独立的诉求之外，对领导反抗殖民统治的安哥拉人民解放运动（简称安人运，MPLA）也毫不留情，书中对其内部的思想分歧与地域分化等问题也做了揭露和抨击。身为安人运的一员，佩佩特拉敏锐地察觉到，即便战争取得胜利，安哥拉人能赢得盼望已久的独立，他们也不能高枕无忧，因为他们的敌人不仅仅是葡萄牙人，还有安哥拉内部的部落主义、对妇女的压迫、官员的腐败等问题。

另一个普遍的主题是非洲城市中的贫民窟。在反映现实方面，罗安蒂诺·维埃拉是当之无愧的领头人，因为他忠实反映了贫民窟居民使用的语言。安哥拉本地克里奥尔化的金榜杜语被葡人贬称为"黑葡语"（pretoguês），罗安蒂诺这位鞋匠的儿子却将它升格为文学语言，并且拒绝提供词汇表，因为"他就是写给会这种语言的人看的，不熟悉贫民窟语言是葡萄牙殖民者的问题，不是他的"。

而对殖民地中的岛国来说，移民与离散问题显得更为突出。聚焦"离散"主题的首推佛得角作家奥兰达·阿玛里利斯，她借助自己曾在当时的葡属印度和葡萄牙首都里斯本求学多年的经历，深入探讨了岛民留在家乡没有未来、去到国外又面临文化不相容的两难之境。

1974年葡萄牙发生"四·二五"革命，民主化后的政府决定同意诸殖民地独立。以出乎意料的方式结束独立战争之后，安哥拉等国却很快被其他问题所困扰：经年累月的内战、触目惊心的贫困、国际资本主义以新殖民主义的方式进入，等等。80年代末，先前建立的社会主义政权又纷纷向多党制转变，这些历史演变使得文学的形式和内容都随之发生变化。非洲葡语诗歌的主体，从60-70年代的"我们"变为更人性、更诗意的"我"，而对象则从外部斗争转向内在，探讨了诸如情欲、爱、友谊、宗教、元诗学、通过记忆改造过去等多元化的主题。

这一时期，女性文学获得了前所未有的发展，如保利娜·齐泽安就成为第一位在莫桑比克发表长篇小说的女作家。在她的名作《风中的情歌》当中，女主角萨诺从乡村来到首都马普托，迎来的却是个人的堕落和健康的恶化。承继非洲本土女性和土地的传统联系，萨诺的身体病征成为国家衰败的象征。与齐泽安处于同时代的女性代表作家还有她的莫桑比克同胞莉莉亚·孟普莱和几内亚比绍作家菲洛梅娜·恩巴洛等人，她们将更私密化的性爱、母爱等行为题写到权力关系中，也展现了暴力和私人生活的多重交叉。

上世纪末到本世纪初，历史小说在非洲葡语文学中飞速发展，诸多名家如米亚·科托、阿瓜卢萨、热尔玛诺·阿尔梅达和巴·卡·科萨等人均参与其中。这种文体原本被认为带有特定时期（18-19世纪）、特定地域（欧洲）和特定概念（文化差异、性别化的主体性、目的论时间等）的印记，现在却在后殖民时期的非洲获得重构。文学和历史不再仅仅是对方的资料来源，两者可以合力的关键在于"文学为表现个人历史与集体历史交融的时刻提供了可能"。如果说在争取独立时期的作品中，关注的多为前殖民时期，将欧洲人到来之前的历史视为非洲的幼儿状态，认为那时非洲更加圆满完整；在新时期的历史小说里，聚焦的则是殖民时期本国甚至外国的历史，其贡献在于将非洲视角的历史主张加入到对殖民历史的讨论当中。

对历史的讨论和所用的语言紧密相关。由于这些新独立国家中并没有一种土著语言使用者能占到多数，因此在建构这些非洲国家的国民性方面，葡语实际上起到了重要作用。正因如此，几内亚比绍和佛得角独立运动的领导人卡布拉尔才表示，葡萄牙人给非洲留下的最有价值的东西就是他们的语言。但继承葡萄牙语作为文学写作语言并不意味着将前宗主国的标准奉为圭臬，非洲葡语作家在这一方面做出了丰富多样的尝试。独立前后的非洲葡语作家，按照写作语言风格可以粗略分为三类：1.大体沿袭标准葡语用法，代表人物有安哥拉作家佩佩特拉和莫桑比克作家路易斯·洪瓦纳；2.以多样化的方式将葡语口语化，代表作家有安哥拉的曼努埃尔·鲁伊及莫桑比克的巴·卡·科萨等人；3.将葡语与其他语言、方言杂交、交叉，这方面的探索者有莫桑比克的米亚·科托、保利娜·齐泽安和安哥拉的武安恩加·希图等人。上述作家以自己的方式继承、运用、创新葡萄牙语从而丰富了文学表达，代表了新兴国际文学对"葡萄牙特色殖民主义"遗产的多样化反思，在葡萄牙和国际社会上都取得了不俗的反响，多人获得葡语文学最高奖项卡蒙斯奖，米亚·科托、阿瓜卢萨等人也屡次斩获纽斯塔特、都柏林等国际性文学大奖。

从殖民文学异化的对象，到开始探究本土身份，从关注与殖民者的斗争，到直面自身发展的问题，经过近两百年的不懈探索，无论语言还是文学，非洲葡语文学都完成了对殖民宗主国的继承与超越，开始堂堂正正地站在世界的舞台上。

米亚·科托

(*Mia Couto*, 1955—)

Photo by Alfredo Cunha

书写与文化身份的找寻

——评米亚·科托的小说《耶稣撒冷》

闵雪飞

莫桑比克作家米亚·科托 1955 年出生于贝拉城，原名安东尼奥·埃米里奥·雷特·科托（António Emílio Leite Couto）。其父为莫桑比克著名记者与诗人。受到家庭影响，米亚·科托从小便显示出惊人的文学天赋，中学时已经开始向报刊投稿，大学毕业后投身报业，正式开始文学创作。从发表第一部短篇小说集《黑暗中的声音》（1986）到现在，作家在诗歌、小说、杂文等多种文体中取得了突出成就。作为最知名的莫桑比克作家，他的声名已然飞跃国界，成为非洲文学的坚实代表。2002 年，在津巴布韦举办的国际图书博览会上，米亚·科托的代表作《梦游之地》（1992）被选为 20 世纪非洲大陆最重要的 12 部小说之一。

因此，米亚·科托的成功具有双重意义：一方面，是对共性意义上的葡语文学的承诺，他与其他葡萄牙和巴西的文学先师如卡蒙斯、佩索阿、马查多·德·阿西斯以及吉马良斯·罗萨等共同构成了不断增长中的经典葡语文学链条；另一方面，再一次证明了非洲大陆文学景观的独特性。米亚·科托以其深深烙上莫桑比克地方印记的葡语，为若泽·萨拉马戈"没有唯一的葡萄牙语，而是不同的语言存于葡语之中"的论断做出了最好的注释。

米亚·科托在葡语世界内外拥有巨大的读者群，不仅因为他在文字中凝聚的独特诗学魅力，而且因为其作品中呈现的强烈的政治参与意识。自《梦游之地》以来，他共发表了七部长篇小说，每一部作品中作家都试图解释与重新解释莫桑比克或非洲大陆的历史，并企图以一种独立于西方文明的姿态，找寻到莫桑比克及非洲大陆的文化身份认同。

2009年出版的《耶稣撒冷》(巴西版本名为《世界诞生之前》)是米亚·科托寻找文化认同的最新尝试。这本书继承了作家之前写作中对"记忆"的价值探寻，并有所深化与发展。耶稣撒冷意为耶稣从十字架上解脱之地，是一个遗世而独立的村落，希尔维斯特勒·维塔里希奥为了从过去苦痛的回忆中"流亡"而建立的属于自己的"王国"。与希尔维斯特勒共同生活的人有：姆万尼托，次子，第一人称叙述者，"寂静的完善者"；恩东济，长子，具有强烈的逃离意识；扎卡里亚·卡拉什，前士兵，希尔维斯特勒的朋友与仆从；阿普罗希玛多舅舅，希尔维斯特勒过世夫人的弟弟，这家人与外界的唯一联系，经常来探望他们，并送来维持生活的补给与城里的消息。还有一头名叫泽斯贝拉的母驴，它是那位孤独王国建立者唯一的精神寄托。老希尔维斯特勒无法从妻子去世的打击中解脱，因此选择逃离人间世界。在其他人纷拥进入城市之时，于荒无人烟的内陆乡间反向建立了这个孤独的王国。他迫使身边的人也放弃对世界与过去的联系，最终变成了这个小小的封闭世界的暴君。他监视孩子们的一举一动，坚决禁止他们回忆与思考。联系到米亚·科托一贯的政治承诺主张及既往的书写经验，不难看出，这部小说实际上是一个后殖民的巨大隐喻：莫桑比克无法从内战的伤痛中走出，只能在一种故意为之的集体遗忘中寻找到永恒的逃避。

小说的叙述由次子姆万尼托用第一人称完成，他是希尔维斯特勒最为喜爱的儿子，因为他无声无息，是"寂静的完善者"，他在身边，可以帮助老父更好地隔绝。年龄尚幼时他便随父兄来到耶稣撒冷，已经无法回忆起逝去的母亲朵尔达尔玛的面容，他因此而痛苦，希望用一种方式重建对过去的回忆。父亲不让他读书，兄长恩东济悄悄地教会了他阅读与书写。兄长暗中传授的技艺对小说情节的发展以及结尾处的价值显现起到了决定性的作用。"书写"是通往过去与未来的桥梁。通过"书写"，姆万尼托从一种"失声"状态转为敢于向母亲的记忆发声，也通过"书写"，姆万尼托与这个孤独世界的闯入者及颠覆者葡萄牙女人玛尔达之间建立了紧密的联系。这个女人同样怀着重建过去与寻找身份认同的使命来到非洲的腹地：她的丈夫马塞洛，抛下她回到非洲，再未返回葡萄牙，她因此来到耶稣撒冷，希望寻访到丈夫的下落。姆万尼托对母亲记忆的追索，玛尔达对伴侣马塞洛命运的探寻，二者生命中缺失的共同性让他们超越性别、年龄与文化的藩篱，相互守望彼此理解。

为了远离过去的痛苦，为了保护两个未成年的儿子，老希尔维斯特勒拒绝一切联系，希望保持隔绝状态，他的努力在小说中随处可见，然而这始终是一种不可能实现的愿望。尽管在小说开头希尔维斯特勒便宣称："孩子们，世界死了，只剩下了耶稣撒冷"，但一家人的生活依然需要仰仗阿普罗希玛多舅舅固定的探访与补给维持，这是这家人与世界无法斩断的联系。希尔维斯特勒并非只想建设一处简单的避难所，而是希望建立一个具有全新时间维度的世界：耶稣撒冷通过对过去记忆的弃绝而获得新的初始时间，远离内战，远离莫桑比克其他地区所要面临的问题，正如希尔维斯特勒逆人潮回到内陆深处一样，耶稣撒冷可以看成是对传统非洲状态的回归。阿普罗希玛多舅舅的频繁造访是这个孤立世界脆弱的证明。而葡萄牙女人玛尔达的到来更是使它这种隔绝状态遭遇了前所未有的威胁。在这个全然男性的空间里，玛尔达是异质文化的代表，她加速暴露了希尔维斯特勒意欲埋葬的那段过去。小说的后部，正是她发现了朵尔达尔玛的真实故事，并在辞别信中用文字把这一切向姆万尼托和盘托出。小说结尾处，16岁的姆万尼托把耶稣撒冷的故事写成书，用书写取代了前两部的口头叙述，并将文件交给了兄长恩东济，以一种象征的方式把书写与莫桑比克文化身份的构建统一起来。

"书写"是缓解"记忆"与"遗忘"之间紧张关系的有力工具，它并非仅仅作为象征而呈现，米亚·科托通过对文本叙事本身的关注，不断凸显着"书写"的价值。《耶稣撒冷》这部小说由三个部分构成，题目分别为"人"、"来访"与"书"。第一部分通过姆万尼托的口述，讲述了家中成员各自的故事。第二部分玛尔达闯入，取得了第二位叙述者的地位，她对自己与马塞洛故事的讲述部分依靠口头讲述完成，部分依靠阅读她带来的文件实现。在最后一部分中，叙述者姆万尼托诉诸书写，完成了口语不能履行的"记忆"任务，实现了从最初的"沉默"到最终"讲出"的完整过程。通过对"口语"与"书写"、"记忆"与"遗忘"之间的对应关系，米亚·科托终于在叙事与题材之间建立起严密的逻辑链条。

姆万尼托于书写中终于看清了父亲的错误：世界并没有死去。在姆万尼托看来，"世界从来不曾诞生"，他记不清母亲的形象，也不曾通过自身的经验了解城市，因此他的身份正在诞生之中，处于建构的过程里，处于旅行与找寻的状态。

父亲与儿子共同完成了两种寻找文化身份的方式：希尔维斯特·维塔里希奥试图以一种理想化的完全隔绝方式成全自我，进而在这块历经政治殖民与非殖民的倍受踩躏的非洲大陆找到一种独特的文化身份，然而，就像无论他如何努力也不能切断与外界的联系一样，这种文化上的孤立不可能持久，因为文化的边界正在消失，多元文化的相互交叉无可幸免，倘若人类没有这种认识，才会真正走入绝境。

而儿子则暗示了一种新的可能：依靠书写重组口头叙事，舒缓记忆与遗忘之间的张力，完成对记忆的重构，借此获得对自身文化的认同。这也正是米亚·科托的方式:《耶稣撒冷》一书的书写与姆万尼托在文本内部进行的书写形成了互文关系，正是通过书写，米亚·科托将阐释自己的故事与过去的权利交还给叙述者万尼托与其象征的全体莫桑比克人民，从而寄望文化上的"去殖民化"成为可能。

"梦游之地"上的记忆书写

孙山

米亚·科托是当代以葡萄牙语进行创作的最为重要的非洲作家，他出生并成长于莫桑比克的第二大城市贝拉，父母均为20世纪50年代的葡萄牙移民。在家庭环境的影响下，米亚·科托很早就开始了葡语文学的创作，迄今为止共出版了三本诗集、四本杂文集、六本短篇小说集与十余部长篇小说，他的作品已在20多个国家翻译出版，赢得了诸多赞誉与奖项，成为当代非洲文学的坚实代表。欧洲移民后裔的多元文化背景对米亚·科托的影响投射在他的文学创作之中。长久的殖民历史带来了葡萄牙语的普及，也为莫桑比克打上了浓重的殖民色彩。莫桑比克于1975年独立之后，这种从属性的文化身份阻碍着民众的自我认知和民族认同，这种存在危机促使以米亚·科托为代表的非洲葡语作家从语言、主题、形式等不同角度尝试重构文化认同。

纵观米亚·科托的写作，我们可以看出，尽管米亚·科托的创作形式与内容十分丰富，但始终有一条主线贯穿始终，这就是对后殖民背景下莫桑比克文化身份的执着探寻。1992年出版的《梦游之地》是米亚·科托第一部长篇小说，也是其最具代表性的探索莫桑比克性（moçambicanidade）的作品。这部小说的巨大文化价值已经获得了国内与国际社会的认同，1995年，该书获得莫桑比克作家协会虚构作品奖；2002年的津巴布韦国际书展上，荣列非洲20世纪十部最佳小说。

一、《梦游之地》与莫桑比克的身份建构

《梦游之地》是米亚·科托寻找文化认同的最重要的尝试。这部小说以精巧的叙事结构和诗化的语言展现了内战时期莫桑比克的精神伤痛，并以一种隐喻的方式对莫桑比克的文化身份进行了理想化的探寻。

在《梦游之地》中，米亚·科托跳出了关于战争的那种集体的、总括的叙事模式，代之以一种隐秘的、细腻的个体经历。故事主要依靠书写和非洲口头文学这两种方式进行叙述，始终没有固定的单一视角和叙事者，只有流动碎片式的叙事。这些碎片中有回忆、有日记、有书信、有他叙，读者只有把这些碎片拼接起来，才能完成获取真相的任务。这种叙事手法的效果就是突出呈现个体在战争中的经历和感悟，这恰是作品的主旨：用对个体经历的小叙事，来替代集体的宏大叙事话语，从而展现出一幅更为真实的战后莫桑比克的图景。

全书由两条叙事主线构成。其一是由一老一少两个旅人所构成的现实叙事，这层叙事采用第三人称全知视角叙事，故事的发展主要依靠老人和少年两人之间的对话推动。他们之间的对话是对非洲传统口头文学叙事手法的体现，因此这层叙事主要是"口语"式的。另一层叙事主要是"文字"式的，它采用了日记的形式，以第一人称进行叙述，构成了对战争经历真实直观的书写。

故事的开始被设定在一片战后废墟之中。一老一少的两个旅人在荒凉凋敝的街道上找寻着避难所。主人公木丁贾是一位黑白混血少年，老人图阿伊收留了孤身一人、奄奄一息的他，并重新唤起了他说话、思考和识字的能力。为了帮助木丁贾找到父母、弄清身

世，两个人踏上了一段未知的旅程。在路上，两人发现了一辆被烧毁的公交车，决定在这里暂时安顿下来。在清理车中碳化了的尸体时，木丁贾找到了一个行李箱，箱子中一本署名"肯祖"的日记引起了他的兴趣。在发现日记之前，尽管图阿伊和木丁贾所处的时空是全书的叙事现实，但这种现实几乎是停滞的，因为战争已经完全摧毁了生活和人们的感知能力。在这种双重的创伤之下，人们对于时空俨然已不再敏感。于是，阅读这本日记成为了图阿伊和木丁贾唯一的精神寄托。在阅读中，二人得以对抗黑暗、逃离现实和填补飞逝的时光。由此，日记的主人肯祖以第一人称闯进了全书的叙事，将另一重时空代入了故事既有的时空之中，并最终取得了叙述主体的地位。肯祖通过"书写"所构建的现实逐渐覆盖并替代了故事开头的时空，并最终和真实的现实融为一体。

肯祖的十则日记均采用了第一人称视角。叙事者肯祖是渔夫塔伊姆的儿子，来自莫桑比克南部的一个村庄。他的弟弟小六出生于一个颇具象征意义的日期——1975年6月25日，即莫桑比克独立日。然而独立所带来的短暂喜悦并不能掩盖随内战而来的混乱与恐惧。肯祖的父亲预言家中必会有死亡，而年幼的小六就是被诅咒的对象。为了保护幼子，塔伊姆将小六伪装成了一只母鸡，他不得不终日生活在鸡舍里，成为了一个被"动物化"的人。因为只有这样，"那些强盗才不会把他抓走"。这个看似荒诞的情节实际上是一个关于战争的隐喻：唯一能让人类在战争中幸存的特性是兽性，人只有剥离了情感才得以在战乱中存活。内战的愈演愈烈为肯祖的家庭带来了更大的苦难。小六在一天清晨神秘失踪，而肯祖的情感依托——他的父亲塔伊姆也撒手人寰。塔伊姆的葬礼在水中举行，他的遗体被放在一艘小船上随海浪漂走，象征着灵魂进入另一个世界，获得安宁。这种祭祀仪式是传统莫桑比克宗教虔信的体现，而肯祖并不信任这种祭礼，他依旧强烈地感受到父亲灵魂的不安："我对父亲的亡灵感到恐惧。"[1]这对他造成了无法摆脱的困扰："爸，我不能再忍受这个地方了。闭上眼，看到的全是死人，看到活的人死去，也看到亡灵死去。"肯祖对于祭礼的不信任源于他的精神导师阿方索的影响。阿方索是一位知识渊博的牧师，他教会了肯祖阅读和书写的能力，使他认识到了科学和知识的力量。然而阿方索也未能逃脱被战争摧残的命运，在内战中，他的象征着书写能力的双手被砍掉，所建的学校被烧毁。最终，牧师阿方索死于迫害。战争的残酷还体现在肯祖的挚友、印度商人苏雷德拉·瓦拉的命运上。苏雷德拉·瓦拉因其外来者的身份遭到种族主义的迫害，在战争中，洗劫、烧毁……这一切使他决定逃离这片土地去寻找新的生机。苏雷德拉·瓦拉的商店对肯祖的命运产生了重大的影响，正是在他的商店中，肯祖遇到了他的人生偶像——纳帕拉玛，即莫桑比克的传统武士，他们同战争的发动者们作斗争，希望维护莫桑比克的和平。对于成为反战英雄的渴望和内战所带来的巨大伤痛促使肯祖决心离开故土："恐惧是我唯一的财产。是的，正是为了逃离这种恐惧我才离开了我的小村子。因为它已经完全将我控制住了：在路上，我满怀恐惧地行走；在家里，我带着这种恐惧入睡。"肯祖决定去北部追寻纳帕拉玛的脚步，去找寻"一个可以安静独处的地方，一个被战争遗忘之所"。

肯祖乘着独木舟来到了马蒂马蒂村，在那里他遇到了同样试图逃离的法丽达。肯祖对法丽达的遭遇产生了强烈的共鸣并对她产生了爱情："我们都是被两个世界所割裂的人。我们的记忆都停留在故土的阴影之中。这个阴影不会讲本地语。我们只能在梦中讲葡萄牙语……我们都渴望逃离。她希望逃向一个新世界，而我希望去往另一个村庄……"肯祖和法丽达对战争有着同样的憎恨。法丽达说道："于国家而言这场战争也许会结束，可我们内心的战争却永远也不会终结。"借由肯祖之口，米亚·科托解释了战争爆发的原因："必须有战争，必须有死亡。这一切是为了什么？为了为强取豪夺正名。因为如今没有任何财富可以从劳动中产生，唯有劫掠能够带来财富。必须要有死亡来使法律被遗忘。现在，无秩序即已统治一切，那么任何事都可能发生。"法丽达的出现改变了肯祖日记的叙事结构，她以第一人称口述的方式取代了肯祖自己的书写，将非洲口头文学的元素代入了文本之中。法丽达的身世为她带来了巨大的苦难。作为双生女之一，法丽达从出生起便是厄运的象征，是全村人厌弃的对象，法丽达也因此被一对葡萄牙夫妇收养。养父罗芒·平托是一位颇有权势的葡萄牙商人，他强行占有了法丽达并使她怀孕生下了一名男婴加斯帕尔。这个黑白混血的男孩正是故事开头的主人公少年木丁贾，他的特殊身世构成了对莫桑比克国家身份的巨大隐喻——即葡萄牙殖民者用暴力强迫非洲结合的产物。由此，木丁贾对于身世的探寻也正是莫桑比克的自我发现之旅。肯祖和木丁贾所代表的两重时空由此开始交融合一。加斯帕尔在被送往修道院后神秘失踪，为了帮助法丽达寻找孩子和完成自己的心愿，肯祖离开了马蒂马蒂，继续自己的旅程。在旅途中，肯祖结识了一位同法丽达十分相似的女子卡洛琳达，并对她产生了感情。随后情节的发展，从法丽达姨母的口中，肯祖得知卡洛琳达正是法丽达失踪的姐姐。书中人物的命运在这里再次交错。经过一系列的努力，肯祖终究没能找到法丽达的孩子。身心俱疲的肯祖返回了马蒂马蒂村，而等待他的却是法丽达的死讯——她试图接近小岛上那座象征着希望的灯塔，却意外地死于一场爆炸事故。绝望之中，肯祖决定回到自己的家园。他决定直面过去，回到家人身边。日记以肯祖的梦境结尾，梦中的他最终成为了一名纳帕拉玛战士，并眺望着行走在大路上的木丁贾。这个少年的手中正捧着肯祖的日记——他就是法丽达和罗芒的孩子加斯帕尔。

这部小说为米亚·科托的文学创作理念做出了近乎完美的注

解：以葡语作为媒介，将非洲口头文学与书写相结合，找到建构莫桑比克性的可能。在《梦游之地》中，我们可以看到非洲口头文学和书写这个欧洲文体类型的创造性结合，两种叙事手法交错出现、相互补充，既在形式上为读者带来非同一般的阅读体验，同时也在内容上强化了小说的主题。

二、口头文学与对非洲传统的沿袭

比勒士·拉兰杰拉指出，米亚·科托的创作中主要包含了四种元素，即四种"莫桑比克性"：

1）重造一种语言。

2）人物及情节设计中的现实主义原则。

3）对原始非洲记忆的追溯，这种寻根的热望将科托笔下的现实主义转变为了一种"泛灵论现实主义"（realismo animista）。

4）情节、场景、叙述（讲述方式）、语言中的幽默感。[2]

在这四种科托元素之中，口头文学的书写和对葡语的创造性利用，是米亚·科托最为突出的两个创作特点，通过这种方式，科托使葡语——这门殖民者的语言——成为了非洲文学创作的重要媒介。

事实上，非洲传统文学主要是口头文学，而不是书面文学。非洲书面文学总的来说是20世纪的产物，此前的所谓非洲文学都是由欧洲人执笔的以非洲为背景或点缀的欧美白人文学。在这些欧美白人文学中，往往隐含着殖民统治的思想基础：种族主义。西方心理包含着一种愿望，或者说一种需要，那就是把非洲当成欧洲的陪衬，当成一个既遥远又不了解的虚无飘渺的地方，以此来烘托欧洲人的智力优越性。[3] 除此之外，非洲大多数民族没有创造自己的书面文字，长期以来依靠口头传说保留民族历史和民族传统，又由于殖民时期的文化政策，导致一些非洲作家不能或难以用母语写作，只好用殖民语言写作。然而，单纯使用欧洲语言的非洲作家势必只能用欧洲的心理、集体经历和文学传统来表达非洲现实。但是，通过在叙事中融入非洲口头文学的技法，将各种非文字性的非洲谚语、谜题、传说、祭祀、隐喻、宗教虔信巧妙穿插进文本，米亚·科托重新创造了这种语言，以颇具"非洲性"的表达方式在自主的莫桑比克及其殖民过往之间划清界限。在他的创作中，米亚·科托有意使用了混合词汇和非洲特有的表达法，即通过再创造来解构葡萄牙语构词法和句法，将非洲口头和传统的叙述文学技巧融入欧洲文体类型，把非洲葡萄牙语从欧洲葡萄牙语的支配中解放出来。这种在叙事中融入了非洲口头文学的技法超越了西方的文学形式，为当代莫桑比克文学的叙事创造了一种全新的模式。从这个意义上讲，米亚·科托对文学语言的再创造是乔伊斯式的，是"典型的殖民地文学与第三世界文学"，它旨在"于宗主国语言内部寻求一种语言学和文学上的差异"。[4]

在小说《梦游之地》中，莫桑比克日常口语和非洲口头文学元素被以多种形式纳入了叙事，特别是由图阿伊和木丁贾构成的这层叙事中。在二人的对话之中，我们经常能够看到对拟声词的使用。夜晚当图阿伊看到一只动物正在舔着睡梦中的木丁贾的脸时，受到惊吓的他错把山羊当成了鬣狗而踢了山羊一脚。文中此处，米亚·科托有意使用了拟声词来营造出一种轻松生动的对话氛围："如果你从后面靠近并踢它一脚，它就会咩咩咩（méééé）地叫起来……"。老人图阿伊曾经在火车站工作，他回忆起这段时光："火车突突突突突（túúúúú-úú）的声音多么美妙。"书中的其他人物也时常使用拟声词，例如，被伪装成一只母鸡之后，肯祖的弟弟小六丧失了说话的能力，只能发出"咯咯咯"的叫声。除了拟声词之外，对俗语和谚语的使用是米亚·科托最为常见和最具代表性的叙事技巧。在父亲塔伊姆死后，肯祖听从了法师们的建议，决定将父亲放在一艘小船中投入水中。他对法师们说道"你们说到，我们做到"(seu dito, nosso feito),这是对俗语"说到做到"(dito e feito)的巧妙化用。文中另一处,肯祖的父亲在指责战争时说到"我们都成了乞丐,连个能活下来的地方都没有。"(não temos onde cair vivos)这句话中的后半句是对俗语"贫无葬身之所"(não tem onde cair morto)的化用,作家将"死"替换为了"生",体现出战争的残酷性。这种对俗语中词语的反义替换是米亚·科托常用的手法。

通过使用拟声词和俗语,米亚·科托将莫桑比克人民的声音纳入了叙事主体之中,他的目的是向读者传达莫桑比克口头文学传统的丰富性,在小说这种欧洲文学体裁中沿袭非洲文学传统。这种对非洲文化传统沿袭的重视不仅是形式性的,它还体现在小说的内容之中。在小说中,使用俗语最为频繁的往往是老年人物,例如肯祖的父亲塔伊姆和老人图阿伊。图阿伊在和少年木丁贾交谈时经常会用到俗语:"人是一栋房子,应该看他的内里""一无所有的人不会招人嫉妒,可以夜不闭户",肯祖也时常回忆起父亲的话语:"无友之人恰似没有行囊的旅人""死亡的枷锁早在出生之时就套住了我们"。

基于口语的叙事是一种更加具有教育意义和传承性的"交换"。这种形式使得老一辈的莫桑比克人将久远的信仰、价值观、哲学和生活智慧在日常中不经意地渗透给年轻的下一代。这样,古老的非洲传统便不会轻易中断。在这个意义上,米亚·科托对于口头文学技法的运用是多形式的,其意义也是多重的,既在形式上创新了葡语构词法和句法,也在内容上凸显了莫桑比克文化传统,和"书写"一道构成了对于建构"莫桑比克性"的成功尝试。

三、在书写中追溯记忆、寄望未来

在《梦游之地》中,"书写"主要以肯祖日记的形式呈现,构成了一层独立的叙事时空。这种"书写"不仅是一种叙事方式上的技巧，更具有重要的情节和主题意义——它是舒缓记忆与遗忘之间张力的工具，是追溯记忆和寄望未来的重要方式。长久以来，葡萄牙殖民者对殖民地的占领和统治方式通过语言直接作用于被殖民群体的精神世界，从根本上改变人们的文化身份认同。这种文化认同危机用爱德华·萨义德的话来说，就是流放的状态："流放是存在于一个中间位置，它既不完全在新的系统一边也没有完全摆脱旧的系统，它处于与旧的系统半牵连半脱离的位置"[5]。可以说，整个后殖民的莫桑比克社会都处于流放状态，语言文化是最突出的一个领域。在《想象的共同体》中，本尼迪克·安德森指出："在一个民族国家形成的过程中，语言有着不可忽略的影响。因为语言在民族国家的建立和维护中的特殊贡献，人们常常通过语言来判断他人的民族属性。"[6] 而在莫桑比克，葡语的使用无疑阻碍了文化身份的构建。正如米亚·科托在小说中所言，"我们的记忆住满了来自我们村庄的幽灵。这些幽灵用我们的本土语言来与我们交谈。时至今日我们却只能用葡萄牙语来做梦。"

因此，在葡萄牙殖民主义解体以后，恢复莫桑比克在被殖民之前的民族文化和宗教信仰便成为了莫桑比克知识分子最为强烈的愿望，这种愿望表现在当代非洲后殖民文学文本中就成了一种对记忆的追溯，试图通过对记忆的描述来重新勾勒出那已经遥远的、模糊不清的非洲传统文化的轮廓。正是基于这一点，米亚·科托一直坚持用书写来修复民族记忆、推动莫桑比克的去殖民化进程。

在小说中，少年木丁贾作为对莫桑比克民族身份的巨大隐喻——即葡萄牙殖民者同非洲暴力结合的产物，他对于身世的执着探寻、对于儿时记忆的追溯正是莫桑比克文化身份的自我发现之旅。在小说的开头，木丁贾像图阿伊一样处在一种"流放"的状态之中，他的过往和未来都是一片空白，逃难的生活也是凝滞的、绝望的。是肯祖的日记打破了木丁贾的隔绝状态，使得他重新燃起了希望并最终获得了自己的身份:"他的希望从此跟随着日记中的文字而去"。日记同样也是肯祖进行自我探寻、自我发现的工具,记录了他寻找文化身份的方式:他试图抹掉回忆、摆脱过去的尝试并未成功,他终究无法逃离自己固有的身份。在书的结尾,重返故土的肯祖听到了一个声音唱到:"对远古祖先的记忆给予我们力量,听着它,那些墓穴中的亡灵会得到安息,而生者也会以最大的热情去拥抱生命。"追溯记忆是重构战后莫桑比克独立文化身份的必须,直面过去才是找寻文化身份的最好出路,这种"追溯"正是"书写"的价值所在。

除了找回过往,"书写"同时也是莫桑比克人民寄望未来、实现希望和梦想的方式。在小说中,大地是一个有灵性与自我意志的存在,它每天夜里都会去收集人们的梦想和希望,并随着人们的梦想而改变自己的面貌,帮助人们实现梦想,"梦游之地"的名称便由此而来。而在日记和大地之间存在着一种超现实的直接联系:大地并不是一直在移动,只有每次读肯祖日记的时候,它才会移动——大地的移动受制于人的希望与梦想,而书写是推进梦想实现的动力。肯祖的日记为图阿伊和木丁贾的流亡生活带来希望的同时,也改变了大地的面貌,最终,两人到达了象征着高度理想和希望的海边,预示着崭新生活的开始。

"梦"在米亚·科托的文学创作中具有重要的象征意义,它和非洲记忆共同构成了实现莫桑比克重生的两个力量之源。在肯祖的最后一则日记中,米亚·科托借由一个梦帮助肯祖实现了他全部的诉求,达成了他的自我实现。在这个梦中,肯祖找到了失散多年的弟弟并成为了一名纳帕拉玛战士,他带着从父亲那里汲取的力量和希望行走在大道上,望见了手捧他的日记的木丁贾——法丽达的儿子加斯帕尔。在此,书中两个主要人物的命运通过日记而交错重合,米亚·科托以一种象征的方式将书写同莫桑比克文化身份的构建统一起来。

在全书的末尾，木丁贾手中的纸页随风散落在大路上，纸上的一个个字母幻化成了一颗颗沙粒：木丁贾的身份仍在诞生过程中，莫桑比克的身份也在寻找和建构之中，所有的书写都会变成大地的一部分，为莫桑比克许诺一个积极的未来。这也正是米亚·科托试图用书写所达到的：在文字中追溯记忆、寄望未来。只有将修复和再生相统一，才是重构莫桑比克文化身份的最佳出路。

通过将口头叙述纳入小说叙事，米亚·科托在欧洲语言的"非洲化"和利用欧洲语言作为非洲文学创作的媒介上进行了有益的尝试，既使莫桑比克没落的口头文学传统得以走向主流世界文学前沿，又让书写成为恢复民族记忆、构建文化身份的重要手段。这也是米亚·科托对于自身文化使命的深刻认识：保留传统文化中至今仍有价值的成分，探索把传统与现代相结合的创作方法，真实反映转变中的非洲社会现实，积极思考国家民族的历史和未来。在口语与书写的互融中，非洲葡语文学已经崛起，非洲葡语文学正在兴盛。

注释

〔1〕文中所引译文均由作者本人翻译，底本为里约热内卢 Nova Fronteira 出版社 1995 年版本。

〔2〕Pires Laranjeira: Moçambique: Periodização. em: Literaturas Africanas de Língua Portuguesa. Lisboa: Universidade Aberta, 1995a. P.288.

〔3〕埃里克·吉尔伯特乔纳森·T. 雷诺兹:《非洲史》，黄磷译。海南：海南出版社、三环出版社，1999 年。

〔4〕Pires Laranjeira: Moçambique: Periodização. em: Literaturas Africanas de Língua Portuguesa. Lisboa: Universidade Aberta, 1995a. P.314.

〔5〕Edward W.Said, Representation of the Intellectual, Vintage Books, 1993.P.49.

〔6〕本尼迪克·安德森著，吴叡人译:《想象的共同体》，上海人民出版社，2011 年 9 月第 1 版，第 67 页。

母狮的罪与罚，国族的痛与殇
——评《母狮的忏悔》

马琳

莫桑比克作家米亚·科托是当代葡语文坛中最重要、最具影响力的作家，也是非洲葡语文学的杰出代表。然而对于国内读者来说，这仍是个陌生的名字。米亚·科托于1955年出生在莫桑比克的一个葡萄牙移民家庭中，原名安东尼奥·埃米里奥·雷特·科托，自1983年出版首部诗集《露水之根》以来，米亚·科托始终活跃在文坛之上，笔耕不辍，为葡语文学贡献出大量优秀作品，包括诗歌、故事、长篇小说和杂文，体裁丰富。90年代起，科托集中精力创作长篇小说，在1992年发表了长篇小说处女作《梦游之地》，以独特的语言及精妙的叙事重现莫桑比克内战历史，小说一经问世便引起极大反响，被评为"20世纪非洲文学最重要的12部作品之一"。米业·科托也凭借此书获得了享有"美国的诺贝尔文学奖"之称的纽斯塔特国际文学奖，成为获此殊荣的第一位非洲葡语作家。2013年，科托因其新颖的叙事风格及作品中所展现的深厚人文精神荣获葡语文学界最具分量的卡蒙斯奖。时至今日，科托创作了长篇小说共计16部，作品在22个国家发行，成为被翻译最多的莫桑比克作家。

作为一个出生在非洲的葡萄牙移民后代、一个在莫桑比克成长的白人，特殊的身份对其文学创作产生了深远的影响。米亚·科托通过写作向世界介绍莫桑比克，虽然小说具有虚构性，却都基于莫桑比克真实的历史与社会现实。莫桑比克作为葡萄牙曾经的殖民地，其文学在一定程度上继承了葡萄牙文学，但同时又具有其特殊性。在殖民地时期，反对殖民主义、探寻国家独立文化身份是莫桑比克文学的重要主题。在经历了旷日持久的解放战争、成功获得独立后，莫桑比克文学的主题回归到"斗争与革命"，通过书写战争回忆来还原历史。青年时期的米亚·科托与反抗殖民统治的莫桑比克解放阵线有着紧密联系。解放战争后期，正在上大学的科托放弃医学专业，成为一名记者。独立后的莫桑比克遭遇内战，科托作为新闻社的通讯员多次到各地走访，感受到国家内部语言、民族与宗教文化的复杂多样性，意识到莫桑比克的国家身份并不是单一的，它包含着多种声音。在此期间，科托发表了带有反殖民主义色彩的首部诗集《露水之根》。其中诸如《身份》《大地的口音》等诗作对殖民活动造成的"混血文化"进行思考，试图为"莫桑比克国家身份"这一命题找寻新的意义。1985年，米亚·科托放弃了记者职业，重返校园学习生物专业，主攻生态学。在以环境生物学家身份到莫桑比克各地进行考察时，科托收集了大量关于战争的故事以及民间风俗、神话传说，为日后的文学创作积累了素材。在每一部作品中，米亚·科托都尽力描述战争给莫桑比克人民带来的伤痛，展现古老传统与现代文明之间的误解与冲突。

米亚·科托以葡语进行书写，将非洲土语及莫桑比克方言与葡萄牙语相融合，创造出一种新的表达，形成鲜明的"非洲性"的叙事。科托坦言他的文学创作受到了巴西著名作家吉马良斯·罗萨的影响。罗萨在描写巴西内陆腹地时，应用内陆方言俗语创造新词汇，令语言恰如其分地服务于主题。在阅读了罗萨的小说《第三条河岸》后，科托感受到了"地震般的触动"，意识到以莫桑比克农村地区口语化、多元化的表达来还原当地风貌正是构建莫桑比克独立文化身份的立足点。

《母狮的忏悔》正体现了科托一贯的语言风格与创作意图。这部小说发表于 2012 年，是米亚·科托基于自己在莫桑比克北部的真实经历所写就的作品，这点在小说开篇有所解释。小说延续了科托的叙事风格，由库鲁马尼女孩马里阿玛和猎人阿尔坎如分别以第一人称进行双线叙述，讲述发生在库鲁马尼的狮子袭击事件以及对狮子的猎捕。在经历了狮子袭击人的事件后，科托在进行调查时逐渐明白其背后的社会原因，了解到莫桑比克北部地区女性在传统约束下的生活状况。狮子以女性为袭击目标是因为她们每日独自在乡间劳作，在惨剧接连发生的时期，女人们依旧在丈夫或父亲的命令下只身在野外抬水、拾柴、看管菜地。狮子吃女人在科托笔下演化为一个比喻，用来揭示父权制社会中针对女性的暴力现象——女性被社会、被生活本身所"吞食"。

《母狮的忏悔》中存在两种压迫，一是殖民者对被殖民者的压迫，一是父权制下男性对女性的压迫。女性成为双重压迫的受害者。在殖民地时期，莫桑比克人民被动接受殖民文化，经历战争的伤痛，无法发出属于自己的声音，而在摆脱了殖民地身份后，女性继续处于被统治的地位，没有任何权利，受到来自男性的"第二次殖民"。作为科托继《耶稣撒冷》以来最受人瞩目的小说，《母狮的忏悔》中有非洲古老传统的延续，有殖民文化对莫桑比克农村的渗透，有战争在人身上留下的不可磨灭的印记，有对人与自然关系的思考，但最重要的是，这是科托首次将非洲女性的生存境况作为第一主题进行创作。作家通过书写非洲女性在社会生活中所受到的束缚与压迫，打破了西方文学中关于非洲的浪漫神秘的想象，揭示"人性的恶之光"。

在米亚·科托的小说中，女性形象通常具有二元性。她们一方面是社会和家庭的基础、是掌握宇宙真理的人，一方面是父权制社会中的受害者。科托对于女性的关注在其作品中早有展现，在2003年发表的故事《那马罗伊传说》中，作家就借叙述者之口说出与《创世记》相反的世界起源："起初，世上只有我们女人，后来才出现了男人。"《创世记》作为父权思想的产物，在历史上成为许多文化中男权至上的依据。科托打破传统，强调女性的重要性。在小说《二十与锌》中，科托一语道出非洲女性的现实地位："她们两人坐在地上，那才是女人该坐的地方。"在科托所讲述的非洲古老文明中，女性是神一般的存在，正如《母狮的忏悔》开篇的第一句话所说到的："上帝曾是女人。"她们织造天空，懂得如何聆听大地内部的声音，掌握着有关于生命的至实真理。女性可以通过梦境与信仰去理解现实，男人们对此感到恐惧，于是在历史的长河中，男性逐渐将女性贬低为只能依附于他们的凡人。在父权制占主导地位的殖民地社会中，女性处于从属地位，变为阿尔坎如母亲口中失势的月亮。在后殖民地社会中，女性的地位更加边缘化，最终沦为被夜幕吞噬的星星。

在《母狮的忏悔》中，"马里阿玛的记述"这一条主线讲述了马里阿玛一家人在后殖民时期的生活，穿插着对解放战争时期的回忆。在马里阿玛的叙述中，我们看到一个以热尼托·贝伯为"一家之主"的库鲁马尼家庭。无论是在传统环境中还是在接受了殖民者的同化教育后，女人始终受到剥削与压迫。在只有传统、没有法制的库鲁马尼，男性的统治地位最直接的表现便是针对女性的暴力。男性在"父权传统"的名义下所犯下的种种罪行并不会受到制裁。阿妮法·阿苏拉、西林西娅和马里阿玛都受到热尼托·贝伯的暴力对待，却一直服从于他，这便是库鲁马尼女人们身处从属地位的绝对表现。区长家的女佣丹迪遭到多人轮奸，对于施暴者来说，他们并没有犯下任何罪行，丹迪则被认为是因"违背传统"而"罪有应得"，甚至连卫生站的男性护士都因担心冒犯传统而不愿接收她。米亚·科托想要揭示父权社会中这种人们视而不见的罪恶，"长久以来，在我们的社会里存在着各种形式的针对女性的暴力，这种暴力是无声的，我更愿意说它是被禁声的，被泛化的大男子主义之风所禁声。"

西林西娅、阿妮法和马里阿玛分别代表着莫桑比克父权制社会中的三种女性形象。西林西娅虽然在开篇就已经死去，但她活在马里阿玛的文字中。西林西娅是无声的受害者，无法向他人说出自己遭受的暴力，她的名字 Silência 指向葡语中的"沉默"（Silêncio）一词。马里阿玛记忆中的西林西娅没有太多语言，她未曾说出自己的遭遇，但是告诫马里阿玛："别希望它们（胸部）长大，妹妹，别希望成为女人。"对于西林西娅如何命丧狮口，书中并没有直接描写，但却暗示她故意在夜间出门，让自己成为狮子的目标。通过这一举动，西林西娅终于第一次把握住了自己的命运。阿妮法·阿苏拉是无助的母亲，虽然能意识到女性所受的压迫，但已彻底接受了父权制意识形态，并将它施加到女儿身上。即便忍受着丈夫的暴力对待，在得知丈夫对女儿所做出的暴行后，她的第一反应竟是责怪女儿。阿妮法没有能力去阻止这一切的发生，在经受了长久的暴力后，她已经习惯不把自己看作是活人——"我已经很久没活过了。现在，我不再是人了。"然而，在猎人到来后，阿妮法还是做出了尝试，企图借猎人之手杀死热尼托。在小说开头，阿妮法不希望猎人带走她仅剩的一个女儿，但在结尾，她请求猎人带马里阿玛离开库鲁马尼，她希望马里阿玛能够去过真正的生活，开启新的篇章，而她将继续守护着早已渗透进血脉的传统。马里阿玛代表着希望、自由以及强烈的反叛精神。虽然她生活在压迫中，处于从属地位，但作为一个识字的人，她通过书写来抵抗绝对统治，从文字中获得对自身的掌控。她记录西林西娅与母亲的遭遇，并在书写的过程中逐渐意识到发生在库鲁马尼女人身上的悲剧。库鲁马尼的女人都不能算活人，马里阿玛也是"生而即死"。对于父亲的暴行，马里阿玛的身体比意识先做出反应，她的瘫痪及饥饿的怪病都来源于此，在得知真相后，马里阿玛更是异化为兽，发誓杀光世界上所有的女人，以此作为对男权的报复。不再有女人，不再有孩子，这意味着人类的灭绝，同时也意味着世界秩序的重置。最终，马里阿玛并没有履行她的誓言，而是要去城市开始新的生活，以另一种方式抛弃旧世界。通过塑造这些在屈从中或者灭亡或者反叛的女性形象，科托批判了父权制社会对待女性的不公正，也表达了他对于改变父权传统的看法：男性应该借鉴女性的经验，毕竟"女人打磨男人的灵魂，如同流水磨石。"

在由猎人进行叙述的主线中，猎捕狮子这件事看似是重点，实则却跌落到第二位，它是把阿尔坎如引到库鲁马尼的原因，但当猎捕行动发生时，他甚至不在场。真正伤害女人的狮子是父权制，这在马里阿玛的叙述中已有充分体现，所以阿尔坎如的叙述更多是站在一个外来者的角度观察库鲁马尼，感受古老传统与现代文明的冲突。阿尔坎如始终难以摆脱童年时母亲和父亲相继离世的影响。父权制对女性的压迫在他母亲身上也有所体现。由于童年的经历，阿尔坎如有着"存在"层面上的焦虑，他想尝试通过睡眠来从自身抽离，却总保有动物般的警醒。他想要"不存在"，但发现即便是死亡也无法抹去一个人的存在，死者依旧能对生者产生影响。对于阿尔坎如来说，狩猎是能让他从自身抽离的一种方式，在狩猎的某一个瞬间，猎人转化为动物。在小说开头，猎人和作家古斯塔夫就狩猎进行讨论，无法理解对方的观点，但随着故事的推进，猎人与作家逐渐转换了角色，阿尔坎如以书写作为一种新的存在方式，古斯塔夫则拿起了枪。这种转变也包含着科托关于人性与动物性的思考。在这条主线中，我们还可以看到战争给库鲁马尼人留下的伤痛。在古斯塔夫对村民进行采访的时候，作者借阿尔坎如之口说出了对战争的看法："不存在用语言可以讲述的战争。有血的地方，就不会有话语。"这与马里阿玛主线中所回忆的战争片段相呼应，在马里阿玛的讲述中，她作为一个无法走路的女性，被家人视为累赘，在别人都为躲避战乱进入树林的时候，和一堆不值钱的器物一同被丢在家里，等待着阿公阿德吉如的拯救。无论是在战时还是在和平时期，库鲁马尼的女性始终"不存在"，与寻求从自身存在中抽离的阿尔坎如形成强烈对比。

米亚·科托曾在采访中表示他是白人也是非洲人，是欧洲人的后代也是莫桑比克人，是活在高度宗教化的国度中的科学家，是在高度口语化的社会中写字的人。个人身份的种种矛盾令他对莫桑比克文化身份的多样性有着深刻的理解，对书写国家历史与社会现实有着强烈的使命感。从《母狮的忏悔》开始，科托开始关注处在社会边缘的女性。在莫桑比克农村地区，女性正是"他者"之"他者"，饱尝多种压迫。以这部小说，科托融入了莫桑比克人数虽少但成果斐然的"女性写作"，为女性发声，为女性的地位改变而写作。

从《梦游之地》到《母狮的忏悔》

——米亚·科托书写中的传统、女性与团结

闵雪飞

一、米亚·科托：人与身份

安东尼奥·埃米里奥·雷特·科托，1955年生于莫桑比克的第二大城贝拉。以米亚·科托这个笔名，他为世人所知。作为葡萄牙殖民者之子，一如很多生于莫桑比克的葡萄牙后裔，年轻时他是一位坚定的反法西斯主义者，对当时葡萄牙萨拉查独裁政府的"新国家"持否定态度。但是，有一点他却与其他葡萄牙后裔不同：他同时是一位坚定的反殖民主义者。因此，上大学时他便成为了莫桑比克解放阵线（Frelimo，下称"莫解阵"）的支持者，加入了这个领导民族解放运动的政党。为了完成"莫解阵"的委托，他放弃大学学业，"渗透"进殖民者把持的国家电台，成为一名记者，以期独立之后接管宣传机构。正因为他是坚定的反殖民主义者，当1975年6月25日，莫桑比克获得独立，其他葡萄牙后裔因为种种因素纷纷返回前宗主国之时，米亚·科托却选择留下，自愿成为莫桑比克人。1985年，他重返大学，选择了生物学作为主修专业，最终成为全国知名的生物学家，在生态学与环境保护方面做出了很多贡献。在国界之外，他的身份是"莫桑比克整个国家的陟译者"（Brookshaw: 2002），承载着将莫桑比克展示给全世界的重责。他理解自己的文化责任，但也清楚地意识到这或许限制了外界真正理解莫桑比克。他拒绝一切标签，拒绝一切二元对立，比如试图将其田园牧歌化或本质化的"非洲作家"标签，比如将魔幻与现实截然对立的"魔幻现实主义作家"标签。

米亚·科托的写作生涯开始于 1986 年，在这一年，他的短篇小说集《入夜的声音》（*Vozes anoitecidas*）由葡萄牙卡米尼奥出版社发行。1992 年，长篇处女作《梦游之地》出版。2009 年，《耶稣撒冷》问世。《母狮的忏悔》于 2012 年付梓。这三部目前在中国出版的作品时间跨度长达 20 年，若是细心阅读，不难发现米亚·科托文学观念的发展与嬗变。倘若我们把目光延伸到他刚刚完成的"帝王三部曲"（"As Areias do Imperador"），在 30 余年这个更长的时间段中考察，或许可以得到一个结论：米亚·科托的文学创作从僭越语言的边界转向了圆融纯熟的叙事探索，从民族身份建构的象征表达转入了对历史的深入钩沉。

二、《梦游之地》：传统与现代

《梦游之地》出版于 1992 年，以长达 16 年的莫桑比克内战为背景。从 1976 年到 1992 年，"莫解阵"与莫桑比克全国抵抗运动（Renamo，下称"莫抵运"）两大阵营对峙、残杀，造成了深重的国家灾难。内战的原因非常复杂，首先表现为外部势力的影响和干涉，正如小说中所说，"这场战乱是从外面来的，是丧失了特权的人带来的"，但同时也是复杂的国内矛盾的体现。一个重要原因在于独立后接管政权的"莫解阵"急于以东欧社会主义国家为样本建立民族国家，未能充分尊重非洲独特的传统与价值观。"消灭部落，建立国家"（Matar a tribo para construir a nação）是独立英雄萨莫拉·马谢尔及其领导的"莫解阵"——米亚·科托一度加入而又最终退出的政党——的执政方针。这种灭绝传统与历史的现代化之路激起了很多莫桑比克人的反感，尤其在农村地区，一定程度上给"莫抵运"的势力增长提供了机会，最终导致了内战的爆发。

1990年，和平协议签署之前两年，米亚·科托开始撰写《梦游之地》，希望在记录惨痛历史的同时进行反思。所以，在这本书中，最核心的问题是传统与现代之间的关系。面对"莫解阵"的社会主义实践，米亚·科托表达了他的基本观点：要尊重传统，尊重土著语言，尊重历史，这是我们不能拔除的根。因此，在小说中，"传统"一再出现，对"传统"的尊重与违背构成了人物与事件发展的动机。比如，木丁贾称呼图阿伊为"叔叔"，图阿伊特别讨厌这个称呼，但是木丁贾坚持，因为"这样叫是遵照传统"。在肯祖和法丽达的形象中，也可以看到作者对切割与"传统"之间联系的不满。肯祖和法丽达，一个由神父阿方索教养成人，另一个由一对葡萄牙殖民者抚养长大。他们是同一种人：被西方文明同化的黑人。他们虽然懂得土著语言，却只能用葡萄牙语做梦，因此丧失了文化之根，只能成为身份混乱的彷徨之人，徒然地在两个世界之间往返。肯祖的亡父塔伊姆的幽灵一再袭扰他，让他失去了做梦的能力，某种程度上，是对他不尊重传统的惩罚。在这部小说中，海洋与陆地，构成了现代与传统的象征。如果失去了与祖先的连接，那么我们就如书中的肯祖，再也无法踏上陆地，只能在海上漂泊；或者，就像法丽达，无法返回陆地，只能存身在一条触礁的船上。

小说的结尾，肯祖在梦中见证了巫师的作法。通过一段诗化的独白，巫师试图恢复与历史、过去及传统的联系，唯有这样，才能结束悲戚的过往，创造出崭新的世界。这同样是米亚·科托的诉求:"然而,最终,将剩下一个如现在一般的清晨,充满了新生的光,会听到了一个遥远的声音,仿佛是我们成为人类之前的记忆。一首柔美的歌响起,这是第一位母亲温柔的摇篮曲。是的,这首歌是我们的,是对根的记忆,它深深扎下,谁也不能替我们拔除。这个声音给我们力量重新开始。"

文学可以超越国界与时空。中国和莫桑比克尽管距离遥远,但在现代化的过程中,都面临对"传统"的选择。某种程度上,我们这个国家实现了莫桑比克解放阵线当时的目标。也许,这是我们的成功,但同时,也可能是我们的失败。我们付出了传统的代价,获得了今天的现代化。然而,我们是不是也失去了与先祖的连接,再也不能懂得他们的语言?我们是不是无法再去返回自己的根,彷徨无依,一如肯祖和法丽达?我们是不是也同样失去了做梦的能力?在翻译米亚·科托《梦游之地》过程中,这些问题如同塔伊姆的亡灵一般袭扰着我,而我却无力给出回答。

三、《耶稣撒冷》:父权崩溃与女性书写

2009年,米亚·科托出版了《耶稣撒冷》。相比《梦游之地》,米亚·科托对于传统的态度发生了显著的变化。耶稣撒冷是一个巨大的隐喻,象征父权制度失效的国家,充斥着肉眼可见的混乱与无序。《耶稣撒冷》是米亚·科托对莫桑比克的父权制批评得最激烈的文本,作家质疑了莫桑比克的很多传统,尤其是对妇女的压迫。这种情况下,需要外力,或者说,外部文明的介入,形成冲击与变革,消灭传统中的压迫性成分。因此,在这本书中,他创造了一个象征性的白人女性形象,一方面讲述自身的经验,传播自己的价值观,另一方面,勇敢地挑战莫桑比克社会的父权机制。

耶稣撒冷只有五个男人和一头母骡,是一处完全没有任何女性存在的绝对父权的空间。希尔维斯特勒·维塔里希奥是至高无上的

家长。他说外面的世界没有人了，耶稣撒冷是一处绿洲，在这里，时间都停止了。他的话不容置疑。然而，在葡萄牙女人玛尔达出现后，这种建构于谎言上的"真实"立即土崩瓦解。玛尔达揭露出耶稣撒冷的建立其实源于一个巨大的创伤，这就是姆万尼托的母亲朵尔达尔玛的残酷死亡。

耶稣撒冷是莫桑比克的完全象征，是一个建基于父权制基础上的脆弱社会，统治完全失效。大家长几乎是一个疯子，是虽然在位但实际上缺席的父亲。他时刻需要一个小孩子——调试寂静者——的安慰和协助。唯有在寂静之下，他的谎言才能成立。一旦声音介入，这个虚假的世界就会全盘崩塌。

因此，在这本书中，女性的作用是书写。唯有通过书写，才能建构话语与声音，挑战沉默与寂静控制的虚假真实。女性书写主要体现在两处：首先，每一章之前的题记，都是女性诗人的作品。这一点显然经过精心设计。其次，玛尔达的信，是纯然的女性书写。我想，米亚·科托一定认为女性的书写是一条自我解放之路，只有找到了自己的声音，才能终结父权制的残暴。在这方面，他接近了我挚爱的克拉丽丝·李斯佩克朵。这也是他所引用的所有女诗人的共同追求。这也是我的追求，作为女性与女性主义者。我们共同面对索菲娅·安德雷森的疑问："我聆听，却不知道，我听到的是寂静，抑或上帝"；我们的命途一如阿德里娅·普拉托的预言："要么疯狂，要么成圣"；我们经历着希尔达·希尔斯特坦陈的痛苦："痛苦，因为爱你，如果能使你感动。自身为水，亲爱的，却想成为大地"；我们疏离的生活正如索菲娅·安德雷森的描述："你在反面生活，不断地逆向旅行，你不需要你自己，你是你自己的鳏夫"。

四、《母狮的忏悔》：孤绝与团结

《母狮的忏悔》于2012年出版。在《耶稣撒冷》中，已经出现了朵尔达尔玛这个因针对女性的性暴力而死亡的角色。在《母狮的忏悔》中，作家在妇女权益方面的思考继续向前发展。独立之初，"莫解阵"意图在农村建立社会主义制度，尽管在其纲领中有妇女解放的内容，但是在实际操作中，女性的诉求并未在考虑之中，并未改变女性只是子宫携带者的地位。如今，尽管莫桑比克的内战已经结束多年，国家实行了多党制，但是以马里阿玛为代表的农村女性，依然承受着传统、父权与性暴力的压迫。女性依旧只具有功用性。倘若一位女性如马里阿玛一般不育，她便没有任何用处，甚至不被认为是女人。

我的专业研究领域是女性文学。相比男性作家，我对女性作家更为熟悉，对莫桑比克文学也是如此。我必须提及保利娜·希吉娅尼，一位非常出色的莫桑比克女作家，作为米亚·科托的对照与补充，以深入地讨论《母狮的忏悔》。保利娜·希吉娅尼是黑人、女性，母语为非洲土著语言，葡语是后学的；米亚·科托是白人、男性，母语是葡萄牙语。两个人都曾积极参加过莫解阵线，后来先后退出。因此，这两个作家在身份上互为补充，构成了完整的莫桑比克文学图景。保利娜·希吉娅尼在其代表作《风中的爱歌》中，讲述了一位女性萨尔娜乌的一生。她和马里阿玛一样，同样生活在莫桑比克北部。与更多接受天主教影响的南部相比，在北部，传统的势力更为强大，妇女买卖与一夫多妻制盛行。萨尔娜乌的成长经历了恋爱、献身、被抛弃、流产、被买卖、一夫多妻、家庭暴力、生产、难产、私奔、再次被抛弃、卖淫等种种磨难，可以说，一位女性因为性别所能遭遇的全部痛苦她都承受过。她最终依靠卖淫偿还了前任丈夫的彩礼，获得了解放与自由。

无论是《风中的爱歌》，还是《母狮的忏悔》，某种意义上，都可以视为一种"成长小说"（Bildungsroman）。这本是源自于德国的一种亚文类，当然，我们今天所使用的"成长小说"术语与当时德国致力于培养良好"市民"的文学类型已经有了相当大的距离。《风中的爱歌》讲述了萨尔娜乌的成长，《母狮的忏悔》展现了马里阿玛的成长。所以，这两部作品可以认为是"女性成长小说"。巴西学者克里斯蒂娜·费雷拉-平托曾经对男性成长小说与女性成长小说做出区分。她认为，男性成长小说总是以主人公在富有见识的年长"导师"的带领下，接受既定的价值观，融入社会而告终；而女性成长小说，却总是以女性主人公疏离社会而告终，或者是死亡，或者是出走。换句话说，一旦女性觉醒，就再也不能容忍这个社会了，而社会也再也不能容忍她们了。萨尔娜乌孤绝地走向卖淫之路，边缘化的结局完全符合这个区分。

因此，我第一次阅读《母狮的忏悔》时，当我看到猎人阿尔坎如最终将马里阿玛带出库鲁玛尼，我并不服气这个结局。我无法接受男性的阿尔坎如是拯救者而女性的马里阿玛是被拯救者这种设定。因为，这意味着将主动权拱手让人，如果女性始终期待更强大者"拯救"自己，她就丧失了自我拯救的能力与机会。而且我相当怀疑，已经在固有的社会结构中占有特权的男性，是否有觉悟与可能主动让渡权力。我认为这种事绝不可能发生。如果妇女想要获得彻底的解放，需要在自我觉醒的基础上发生一场摧枯拉朽的革命。但是，当我再次阅读这本小说，当那堵建在我内心之中的性别二元对立之墙崩塌之时，我忽然发现，这并非是阿尔坎如的单向拯救，而是彼此的救赎。阿尔坎如与马里阿玛，是雌雄同株的共生体。或许，《风中的爱歌》的结局更接近血淋淋的真实，而《母狮的忏悔》的结局更似一个乌托邦一般的愿景。猎人阿尔坎如的形象与作家米亚·科托合二为一，代表愿意为推进女性解放事业，亦即全人类的解放事业而发声的所有人。这件事无关男女，只需携手同行。因此，我建议所有的男士认真阅读《母狮的忏悔》，面对只有义务而没有社会支援的对女性发展造成巨大影响的生育传统，面对旨在保护你们的母亲、姐妹、妻子、女儿不受侵害的一切运动，如猎人阿尔坎如与作家米亚·科托一样，伸出你们的手，为了所有人的福祉，行动、发声。在争取女性自由与解放的事业中，女性不能孤独前进。我们呼吁 solidarity，所有人的团结。

余　韵

拾荒者

我使用词语，咏赋我的静默。
我不喜欢
倦于传达的词语。
我更尊敬
匍匐于地的词语，
形如水、石头、蛤蟆。
我听得懂水的乡音。
我尊敬不重要的事物，
不重要的人。
比起飞机，我更欣赏昆虫。
比起导弹，我更看重
乌龟的速度。
我有一种与生俱来的迟缓。
我被如此配置，
只为爱上小鸟。
我拥有为此而幸福的丰饶。
我的庭院比世界更广大。
我是拾荒者：

我爱残羹

就像良善的苍蝇。

我希望我的声音拥有歌的模子。

因为我不是传达,

我是创造。

我使用词语,只为咏赋我的静默。

——[巴西]曼努埃尔·德·巴罗斯

闵雪飞　译